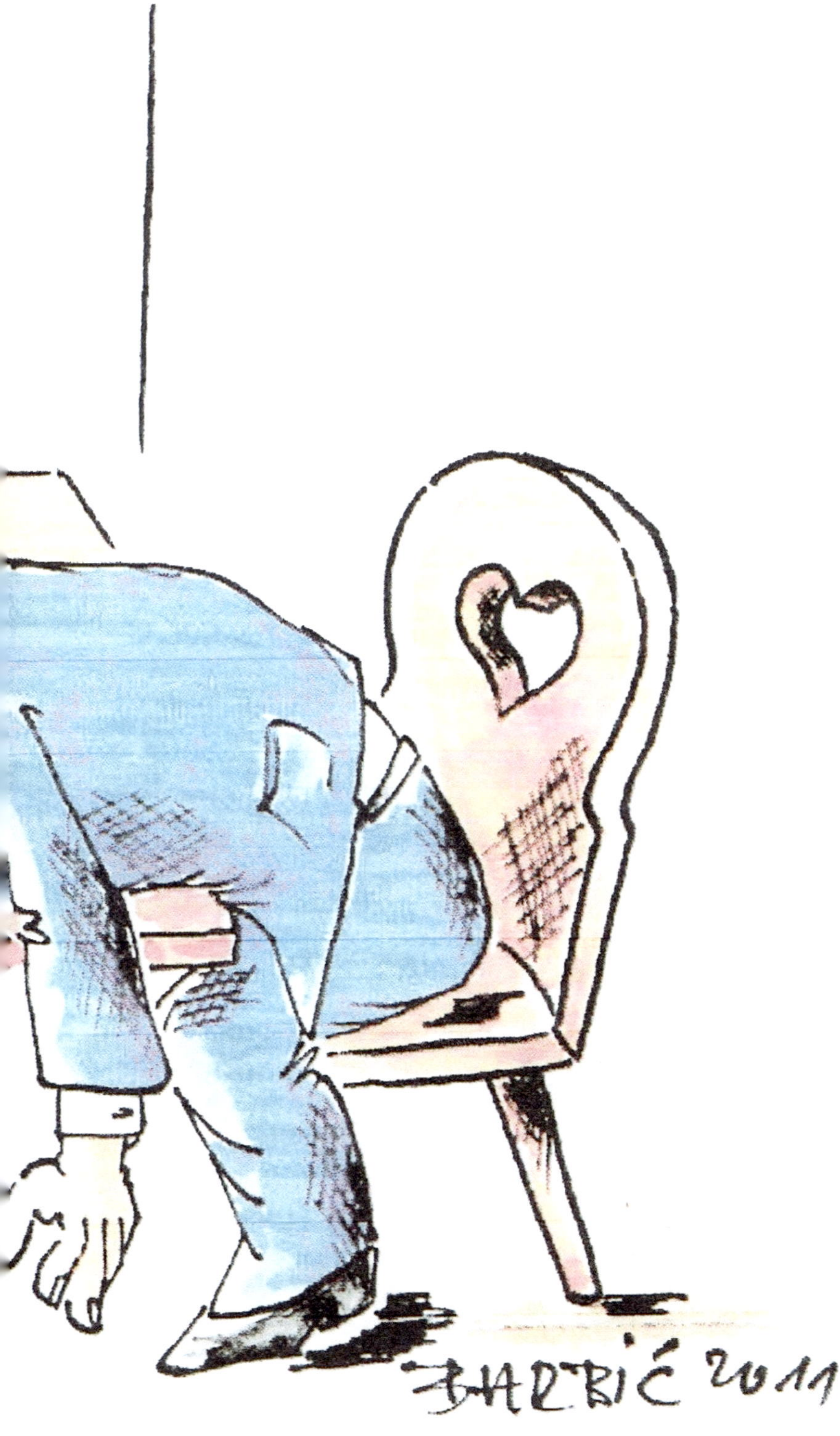
BARBIĆ 2011

Bieber / Kostsalon

Die Karikaturisten:

Anton Barbić, geboren 1942, lebt im südsteirischen Vogau, zeichnet Karikaturen und Illustrationen, brachte 2010 das Buch „Qual der Wahl" mit Karikaturen zur österreichischen Innenpolitik heraus.

Rudi Arnberger ist der Autor mehrerer Illustrationen in diesem Buch. Außer seinem zeichnerischen Hobby inszeniert er mit Laienschauspielern Theaterstücke, macht Weltreisen und führt beim Österreichischen Alpenverein Bergtouren. Die Südsteiermark hat er auf vielen Wanderwegen erkundet.

Impressum

zoppelberg Buchverlag, Inhaber Dr. Peter Strallhofer
A 8461 Sulztal 41, www.zoppelberg.at

Layout: Paul Mangold, office@webgrafik.at

Satzerfassung: Der Autor

Karikaturen: Anton Barbic: Vorsatzseite, Seite 68 und 128
Rudi Amberger: Nachsatzseite, Seite 20, 40, 78, 88, 104, 120, 138, 142, 174 und 190

Druck:

Umschlaggestaltung: werbeagentur Lechner

ISBN: 3-9502349-4-7

Mord im Kostsalon

Spannende Geschichten
aus dem Süden der Steiermark
von
Ernst Bieber

zoppelberg verlag

Inhalt

Vorwort

Jedem, der zum ersten Mal den Fuß in den Süden der Steiermark setzt, wird es unweigerlich wie mir ergehen – er wird dem Charme dieses beglückenden Landstriches sofort erliegen. Es sind nun schon mehr als vierzig Jahre, dass ich herkomme, und ich kann mich nicht satt sehen an der Landschaft, nicht satt kosten an den exzellenten Weinen. Ich bin süchtig nach der Südsteiermark. Ob im Sommer, wenn gut markierte Wanderwege zu Ausflügen, die Wälder zum Schwammerlsuchen und die Hopfenplantagen zu schattigen Spaziergängen einladen. Wenn man sich nachher kulinarisch verwöhnen lassen kann, zum Beispiel vom Haubenkoch Heinz Futschek im inzwischen verkauften Gasthaus bei Waltraud und Roland Tscheppe – mit Gratisaussicht auf den markanten Zoppelberg und das hügelige Grenz-Panorama. Oder wenn man am Flamberg bei Hannes Harkamp ein Backhenderl mit Rundblick auf den saum-seligen Sausal genießt. Herrlich beschaulich kann man sich auch unter den Linden von Manfred Schrei am Karnerberg, auf den beschatteten Terrassen im Gasthof von Irene Mahorko, bei Gabi Abel am Käsehof oder bei Alfred Vicuinik in der Trautenburg-Stub'n an einem kühlen Krügerl laben und der Knopferl-Harmonika des Wirtes lauschen. Oder im Herbst, wenn die bunte Pracht der Rieden von fleißigen Lesern bevölkert ist, und später, wenn die Kästenbrater ihre Köstlichkeiten mit stürmischem Most anbieten. Oder auch im Winter, wenn das Land im Dämmerschlaf versunken scheint, die entlaubten Rebstöcke auf dem Schneeteppich sich in knorrige wunderliche Persönlichkeiten verwandeln, und wenn da und dort in den Kellern der Jungwein zu gluckern aufgehört hat und sich erstmals kost-bar präsentiert. Und im Frühjahr, wenn saftiges Grün aus den Zweigen schießt und in den Weingärten üppiggelbe Blumen wuchern. Dieser Garten Eden hat für mich in jeder Jahreszeit Saison.

Seit einigen Jahren haben wir uns sogar auf einer Hube im Rebenland niedergelassen und verbringen gut die Hälfte des Jahres in der südsteirischen Idylle, nein, ich sag absichtlich nicht

„steirische Toskana". Das Land ist viel zu eigenständig, um es, wie es häufig geschieht, mit fremdländischem Flair zu schmükken. Seine Bewohner sind ein starker, von harter Arbeit und leider auch von viel Leid geprägter Menschenschlag. Sie haben hier an der Grenze viel Schicksalhaftes erlitten, und ich nenne es ein paradiesisches Paradoxon, dass in dieser gottvollen Gegend so viel Schmerz, Unglück, Krankheit aber auch Zwist zuhause sind. Kaum ein Monat vergeht, da nicht ein fleißiger Bewohner bei der Arbeit verunglückt oder ein Unwetter schweren Schaden stiftet. Wir mussten erleben, wie ein Jungwinzer, mit dem wir bei einer Verkostung noch gescherzt hatten, kurz darauf vom Traktor erschlagen wurde. Wie der Glaskünstler Willi Trojan, Schöpfer der größten Weintraube der Welt am Eorykogel, urplötzlich in seiner Werkstatt neben seiner Frau Christine einem Herzinfarkt erlag. Wie unser Freund und Tischler in einem vom Wind entfachten Osterfeuer fast verbrannt wäre. Wie unsere frühere fürsorgliche Quartiergeberin beim Holzhacken zwei Finger einbüßte und eine andere von einem lebensbedrohlichen Kopftumor befreit werden musste. Wie eine Freundin, Nichtraucherin und optisch das blühende Leben, über Nacht mit der Diagnose Lungenkrebs konfrontiert war. Wie Stürme mächtige Stämme wie Zündhölzer geknickt haben oder ein Hagelbombardement Hausdächer zerschlagen und Weinreben und Hopfenfelder vernichtet hat. Wie in einem Supermarkt, wo wir täglich einkauften, ein bis dahin seelensguter Mann Amok lief und zwei Menschen erschoss. Das Gefühl, dieser südsteirischen Schicksalsfamilie nahe zu stehen, hat mich bewogen, einige Geschichten und Reportagen aus dem Land zu Papier zu bringen. Mehrere der geschilderten Episoden sind authentisch, andere nur Fiktion. Doch wie so oft zeigt sich auch hier: Die Wirklichkeit klingt meistens unglaublicher als die Fantasie. Mehr dazu am Schluss des Buches.

Ernst Bieber

1. Brombeeren auf den Gräbern

Er rührte in seinem Kaffee um, als suchte er eine versunkene Kostbarkeit. In Wahrheit überlegte er, wie er mir den Auftrag schmackhaft machen sollte. Ich hatte es schon geahnt, als mich seine Sekretärin, Fräulein Kühne, anrief und sagte, der Chef wolle mit mir Kaffee trinken. Mit dem Kaffeeritual pflegte er stets sein Befehlsgehabe zu verbrämen. Denn immer, wenn er mich sonst in sein Büro zitierte, hieß es von Fräulein Kühne nur: „Können Sie schnell kommen? Der Chef will mit Ihnen reden.“ Meistens zitierte er mich zu sich, wenn ich Mist gebaut hatte. Oder, was häufig der Fall war, wenn sich jemand über meine Schreibweise beschwert hatte. Oder, was seltener vorkam, wenn die Konkurrenz eine Story rascher hatte als wir.

Ich wartete gespannt, nippte vorsichtig an meiner Schale und bemerkte, als ich sie auf die Untertasse zurück stellte, ein leises Vibrieren meiner Rechten. Nein, erschrak ich heimlich, so alt war ich doch noch nicht, dass ich schon zu zittern anfangen musste, wenn ich dem Chef gegenüber saß. Es war die Aufregung. Denn so routiniert ich in meinem Job auch war, ich war überzeugt, dass der Auftrag, der mich jetzt erwartete, eine heikle Mission sein würde. Sonst nämlich redete der Chef nicht lange herum. „Bernt“, pflegte er dann zu sagen, „auf Sie ist Verlass, Sie kümmern sich um diese Geschichte.“

„Bernt“, begann der Chef, „auf Sie kann ich mich verlassen. Darum hab ich Sie für diese Geschichte ausgesucht.“ Er machte einen Schluck, ich machte auch einen.

„Es ist eine Sensation, die um die Welt gehen wird. Sie könnten berühmt werden damit.“

„Darf ich raten?“, fragte ich.

„Auf dieses Thema kommen Sie nie, Bernt.“

„Ein Terrrornetz ist aufgeflogen. El Kaida hat ihr Hauptquartier im Wiener Wurstelprater eingerichtet. Wahrscheinlich in der Grottenbahn.“ Mir war, um meine Anspannung zu kaschieren, zum billigen Scherzen zu Mute.

Der Chef lachte gekünstelt. „Im Ernst“, sagte er dann, „die Story ist tatsächlich ein Gruselhit. Und das Beste daran", er beugte sich zu mir und senkte die Stimme, obwohl sonst niemand im Raum war und kein Anderer uns hören konnte, „es wissen vorerst nur wir zwei davon." Nach einer Kunstpause ergänzte er: „Nein, eigentlich sind es drei." Schließlich rückte er mit seinem Anliegen heraus: „Ein Schulfreund von mir, Herbert Stift, ist ein leidenschaftlicher Kriegshistoriker. Er unternimmt jedes Jahr Reisen in Gegenden, die im Ersten und Zweiten Weltkrieg heiß umkämpft waren. Vor einer Woche war er im italienisch-österreichischen Grenzgebiet unterwegs, ganz allein, nur mit Fotoapparat, Feldstecher, Rucksack und Handy. Er wollte den Standort des ehemaligen Infanterieregiments Feldmarschall Graf Khevenhüller Nummer 7 am Plöckenpass besuchen. Anschließend fuhr er an die steirisch-slowenische Grenze zu einer Bergkette, auf der noch 1945 heftige Partisanenkämpfe getobt haben. Und dort hat er eine unglaubliche Entdeckung gemacht."

Der Chef legte wieder eine Pause ein, ich nahm einen Schluck, um nicht abermals überflüssige Fragen stellen zu müssen. Dann fuhr er fort: „Als Herbert in einen fast unzugänglichen Graben kam, wo ein Massengrab von Zivilisten sein soll, die nach Kriegsende erschossen wurden, da wäre er beinahe selber ums Leben gekommen."

„Ein Bär?" Ich hatte eine spontane Idee. In Slowenien, hatte ich einmal gelesen, streifen hunderte Braunbären umher.

„Viel schlimmer. Dort in dem kleinen abgeschiedenen Tal haben sich offenbar Urzeitmenschen eingenistet. Mein Freund marschierte ahnungslos dahin, da tauchten plötzlich zwei Männer auf, die mit Mistgabeln auf ihn losgehen wollten. Er ist Hals über Kopf davongerannt. Die Männer, sie waren offensichtlich schon ältere Semester, haben die Verfolgung bald aufgegeben. Aber so wie sie aussahen und bekleidet waren, müssen es Menschen aus vergangenen Zeiten sein, meint er."

„Klingt gut", sagte ich. „Haben diese Männer was gesprochen? Hat Ihr Freund was verstanden?"

„Nur unartikulierte Schreie hat er gehört. Aber wir werden herausfinden, was dort los ist."

„Vielleicht eine Ötzi-Sekte“, wandte ich ein, „die ihre Ruhe haben will.“
Der Chef lächelte mir zu: „Sie, Bernt, werden das klären.“
Ich schluckte nun, ohne Kaffee im Gaumen zu haben. „Ich soll zu diesen Menschenjägern fahren?“
„Menschenjäger“, wiederholte der Chef abwertend, „das war vielleicht nur der Eindruck meines Freundes. Zugegeben, er ist ein etwas vorsichtiger, um nicht zu sagen ängstlicher Typ. Aber ein gestandener Reporter wie Sie findet Wege, um mit solchen Leuten ins Gespräch zu kommen.“
Ich wusste, aus dieser Geschichte gab es keinen anderen Ausweg für mich, als den Schauplatz dieses Schauermärchens aufzusuchen.
Der Chef holte ein Blatt hervor: „Hier ist die Lageskizze. Mein Freund hat sie gleich danach angefertigt, als er über der Grenze war. Die verläuft dort ziemlich willkürlich, durch Bäche, über Bergkämme, entlang von Forstwegen.“
Ich nahm den Zettel. Als Orientierungspunkte waren ein Berg namens Sveti Duh, zu Deutsch Heiliger Geist, und der angeblich südlichste Punkt der Steiermark angegeben. Dieser sei mit einem alten Mühlstein markiert, und etwa hundert Meter weiter östlich führte laut Skizze ein Waldpfad über die Grenze in das offenbar sehr enge Tal. „Sie möchten auch Fotos, Chef?“, fragte ich, eher feststellend.
„Natürlich, Bernt. Sie haben ohnehin Ihre kleine Digitalkamera immer dabei.“
„Ich soll selber fotografieren?“, versuchte ich zu protestieren. „Es könnte ja Renate mitkommen.“ Renate ist unsere beste Fotoreporterin in der Redaktion und außerdem mit mir verheiratet.
„Nein, Renate bleibt hier“, entschied der Chef. „Für Frauen scheint mir die Mission doch etwas gefährlich.“
„Für mich nicht?“
„Sie sind ein hart gesottener Bursche, Bernt, Sie haben in zahlreichen Einsätzen schon bewiesen, dass Sie in allen Lebenslagen Ihren Mann stellen. Ich rate Ihnen nur, ein aufgeladenes Handy mitzunehmen und vorher sowohl mit einer österreichi-

schen grenznahen Polizeiinspektion wie auch mit einer slowenischen Polizeistelle Kontakt aufzunehmen. Nur für den Fall, dass Sie wirklich in Bedrängnis kommen sollten."

Tags darauf brach ich auf. Knapp drei Stunden später, zur Mittagszeit, klingelte ich am Tor der Polizeiinspektion Leutschach. Ich fragte den Beamten nach dem Weg zur Südspitze des Bundeslandes Steiermark und, wo man bei Bedarf einen geeigneten Schlafplatz finden könnte. Der Uniformierte betrachtete mich kritisch, offenbar entsprach ich nicht seiner Vorstellung von einem zünftigen Wanderburschen. Immer die Straße südwärts fahren, riet er mir, es gehe dort steil bergan, und nach einigen Kehren und Kilometern sollte ich links zu einem übrigens empfehlenswerten Hotel mit guter Küche und angrenzendem Obsthof abbiegen. Dort würde man mir den genauen Weg zum Ziel weisen. Sollte ich noch am selben Tag nach Leutschach zurückkehren, könnte er mir das Wohlfühl-Hotel des Walter Tscheppe am Hauptplatz als Quartier empfehlen. Auch hier sei die Küche außergewöhnlich gut und preiswert. Ich dankte, vermied es jedoch, auf meine Mission einzugehen und verschwieg auch meine Reporterprofession. Schließlich fragte ich aber scheinheilig, schon im Hinblick auf mögliche bereits aktenkundige Vorkommnisse rund um die Brüder aus der Urzeit, ob unterwegs mit irgendwelchen Gefahren zu rechnen sei. Noch einmal schaute mich der Polizist von oben bis unten an, sein Blick blieb an meinen Oxford-Schuhen haften, er schüttelte den Kopf und meinte: „Das Gelände ist zwar nicht felsig, aber Bergschuhe könnten auf der Wandertour nicht schaden. In unserem Ort finden Sie einen gut bestückten Schuh- und Sportladen, Daniel Pinnitsch heißt der Besitzer. Und wenn Sie auf dem Weg zu Ihrem Ziel an einer Ruine vorbeikommen, die Ruine Schmirnberg liegt nämlich am unteren Teil des Wanderweges, dann müssen Sie auf Kreuzottern achten."

Ich dankte dem Beamten und fragte ihn, die Worte meines Chefs noch im Ohr, ob ich den Polizeiposten im Notfall kontaktieren dürfte. „Unser Notruf 133 ist rund um die Uhr erreichbar", sagte der Beamte. „Aber verlassen Sie sich nicht auf Ihr Handy. Im Grenzabschnitt treten immer wieder Funkstörungen auf."

Ich besorgte tatsächlich Bergschuhe, kaufte im besagten Geschäft auch einen Trekking-Rucksack, um wie ein echter Wanderer auszusehen, und fuhr dann los. Schon ein paar hundert Meter weiter hielt ich an: Da ragte, direkt auf dem weitflächigen Parkplatz vor einem Einkaufszentrum, ein gigantisches Windrad in den Himmel. Ein Mann, der mich beim Fotografieren sah, stellte sich als Günther Repolusk und Seniorchef des Supermarktes vor und behauptete, dieser Klapotetz „Ella“, so der Name des Ungetüms, sei mit 19 Meter Höhe, 25 Tonnen Gewicht und einer Flügelspannweite von vierzehn Metern der größte der Welt. Ich war beeindruckt, doch ich musste weiter und kurvte schließlich, immer den Berg hinan, im zweiten Gang zu dem vom Polizisten empfohlenen Hotel, wo ich für die Nacht ein Zimmer reservieren ließ. Im benachbarten Obsthof fielen mir ein origineller und liebevoll gestalteter und beschrifteter Wellness-Park und davor eine mächtige steinerne Hand neben dem Parkplatz auf. Die Bedeutung des symbolhaften Monuments, das abwehrend und zugleich schützend hochragt, wurde für mich schmerzlich spürbar, als mir der Chef dieses Betriebes, selber von hünenhafter Statur, mit seiner Rechten, die der Größe einer Palatschinkenpfanne entsprach, die Hand drückte. Der freundliche Riese, er nannte sich Hugo Kapun, erklärte mir bereitwillig und ausführlich den Weg zum „Südpol“ des Landes und gab mir drei Äpfel und ein Fläschchen Birnenbrand gratis als Wegzehrung mit. Zwei Stunden hin und zwei Stunden retour, das sei die üblicherweise kalkulierbare Wanderzeit, sagte er, und wenn ich am Abend zurückkäme, würde er mit mir im angrenzenden Gasthof ein Glas heben.
Bevor ich los marschierte, neben Obst, Schnaps, Mineralwasser auch die Skizze von Herbert Stift, meine Mini-Kamera, ein winziges Tonbandgerät und eine Taschenlampe im Rucksack, rief ich Renate an und sagte ihr, wie sie mir fehlte. Am Abend, im Hotel zurück, würde ich sie noch einmal anrufen, versprach ich. Sie wünschte mir „Hals und Beinbruch“, und ich hatte das mulmige Gefühl, dass dieses geflügelte Grußwort in meinem Fall unangebracht sei.
Zweieinhalb Stunden später, nach einer Tour durch teilweise

unwegsames, urwaldähnliches Gelände, entlang einer noch schemenhaft erkennbaren weißgrünen Farbmarkierung in einer finsteren Klamm und mitten durch einen fast ausgetrockneten Bach, vorbei an einer in ein Rohr gefassten Quelle und an einem alten steinernen Kalkofen, erreichte ich erschöpft den Mühlstein, der auch auf der Skizze des Herrn Stift eingezeichnet war. Erst später wurde mir bewusst, dass ich auf meinem Marsch immer wieder auch die Staatsgrenze überschritten hatte. Beim steirischen Südpol gönnte ich mir eine Rast, trank die halbe Mineralwasserflasche leer und beschloss, mich wieder bei Renate zu melden. Doch so oft ich ihre Nummer ins Handy tippte, eine Verbindung war nicht möglich. Der polizeilich angedrohte Funkschatten hatte mich eingeholt.

Ich holte nun genau hundert weite Schritte ostwärts aus, allerdings sah ich mich dort vergebens nach dem von Herrn Stift skizzierten Abstieg in die Steinzeit um. Ich ging ein paar Meter weiter, doch nirgends öffnete sich ein Weg in einen Graben. Hatte sich Herr Stift, verfolgt von einer aufgebrachten Steinzeittruppe, in verständlicher Erregung bei seinen Aufzeichnungen geirrt? Immerhin musste der Steig früher vermutlich auch für Maultierkarren befahrbar gewesen sein. Sonst hätten die Partisanen die angeblich erschossenen Zivilisten nicht in diese Einschicht verfrachten können.

Eine mit Farnwedeln überwucherte Stelle ließ mich innehalten. Ich durchquerte das hüfthohe Blattgestrüpp, und tatsächlich – nach einigen Metern war an dem dort niedrigeren Pflanzenwuchs ein schmaler Pfad zu erahnen. Beiderseits des Weges streckten Jungfichten ihre Äste aus, ich musste mir mit beiden Händen den Weg durch die Hindernisse bahnen. Die Trasse führte nun merklich bergab, und von Zeit zu Zeit blieb ich stehen, um nach verdächtigen Geräuschen, nach Menschenstimmen oder Tierlauten zu horchen. Aber die Botanik schwieg, nicht einmal Vögel rührten sich im Geäst der Bäume.

Ich zwang mich, Mut zu fassen in dieser unheimlichen Idylle, und seltsam: An Umkehr dachte ich keinen Moment. Ich schritt weiter, die Müdigkeit schien überwunden, die Neugier trieb mich immer flotter talwärts. Nach kurzer Zeit öffnete sich der Blick beiderseits zu steilen Waldhängen. Ein Mischwald säumte den Talstreifen, neben Fichten und Föhren erkannte ich Edelkastanien und Buchen. Als ich an einem Nadelbaum vorbeikam, merkte ich erstmals so was wie menschliche Eingriffe in die Natur. Die Rinde des Baumes war teilweise abgestreift, der Stamm blutete aus einer frischen Harzwunde.

Kaum hatte ich mich von diesen Spuren menschlichen Wirkens abgewendet, um weiter zu stapfen, als mich ein heftiger Schmerz zu Boden riss. Ich griff an den Leib und bemerkte, dass mich eine Lianenschlinge zu Fall gebracht hatte. Die Vernunft warnte mich, Widerstand zu leisten. Auf dem Waldboden liegend hob ich den Kopf, um meinen Widersacher zu sehen. Ein kleingewachsener ältlicher Mann hatte sich neben mir aufgerichtet. Krauses graues Barthaar rahmte sein Gesicht, in der Rechten fasste er das Ende der Liane, in der Linken schwang er einen Prügel.

„Stoj!", rief er. Ich war also in der slowenischen Vorzeitepoche gelandet.

„Mir, Mir!", rief ich. Das war eines der wenigen slowenischen Wörter, die ich kannte, und bedeutet in unserer Sprache „Friede".

Der Alte beäugte mich genau, dann riss er mich hoch, trat mir in den Hintern und befahl: „Idi! Besi! Gubise!" Auch ohne slowenische Sprachkenntnisse erahnte ich die Bedeutung der Worte: „Vorwärts! Marsch!" Das fingerdicke Lianenseil war in Oberarmhöhe um meinen Körper geschlungen, wie ein Gefesselter wurde ich weiter talwärts getrieben.

Unterwegs sprach ich den Kerl auf Deutsch an, er reagierte aber nicht, sondern drängte mich, das Holzstück in meinen Rücken bohrend, brutal weiter. Nach rund fünf Minuten waren wir am Ziel. Ich hatte auf die Uhr geschaut, um mein Gefühl für die Distanz zu schärfen.

Auf einer Lichtung, die kaum fünfzig Meter breit war, standen drei Blockhütten, aus einem steinernen Rauchfang drang Qualm. In einem Gatter grasten Schafe und Ziegen, rund um die Behausungen scharrten Hühner am Boden, Enten schnappten an einem Bachufer nach Schnecken, und in einem Verschlag

kauerten Kaninchen. Mein Bewacher rief etwas in die Richtung einer Hütte, und im Nu war ich von einer Schar fremdartig aussehender Männer und Frauen umringt. Alle trugen Umhänge statt Hosen oder Röcke und zu meinem Erstaunen festes, klobiges Schuhwerk. Einige lachten, offenbar über meine Fesselung, einige blickten finster und abweisend drein.
„Ich komme als Freund zu Ihnen“, versuchte ich einen Vorstoß des guten Willens.
„Aus Österreich?“ Am liebsten hätte ich den Mann, der mir antwortete, umarmt. Endlich einer, der mich verstand! Er war um die Fünfzig und trug einen gepflegteren Bart als der Alte.
„Ja. Entschuldigen Sie mein Eindringen. Ich will Sie in Ihrer Lebensweise nicht stören“, sagte ich.
„Ist der Krieg schon aus?“, fragte der Deutschsprechende.
„Welcher Krieg?“
Der Sprecher sah sich in der staunenden Runde um. Jetzt mengte sich auch ein anderer Mann in unser Gespräch ein. Er sagte: „Hier hat es Krieg gegeben. 1991 hat er angefangen. Mit Panzern und Flugzeugen ist die Volksarmee gekommen. Bis zum Sveti Duh hinauf hat es Kämpfe gegeben.“
Ich war verblüfft. Diese Menschen hatten offenbar seit damals keine Information mehr über das Geschehen außerhalb ihres Tales gehabt.
„Der Krieg ist längst vorbei. Er hat nur zehn Tage gedauert. Slowenien ist ein friedliches Land geworden“, beeilte ich mich zu sagen. „Es ist sogar Mitglied der Europäischen Union.“
Der etwa Fünfzigjährige übersetzte meine Nachricht für den Alten, der sichtlich kaum Deutsch verstand. Dann wandte er sich wieder mir zu und nahm mir die Lianenfesseln ab. „Sie müssen uns verstehen: Wir sind aus einem nahen Dorf. Als der Krieg losging, sind wir mit ein paar Hühnern, Enten, Schafen und Ziegen und einigem Hausrat und Werkzeug hier in dieses Tal geflüchtet. Mein Bruder und ich hätten zum Militär gehen sollen. Aber wir waren nicht bereit, uns abknallen zu lassen. Hier haben wir eine kleine, bescheidene Existenz aufgebaut. Und wir haben jede Verbindung nach außen abgebrochen.“

Ich dankte ihm für die Befreiung von der Liane und kramte in meinem Rucksack den Birnenbrand hervor. „Für euch", sagte ich.
Der Mann nahm grinsend das Fläschchen. „So was hatten wir schon lange nicht mehr", sagte er. „Wir leben sehr einfach. Die Hütten haben wir aus Holz errichtet, wie Sie sehen. Wir heizen auch mit Holz. Und mit harzigem Holz machen wir Licht."
„Haben Sie kein Fernsehen?", fragte ich naiv.
Der Sprecher lachte: „Hier unten im Tal gibt es ohnehin keinen Empfang. Kein Fernsehen, kein Radio. Wir sind glücklich ohne diese Berieselung. Wir, das sind - ", er begann die Runde vorzustellen: „Das ist meine Frau Eva, mein Vater Jozef, er hat sie hergeführt, das ist seine Frau Marja, unsere Mutter, dann mein älterer Bruder Kristijan und seine Frau Milena. Ich heiße Gregor."
„Sie leben seit 1991 hier in dieser Einöde?" Ich war fassungslos.
„Unsere Welt ist klein, aber friedlich. Kommen Sie ins Haus", bat er. „Sie müssen mit uns Tee trinken."
Die Einrichtung der einen Hütte war spärlich und spartanisch, aber nicht ungemütlich. Gegenüber der offenen Feuerstelle nahmen wir alle auf hölzernen Bänken an einem klobigen Tisch Platz. Eva servierte einen schmackhaften, ungesüßten Kräutertee in Blechgefäßen. Kurz überlegte ich, ob ich das Tonband aus dem Rucksack holen sollte, um unsere Unterhaltung aufzunehmen. Ich ließ es bleiben, die Menschen hätten diese Geste als Vertrauensbruch empfunden. Gregor und sein Bruder erzählten von ihrer abenteuerlichen Flucht vor dem Krieg.
Beide jüngeren Familien waren damals, 1991, kinderlos. Mit Kleinkindern wäre so ein Unterfangen vermutlich gescheitert. Ihren kleinen Besitz hatten sie vorher, besiegelt mit schriftlichen Verfügungen, zwei Nachbarn und einem Cousin überlassen. Sie erzählten den verblüfften Leuten, dass sie sich über die grüne Grenze ins Ausland absetzen wollten, vermutlich nach Deutschland. Man glaubte ihnen damals: Gregor und Kristijan hatten mehrere Jahre in einem südsteirischen Schloss gearbeitet, Gregor, ein Maturant, sogar als Verwalter, und beide sprachen fast perfekt Deutsch. Doch in Wahrheit hatten sie bereits den Plan für eine Bleibe in dem wilden Graben nächst der Grenze aus-

geheckt. Jozef, der Vater von Gregor, kannte diese Gegend. Im Tal war ein Unterstand der Partisanen gewesen, nicht einmal die allgegenwärtige deutsche Wehrmacht habe den Schlupfwinkel ausfindig machen können. 1945 seien deutschstämmige Slowenen, die mit den Nazis kollaboriert hätten, erschossen und hier verscharrt worden. Zu Beginn der Neunzigerjahre, so schilderte Gregor, habe sein Vater erstmals eine Rente bezogen. Aber dieser Betrag sei kläglich gering und für Jozef kein Anreiz gewesen, wegen der paar Dinare zu bleiben. Im Gegenteil: Er sei es gewesen, der die Idee für den Ausstieg aus dem staatlich registrierten Dasein betrieben und nach und nach umgesetzt habe. Schon vor dem ersten Angriff der Volksarmee habe er auf einem Tragegerüst Haus- und Arbeitsgeräte hierher transportiert. Tags darauf sei er mit einigen Schafen und Ziegen losmarschiert, und als der allgemeine Aufbruch startete, habe man neben wichtigen Utensilien wie Streichhölzer oder Verbandszeug auch allerlei Gemüsesamen und Erdäpfelknollen, Proviant, Salz sowie in tragbaren Käfigen Hühner, Enten und Hasen mitgenommen. „Wir haben uns gefühlt wie Noah beim Tiertrieb auf seine Arche", scherzte Gregor. „Es war auch eine Abwägung der Schmerzgrenze", sagte er. „Wenn die Natur Unheil bringt, trifft es uns höchstens körperlich. Wenn der Mensch Unheil bringt, trifft es uns meistens auch seelisch." In dieser Eremitage sei die Großfamilie jedenfalls gegen Hungersnot gewappnet. Und aus den Kriegstagen wusste Jozef, dass in unmittelbarer Nähe des geplanten Hüttenstandortes eine Quelle Trinkwasser spendete. Angst vor Krankheiten habe man hier nicht, sagte Gregor, Mutter Marja sei ein Kräuterweiblein, er sagte wirklich „Kräuterweiblein", und sie kuriere die meisten Wehwehchen der Waldsiedler mit einer selbstgebrautem Kräutermischung.

Ich hatte so fasziniert der Geschichte dieser Aussteiger gelauscht, dass ich übersah, wie Dämmerung und Dunkelheit einsetzten. Erst als Eva Kienspanlichter entzündete, merkte ich, wie finster es um uns geworden war. Die Nacht brach hier, bedingt durch das fehlende Sonnenlicht, vermutlich zwei Stunden früher ein als oben am Berg.

Ich wollte mich zum Aufbruch rüsten, aber Gregor bestand darauf, dass ich blieb. Man würde für mich einen Schlafplatz finden, am nächsten Morgen könnte ich losmarschieren. Renate fiel mir ein, ich hatte doch versprochen, mich am Abend zu melden. Ich versuchte das Aussichtslose und rief sie an. So sehr die Männer das Handy bestaunten, die bewunderte Technik versagte in dieser technikfreien Idylle.

Kaum hatte ich mich zum Bleiben überreden lassen, trug Milena für alle ein Nachtmahl auf. Ich hatte nicht bemerkt, dass sie die Tischrunde vorher verlassen hatte, um das Essen zu bereiten. Es gab auf offenem Feuer gebratene Hühnerkeulen, Erdäpfel und Salat. Kein Hauben-Menü hätte mir an diesem Abend besser gemundet. Nach dem Essen saßen die Männer und ich noch lange beisammen und nippten am Birnenbrand. Da stellte mir Gregor erstmals die von mir befürchtete Frage, was mich in dieses Tal verschlagen habe. Ich nahm zu einer Notlüge Zuflucht, verschwieg meinen Beruf, nahm Anleihe bei den Motiven des Herrn Herbert Stift und sagte, dass ich als Hobbyhistoriker auf der Suche nach dem Massengrab gewesen sei.

Das Nachtlager auf Holzlatten war hart, aber erholsam. Am Morgen weckte mich aufmunterndes Hahnengeschrei, und nach dem Frühstückstee verabschiedete ich mich von den Talbewohnern. Gregor wollte mich bis zum Einstieg in den Graben begleiten und mir unterwegs die Grabstätte zeigen. Erst jetzt bat er mich, niemandem von ihrer Klause zu erzählen. Seine Sippe habe beschlossen, hier zu bleiben, auch wenn in Slowenien Frieden herrsche. „Viele werden sagen: Wir sind damals desertiert“, sagte er, „aber wir sind desertiert vor dem Wahnsinn eines Bruderkrieges. Aber hier in der Waldwildnis braucht ein Bruder den anderen.“ Ich gab ihm mein Versprechen, über ihre Robinson-Siedlung im Tal zu schweigen.

Knapp vor dem Farngestrüpp, das den Taleingang markierte, wies Gregor auf einen nur mit Brombeersträuchern bewachsenen Hügel: „Hier liegen die Toten begraben. Keiner von uns hat je von diesen Beeren gegessen. Wir lassen sie den Schlangen.“ Manchmal verbrämt die Natur verschämt, was Menschen angerichtet haben.

Der Abschied von Gregor fiel eher abrupt aus, denn als wir die österreichische Grenze erreichten, begann es am Himmel martialisch zu knattern. Ein Hubschrauber schwirrte röhrend über uns, Gregor duckte sich unter die Fichten, und auch ich verbarg mich. „Dem Frieden ist hier oben nicht zu trauen", sagte er, ehe er mich umarmte.

Ich hatte es befürchtet: Sowohl Renate wie auch mein Chef hatten noch in der Nacht Alarm geschlagen, weil ich verschollen schien. Am frühen Morgen startete eine Helikopterbesatzung die Suche nach mir. Ich marschierte, immer unter Bäumen Dekkung suchend, um nicht gesehen zu werden, bis zum Riesen im Obsthof. Vor meinem Wagen, den ich unter der steinernen Hand geparkt hatte, erwartete mich ein sichtlich schlecht gelaunter Mann. Er stellte sich als Max Ricchius vor und war der leitende Kriminalist dieses Polizeibezirkes. Die für steirische Ohren ungewohnt klingende Bezeichnung blieb gerade wegen ihrer Fremdartigkeit sofort in meinem lückenhaften Namensgedächtnis haften, und erst viel später sollte ich erfahren, dass der Name auf einen Vorfahren des Polizisten zurückgeht, den es einst aus Litauen über die Lausnitz nach Österreich verschlagen hat.

Mein Chef hatte also, weil er mich nicht erreicht hatte, mitten in der Nacht das Innenministerium mobilisiert. Dem hochrangigen Journalbeamten gegenüber äußerte er den Verdacht, irgendwelche Waldmenschen, bei denen ich hätte recherchieren sollen, könnten mich attackiert oder gar umgebracht haben. Er verlangte eine sofortige Großsuchaktion zu starten, und im Ministerium gehorchte man dem ebenso gefürchteten wie einflussreichen Medienboss mit ein paar Stunden Verspätung. Das steirische Landeskriminalamt hatte bei Tagesanbruch eine technische Ortung meines Handys eingeleitet und festgestellt, dass mein Mobiltelefon irgendwo in der Grenzregion verblieben war. Der Chefkriminalist des Bezirkes wurde zeitig in der Früh aus dem Bett geholt und dazu vergattert, den Sucheinsatz an Bord der Libelle zu leiten. Ihm, der nie freiwillig ein Flugzeug bestiegen hätte, war, wie er mir später klagte, während des einstündigen Schwebemanövers knapp über den Baumwipfeln speiübel geworden. Kein Wunder, dass er stinksauer war, als er mich munter

und wohlbehalten zu meinem Wagen kommen sah. Er hatte den Standort meines Autos ermitteln, sich vom Hubschrauber absetzen lassen und dann einfach auf meine Rückkehr gewartet. Mit mürrischer und noch immer bleicher Miene wollte er ein Protokoll mit mir aufnehmen, doch ich verweigerte jede Aussage.
Hier unter der Riesenhand funktionierte das Handy endlich wieder, und ich rief zunächst Renate an, die einen phonetischen Luftsprung machte, als sie meine Stimme hörte, dann meinen Chef. Seine anfängliche Freude über mein Auftauchen schlug in blanken Zorn um, als ich ihm mitteilte, dass die Urzeitmenschen nur eine Fata Morgana seines Freundes gewesen seien und ich sie nicht habe finden können.
Herr Ricchius stand die ganze Zeit daneben und schüttelte beim Stichwort „Urzeitmenschen" missbilligend das Haupt. „Ihr Zeitungsfritzen seid wie so oft auf dem Holzweg", sagte er, als ich mein Handy zuklappte. „Dieser Landstrich hier ist zwar sehr mythenreich, doch die berühmten Gräber aus der Hallstattzeit finden Sie nicht in diesem Grenzgebiet, sondern am Burgstallkogel bei Großklein", belehrte er mich. „Diese Fundorte liegen etwa fünfzehn Kilometer weiter nordwärts." Der Polizist hatte meine Mission total missverstanden, aber ich dankte ihm für seinen Tipp und war froh, dass er zunächst keine weiteren Fragen stellte.
Erst Monate später, nachdem ich mir, von der paradiesischen Landschaft fasziniert, im Rebenland eine Wochenend-Hube zugelegt und ich auch beruflich mehrmals mit Herrn Ricchius zu tun gehabt hatte, gestand ich ihm, was ich wirklich in der Waldwildnis jenseits der Grenze erlebt hatte. Der Beamte, den ich in der Folge taxfrei zum „Kommissar" beförderte, und ich wurden fast Freunde, und einige der folgenden Geschichten, wie zum Beispiel die nächsten beiden, verdanke ich ihm.

2. Die Leiche im Beichtstuhl

Pater Tadeusz verließ kopfschüttelnd, in einer Hand das Brevier, in der anderen die violette Stola, die Sakristei, und betrat den Altarraum der barocken Marien-Wallfahrtskirche Sankt Veit am Vogau. Mehr automatisch als andächtig beugte er ein Knie vor dem Tabernakel, über dem das in Gold gefasste Gnadenbildnis Maria Schnee und das Altargemälde mit jener Marterszene zu sehen ist, wo der junge Heilige Veit in einen Kessel mit siedendem Öl gestoßen wird. Dann schritt Pater Tadeusz an den leeren Kirchenbänken vorbei zum Beichtstuhl rechts des Kirchentors. Noch unterwegs schwang er den schärpenartigen Stoffstreifen über die Schultern, schließlich öffnete er die mittlere der drei goldverbrämten Türen des barocken Holzschrankes. Der Priester knipste das Lämpchen im Innenraum an, setzte sich, zog die Tür zu und schlug sein Gebetbuch auf. Doch bevor er sich auf die frommen Worte im Buch konzentrieren konnte, stieg abermals Ärger in ihm hoch, obwohl er, als er sich gesetzt hatte, fest entschlossen gewesen war, die misslaunigen Gedanken vor dem Gebet zu zügeln. Es half nichts, er musste an seinen Kirchendiener denken. Vorhin, beim Betreten der Sakristei, als er die Stola aus dem Schrank für liturgische Gewänder geholt hatte, war er Augenzeuge einer seiner Ansicht nach frevelhaften Handlung geworden. Albin Toso, der Mesner, war dabei, den Speisekelch für die morgige Sonntagsmesse mit Hostien aufzufüllen. In dem Moment, als Pater Tadeusz die Sakristeitür öffnete, schob der Mann eine gute Handvoll der weißen, kleinen Oblaten wie einen Haufen gerösteter Kürbiskerne in den Mund.

„Albin“, rief der Priester entsetzt aus, „was tun Sie da?!“

Der Sakristan wandte sich ihm mit einem befremdend kalten Blick zu und sagte, wobei die Worte nicht einmal entschuldigend klangen: „Die sind ja ohnehin noch nicht geweiht.“

Seit rund drei Monaten stand Toso ihm in der Kirche zur Seite. Der Mann hatte mit 55 Jahren seinen Job als Kaffeemaschinenvertreter verloren, und da er sich schon vorher hin und wieder im Pfarralltag nützlich gemacht hatte, lud Pater Tadeusz ihn ein, die

Stelle des Mesners zu übernehmen. Zuletzt hatte diese Kirchendienste eine ältere Frau besorgt, doch sie war vor einem halben Jahr gestorben. Pater Tadeusz hatte dem Arbeitslosen dafür eine monatliche Unterstützung von 250 Euro angeboten, allerdings ohne sozialrechtliche Anmeldung, weil Toso ohnehin versichert war, und der neue Mesner war damit einverstanden gewesen. Einmal, so schien es dem Priester, war der Mann ungehalten gewesen, weil er, Tadeusz, Tosos Angebot abgelehnt hatte, einen preisgünstigen Welschriesling-Messwein vom Nussberg aus Tosos Wohnort Ratsch zu besorgen. „Ich bekomme den Messwein vom bischöflichen Ordinariat geliefert", hatte er den Mitarbeiter enttäuschen müssen.

Pater Tadeusz blätterte im Brevier, aber Andacht wollte in ihm nicht aufkommen. Er musste daran denken, dass die Spendeneinnahmen, seit Toso hier tätig war, merklich geschrumpft waren. Hatten die Ministranten in den Gottesdiensten einst wöchentlich mit den Körbchen 300 bis 350 Euro gesammelt, so sank die Summe, seit Toso die Einnahmen zählte und dann an den Pater ablieferte, auf 200 bis 250 Euro. Der Priester konnte diesen Rückgang nicht nachvollziehen, weil die Zahl der Kirchgänger an den Adventsonntagen sogar leicht zugenommen hatte. Er klammerte sich an die Erklärung, dass die Leute vermehrt für Weihnachtsgeschenke sparten.

Pater Tadeusz war vor drei Jahren aus Polen in die Steiermark gekommen, sein Orden in Lodz hatte es erlaubt, weil eine entsprechende Bitte aus Rom eingelangt war. Viele Pfarren in der Diözese Graz-Seckau waren infolge Priestermangels verwaist, und der Bischof teilte ihm eine Stelle im Süden des Landes zu.

Hier fühlte er sich wohl und hatte das Gefühl, dass auch das Pfarrvolk ihm wohlgesinnt war. Eigentlich hatte er nur mit dem Mesner Probleme, doch jetzt nahm er sich mit einem tiefen Seufzer vor, die misstrauischen Gedanken zu verscheuchen und für den Mann zu beten. Pater Tadeusz begann sich auf die liturgischen Sprüche zu konzentrieren. Er war bei der Vesper angelangt, als er einen Blick auf seine Uhr warf, um zu prüfen, ob genügend Zeit für Bußwillige blieb, vor der Abendandacht, die um 18 Uhr beginnen sollte, in den Beichtstuhl zu treten. Er hatte nämlich gehört, dass einige Gläubige bereits in die Kirche gekommen waren. Es war 20 Minuten vor Sechs, und Pater Tadeusz schob die Vorhänge zu den Beichtkabinen zur Seite, zuerst den linken, dann den rechten. Durch die mit Holzstäben vergitterten kleinen Öffnungen hinter den Vorhängen konnte er sich recht deutlich mit den Beichtenden verständigen. Er war überrascht, dass in der rechten Kabine bereits jemand kniete, denn er hatte niemanden eintreten gehört. Pater Tadeusz legte das Gebetbuch zur Seite und machte in der Richtung des Büßenden das segnende Kreuzzeichen. Doch die Person blieb stumm und das Sprüchlein schuldig, wann sie zum letzten Mal gebeichtet habe, so dass der Priester sich näher zum Gitter beugte. Da erkannte er das Gesicht, die blasse, vornehme Hautfarbe, die etwas zu lang geratene Nase und die weit geöffneten Augen, die seine Hand anstarrten, mit der er, leise die Beichtformel vor sich hinmurmelnd, das Kreuz über die Kniende geschlagen hatte.

„Frau Baronin", flüstere er, „ist Ihnen nicht gut?"

Das Gesicht blieb ohne Regung, ebenso wie die Augen. Jetzt erst, da er genauer hinsah, merkte Pater Tadeusz, dass die Stirn der Frau gegen das Gitter gesunken war.

„Boj sie Boga!", rief er in seiner Muttersprache aus, sprang aus dem Beichtstuhl und riss die Tür zur rechten Kabine auf. Eugenie Roger kniete mit seltsam verrenkten Beinen wie eine Marionettenpuppe auf dem Betschemel, das Haupt war zur Fensteröffnung geneigt, die Arme hingen schlaff und leblos neben dem zierlichen, kleinen Körper. Der Geistliche wollte der Frau aufhelfen, doch sobald er sie berührte, drohte sie wegzukippen, und ein Schauer überkam ihn, als er spürte, wie erkaltet ihre Hände waren. „Die Frau ist tot", sagte er halblaut, dennoch hörten es einige, die, auf die Abendandacht wartend, in den hinteren Bankreihen Platz genommen hatten. Zwei Frauen eilten herbei, um zu helfen, aber der Pater, noch immer die Leblose stützend, damit sie nicht aus dem Beichtstuhl fiel, sagte zu ihnen: „Wir können nicht mehr helfen, Frau Roger ist tot. Bitte", fügte er hinzu, indem er den Körper behutsam in seine Ausgangslage drückte, „hat jemand ein Handy dabei? Wir müssen die Polizei rufen."

*

Kommissar Max Ricchius hatte sich zu Tisch gesetzt, seine Frau Mimi war im Begriff, das Essen aufzutragen, heute sollte es ein Sulmtaler Backhenderl sein, da erklang die Fanfare aus dem Te Deum-Prelude von Marc-Antoine Charpentier. Kollegen hatten dem Bezirkschef der Kriminalinspektion Leibnitz diese Eurovisions-Melodie auf sein Handy geladen. Ricchius griff zum Mobiltelefon, hörte die Botschaft und war betroffen: „Was? In der Sankt Veit-Kirche? In diesem Kulturdenkmal?!“ Seufzend fügte er hinzu: „Die Welt hat immer schon mehr Morde als Kultur erlebt.“ Schließlich fasste er sich: „Das heißt also, ich muss in die Kirche. Euer Te Deum war das richtige Omen.“

„Weibi“, sagte er nach dem Telefonat zu seiner Frau, „ich muss weg. Vermutlich ein Frauenmord in einem Beichtstuhl der Sankt Veit-Kirche am Vogau.“ Mimi Ricchius, von Beruf Lehrerin, seufzte, sie war derartige Überraschungen nach 28 Jahren Ehe mit einem Kriminalisten gewohnt, aber gerade heute hatte sie sich auf einen gemütlichen Samstagabend gefreut.

„Wer soll eine gläubige Büßerin ermorden?“, wunderte sie sich.

„Vielleicht war es der Antichrist“, ulkte Ricchius.

„Ein Antichrist ist in dieser Kirche verewigt“, knüpfte seine Frau an den Scherz an. „Erst in der Vorwoche hab ich meinen Schülern erzählt, was in diesem Barockjuwel zu sehen ist: Ein doppeltes Paradoxon. Denn obwohl die Kirche im 18. Jahrhundert erbaut wurde, ist auf einem Deckenfresko der Kommunisten-Vater Karl Marx zu sehen, der erst im 19. Jahrhundert gelebt hat. Vermutlich ist Sankt Veit die einzige Kirche der Welt, in der Karl Marx als fanatischer Religionsfeind verewigt wurde. Und zwar von einem gebürtigen Italiener, aber erst im Jahr 1921. Karl Marx wird auf dem Deckengewölbe als Aufwiegler inmitten einer zerbrechenden Weltordnung dargestellt. Sein Gegenüber ist der letzte Habsburger-Kaiser, der selig gesprochene Karl der Erste, dem seine Herrscherinsignien abgenommen werden.“

„Danke, Weibi“, lächelte Ricchius, „ich werde diesen Karl Marx in den Kreis der Verdächtigen einbeziehen. Aber heb’ mir, bitte, ein Stück vom Backhenderl auf, vielleicht bin ich um Mitternacht zurück“, rief er im Hinausgehen in den Mantel schlüpfend.

*

Auf dem großen Platz vor der Kirche tänzelten schon unzählige Blaulichter in der Dunkelheit, als der Kommissar seinen Golf vor einem Gasthaus parkte.
Inspektor Markus informierte den Chef in gewohnt knappen Worten, erwähnte noch, dass auch ein Gerichtsarzt und die Tatortgruppe in Graz verständigt seien, und führte Ricchius schließlich durch die eisenbeschlagene Hauptpforte in die Kirche. Der Kommissar blickte kurz zum Gewölbe hoch, aber dort oben, neben der mächtigen Orgel, wimmelte es von Gestalten, die in dem matten Licht nicht zu identifizieren waren. Jedenfalls konnte er Karl Marx nicht erkennen.
Vorne am Altar kniete Pater Tadeusz und betete mit den Gläubigen einen Rosenkranz für die Verstorbene.
„Der Pfarrer hat die Tote gefunden“, schilderte Markus, „und nachher hat er alle Anwesenden nicht mehr hinaus gelassen. Auch eine Zeugin hat er an der Hand, eine Frau, die das Opfer noch zu Mittag in der Kirche gesehen haben will, und zwar mit dem Mesner.“
„Ist der auch hier?“
„Ja, der Pfarrer hat auch ihn nicht fort gelassen.“
Max Ricchius senkte die Stimme, weil er merkte, dass einige Gläubige sich zu ihnen umgewandt hatten: „Und du meinst, sie ist erwürgt worden?“
„Sie hat Würgespuren am Hals.“
Markus öffnete die Beichtstuhltür, hinter der Eugenie Roger mehr kauerte als kniete. Ricchius betrachtete die Tote, berührte sie an der Wange und äußerte mehr zu sich als zum Kollegen den Verdacht: „Das ist schon mehrere Stunden her.“
„Das Glas der Armbanduhr ist gebrochen“, berichtete Markus, „offenbar ist die Frau mit der Hand irgendwo aufgeschlagen. Die Uhr ist um 15.11 stehen geblieben.“
Pater Tadeusz war mit dem Rosenkranz fertig, drehte sich zu den schütter besetzten Kirchenbänken um und bat die Leute, noch auszuharren. Er werde mit der Polizei sprechen, ob sie nun die Kirche verlassen könnten, denn die Abendandacht werde unter diesen Umständen nicht stattfinden. Dann schritt er zu den Kriminalisten beim Beichtstuhl, wo Ricchius die Tatortsituation

diesmal aus der Perspektive des Priestersitzes musterte. Natürlich, antwortete er dem Geistlichen, dürften die Menschen die Kirche verlassen, nur mit dem Mesner und der einen Zeugin wolle man noch kurz sprechen. „Können Sie mir sagen, Hochwürden, was dieser Zettel hier oben bedeutet?"

Der Pater reagierte verlegen. „Das sind private Notizen", wich er aus. Ricchius bohrte weiter: „Notizen worüber?" Er nahm ein Blatt von der Holzwand. Der Zettel war in zwei Hälften unterteilt, rechts, unter den Buchstaben GS, waren Dutzende kleine Striche zu sehen, links, nur mit einem G betitelt, war eine Handvoll Stricheinheiten vermerkt.

„G steht für Grzeszek, das ist Polnisch und bedeutet lässliche Sünden. GS heißt Grzech Smiertelny, das sind die Todsünden. Ich notiere hier nur, wie häufig leichte und schwere Sünden gebeichtet werden."

„Ein Mord war nicht dabei?"

Der Priester zögerte betreten: „N-nein, so was ist hier meines Wissens noch nie passiert."

„War diese Frau, das Opfer, beichten?"

„Nein, sie ist aber regelmäßig zur Sonntagsmesse gekommen, obwohl ihr Wohnort rund zwanzig Kilometer entfernt ist. Frau Roger wohnt in einem alten Schloss bei Leutschach, im Schloss Trautenburg. Aber vor vielen Jahren, hat sie mir einmal erzählt, hat sie ein Gelübde abgelegt. Sie hat vor unserem Marienbild nach einer Krebserkrankung um Genesung gebetet, und weil Gott sie damals erhört hat, ist sie jeden Sonntag in unsere Kirche gegangen. Die Frau Baronin, auf diese Ansprache hat sie Wert gelegt, müssen Sie wissen, Frau Baronin ist Witwe und gilt als sehr wohlhabend. Mir hat sie versprochen, eines unserer Kreuzwegbilder restaurieren zu lassen."

Uniformierte führten den Gerichtsarzt herein, und dieser stellte schon nach ein paar Minuten klar: „Die Frau ist mit bloßen Händen erwürgt worden. Und zwar vor vier bis fünf Stunden."

„Aber die Uhr zeigt 15.11", wandte Markus ein.

„Tut mir leid. Die Tat ist meiner Ansicht nach um die Mittagszeit geschehen."

Auch die Spurenexperten in ihren weißen Astronautengewändern tauchten nun auf, bestaunt von den Gläubigen, die nun die Kirche verließen. Die Spezialisten fotografierten die Tote und ersuchten auch ihre Polizeikollegen, den Tatort zu räumen. Ricchius bat Markus, den Mesner zu vernehmen, und Rita, seine Kollegin, sollte sich um die Zeugin kümmern.
Werner Wolf, Chef der Spurensicherer, kam nach einigen Minuten auf Ricchius zu: „Komisch, der Golf der Frau steht unversperrt in der nahen Rosengasse, aber nirgends ist ein Wagenschlüssel zu finden. Und noch seltsamer ist, dass die Frau keine Handtasche bei sich hat."
„Also Raubmord?"
Wolf zuckte die Achseln: „Schau'n wir uns ihre Wohnung an."
„Das wird ein aufwändiges Unterfangen, Werner", entgegnete Ricchius, „Frau Roger hat in einem Schloss logiert."

*

Das Gittertor im Schloss Trautenburg war zunächst versperrt, aber der örtliche Polizeiposten hatte einen Vorarbeiter ausfindig gemacht, der nicht nur die beiden Pferde im Stall betreute, sondern auch rund dreihundert Schafe versorgte, die gutseigene Landwirtschaft bestellte und im Übrigen eine Gruppe von fünf anderen Gehilfen befehligte, die aber wie er selber in einem Meierhof rund dreihundert Meter neben dem Schlosstrakt hausten. Dieser Vorarbeiter, ein Slowake, besaß einen Schlüssel zum schmiedeeisernen Tor und auch zu den Wohngemächern der Baronin.
Im Erdgeschoß des mittelalterlichen Adelssitzes reihten sich neben einer Kapelle im Westtrakt nur unbenützte ehemalige Wirtschaftsräume um den mit leuchtend weißem Kies beschütteten Innenhof. Dafür diente fast das gesamte erste Stockwerk als Wohnbereich. Der Kommissar ließ von den Spurenexperten und den örtlichen Polizisten jeden Raum nach Hinweisen auf eine Plünderung, einen Diebstahl oder eine verräterische Unordnung untersuchen.
Nirgendwo standen Schränke oder Läden offen, nichts schien durchwühlt worden zu sein. Fast geisterhaft unberührt, wie ein

stummes Relikt aus verwunschenen Zeiten, wirkte ein barock möbliertes Zimmer, in dem imperiale Porträts, unter ihnen zwei Bildnisse von Kaiser Karl, die Wände zierten. In dieser von einer altertümlichen Patina geprägten Stille eines Kaiserzimmers musste Ricchius wieder an die Schilderung seiner Frau denken, die den letzten Habsburger-Herrscher auch in der Kirche am Vogau entdeckt hatte.

Der Ermittler behielt sich vor, die Bibliothek selbst in Augenschein zu nehmen. Denn aus vorherigen Kriminalfällen, in denen es um Eigentumsdelikte ging, wusste er, dass ältere, misstrauische Personen manchmal Geheimfächer hinter harmlos aussehenden Bücherreihen anlegten oder ihre Barschaft griffbereit zwischen Buchdeckeln versteckten. Systematisch durchblätterte er jedes Buch, und es waren rund dreihundert, die mehrere Regale füllten. Seine Kollegen Markus und Rita hatte er für später, wenn sie ihre Befragungen beendet haben würden, hierher in das Schloss beordert. Dann, so plante er, wollte man die gewonnenen Erkenntnisse austauschen und Bilanz ziehen.

Gegen 21 Uhr tauchten die beiden tatsächlich auf, und Ricchius lud sie ein, auf zwei Lehnsesseln im Bücherzimmer Platz zu nehmen. Er selber setzte sich, einen Notizblock und ein Büchlein öffnend, auf die Couch.

„Weißt du, dass wir uns in einem Spukschloss befinden?“, überraschte Markus seinen Chef, noch ehe dieser irgendwelche Fragen stellen konnte.

„Tatsächlich? Ah, deshalb wirken manche Gemächer so gespenstisch“, schmunzelte Ricchius.

„Im Ernst, Chef“, ergänzte Markus. „Hier sind unheimliche Vorfälle dokumentiert. Trautenburg zählt zu rund einem Dutzend Geisterschlössern in Österreich. Ich hab darüber gelesen.“

„Geistert hier vielleicht die berüchtigte weiße Frau?“, fragte Rita mit unüberhörbarer Ironie.

„Es hat Schlossherren gegeben“, fuhr Markus unbeirrt fort, „die hier einer jungen Frau mit grauem Umhang begegnet sind. Sie ist angeblich aus einem Kasten getreten und dann geräuschlos durch eine Mauer verschwunden. Ein Bewohner hat dauernd Schritte gehört, obwohl außer ihm kein Mensch im Haus war. Manchmal sollen Türen und Fensterflügel geknarrt und gejammert haben, ohne dass ein Windstoß oder ein Mensch sie bewegt hat. Nach dem Krieg, als eine britische Einheit auf dem Schlossgelände stationiert war, sind die englischen Offiziere schon in der ersten Nacht aus dem Gebäude geflüchtet, weil es drinnen gespukt hat."

„So spannend deine Spuk-Chronik ist, Markus, aber ich fürchte, die Schlossgeister werden unseren Mordfall nicht lösen", resümierte Ricchius. „Wir müssen schon unseren eigenen Geist bemühen."

„Ich wollte euch nur die Kulisse unseres neuen Mordfalles vorstellen", reagierte Markus entschuldigend.

„Er ist ein esoterisches Medium, Chef", seufzte Rita, dem Kollegen beschwichtigend auf die Schulter klopfend. „Markus behauptet zum Beispiel, sein Blick sei durchsichtig wie ein visueller Lügendetektor. Er hat in den Augen des Mesners ein nervöses, unstetes Flackern von Schuldbewusstsein beobachtet, sagt er. Denn kein Mensch kann mit den Augen lügen, meint er."

Schließlich berichtete Rita über die Einvernahme der Zeugin aus der Kirche, einer 70-jährigen, eher sehschwachen Rentnerin, die nach dem Einkauf gegen 12.30 Uhr für eine Vaterunserlänge ins Gotteshaus gekommen war und sich in der hintersten Bankreihe niedergelassen hatte. Die Frau meinte, Eugenie Roger in Begleitung des glatzköpfigen, etwas korpulenten Mesners in der Kirche gesehen zu haben. Die beiden hatten, ihrer Wahrnehmung nach, eingehend ein Kreuzwegbild in der Nische beim südseitigen Kirchentor betrachtet und waren dann Richtung Hauptaltar gegangen. Dann nahm Markus seine Notizen zur Hand und erzählte, der Sakristan leugne stur, zur Mittagszeit in der Kirche gewesen zu sein. „Aber, Chef, ich habe wirklich den Eindruck, der Mann will etwas verbergen."

Der Kommissar ging auf diesen Verdacht nicht sogleich ein, sondern überraschte seine Leute mit einer Entdeckung. Er hatte in einem Bücherregal einen in Leder gebundenen Taschenkalender des Opfers gefunden. „Vor drei Tagen hat die Baronin hier etwas

notiert, was uns weiterhelfen sollte", verkündete er, um dann aus dem Büchlein zu zitieren: „Mesner wollte von mir ein Darlehen von 5000 Euro. Habe abgelehnt. Und für heute", fuhr Ricchius fort, „hat sie eingetragen: 12,15 Uhr Treffen mit T. in der Kirche."
„Da können wir uns endlich einen Haftbefehl gegen den Mesner holen", jubelte Markus.
„Vorsicht", mahnte Ricchius. „Der Name des Pfarrers beginnt auch mit T."
In dem Moment krachte es, ein Ölbild, das Eugenie Roger in jungen Jahren darstellte, war von der Wand gefallen. Es glitt entlang der Mauer und blieb auf einem Piano hängen, das neben der Sitzgarnitur an der Wand stand. Der Rahmen war aus Gips, blieb aber heil. Die drei Kriminalisten sahen einander bestürzt an. Es hatte keinerlei Erschütterung im Raum gegeben, alle waren ruhig da gesessen. Behutsam bettete Ricchius das Bild auf das Sofa und sagte: „Wenn du schon herunter fällst, liebe Frau Baronin, sag uns wenigstens, wer dein Mörder ist."
„Ich hab's ja gewusst, das ist ein Spukschloss", murmelte Markus.
Der Kommissar untersuchte den Haken in der Mauer, doch der war intakt geblieben. Das Bild, so überzeugte er sich, war mit einem Ring an dem Haken befestigt gewesen, und auch dieser winzige Haltereifen war unbeschädigt. Bei Betrachtung der Rückseite des Bildes fand er zwischen Rahmen und Leinwand einen Zettel. Es war eine Rechnung über 120 Euro für die Restaurierung des Bildnisses. Darunter prangte ein Firmenstempel: „Alte Gemälde, Rahmen und Restaurierungen, Egon Trunk, Leibnitz."
„Diesen Herrn nehmen wir uns noch heute vor", sagte Ricchius.

*

Eine halbe Stunde später standen die drei Beamten vor der Adresse des Restaurators. Der etwa 50-jährige füllige und kahlköpfige Mann öffnete, nur mit einem Schlafrock bekleidet.
„Herr Trunk", sagte Ricchius, seine Dienstmarke zückend, „Wir sind von der Kripo Leibnitz. Sie wurden heute Mittag in der Kirche von Sankt Veit am Vogau mit Frau Eugenie Roger gesehen. Wir müssen dringend mit Ihnen reden."
Der Angesprochene leugnete nicht das Treffen mit dem Opfer.

Die Frau habe ihn, nachdem er ihr Bildnis aus dem Schloss restauriert hatte, um die Kosten für die Reparatur des vierten Kreuzwegbildes in der Kirche gefragt. Auf dem Gemälde wäre die Gestalt von Christi Mutter farblich zu restaurieren gewesen. Er habe 600 Euro verlangt, das sei Frau Roger zu teuer gewesen, deshalb habe sie die Kirche allein verlassen.

In dem Moment klimperte Rita mit einem Schlüsselbund, den sie im Vorzimmer aus einer Manteltasche des Mannes gezogen hatte. „Davon passt kein Schlüssel zu Ihrer Tür, Herr Trunk. Sind das die Schlüssel zum Schloss der Frau Roger?"

Der Mann erblasste, eine halbe Stunde später konnten die Kriminalisten sein Geständnis protokollieren. Der Mann war infolge des immer flaueren Geschäftsganges in einen finanziellen Engpass geschlittert. Vor zwei Wochen, als er das restaurierte Bildnis der jungen Baronin in das Schloss Trautenburg zurück brachte, bemerkte er durch einen Türspalt, wie Eugenie Roger Bargeld aus einem Versteck in ihrem Piano holte, um ihn zu entlohnen. Beim Rendezvous in der Kirche, wo sie ihm das beschädigte Kreuzwegbild zeigte, habe ihn plötzlich der Teufel geritten. Als er sich unbeobachtet fühlte, erwürgte er seine Kundin. Er schleppte sie in den Beichtstuhl, stellte die Zeit auf ihrer Armbanduhr auf 15.11 und zertrümmerte das Glas, um sicherheitshalber ein Alibi zu haben. Aus der Handtasche des Opfers nahm er Schlüsselbund und Geldbörse, die Tasche, in der auch noch der Autoschlüssel lag, warf er in den nächsten Müllcontainer. Schließlich raubte er 4000 Euro aus dem Geldversteck im Schloss des Opfers.

Als Egon Trunk in Handschellen abgeführt wurde, war es 22.30 Uhr, und Max Ricchius griff, was er selten tat, zum Handy. Zuerst rief er seine Frau an, um ihr mitzuteilen, dass er bald zum Backhenderl daheim sein werde.

„Hast du den Antichrist gefunden?", fragte seine Frau.

„In der Kirche hab ich ihn übersehen, Weibi", antwortete Ricchius. „Da hat er sich unter den vielen Heiligen gut getarnt. Eine Gewohnheit aller Mörder. Keiner von ihnen trägt ein Kains-Mal."

„Und wo habt ihr den Frauenmörder aufgespürt?", wollte Mimi wissen.

„Das Opfer hat uns seinen Namen posthum verraten.“
„Das klingt nach Okkultismus“, überlegte die Frau.
„Du hast Recht“, pflichtete Ricchius ihr bei, „das Opfer wohnte in einem Spukschloss. Aber daheim beim Backhenderl erzähl ich dir die ganze Geschichte.“
Der Kommissar wählte anschließend die Nummer von Pater Tadeusz im Pfarrhof. Der Priester war noch munter: „Ich bete für die Verstorbene.“
„Sie können einen dicken Strich auf Ihrer GS-Liste machen“, sagte Ricchius und genoss das verdutzte Schweigen des Priesters. Nach einer Pause fügte er hinzu: „Der Mörder hat gebeichtet.“

3. „Confirmata Criminatio“

„Nicht schon wieder“, brummte Kommissar Max Ricchius, als er den Polizeifunk lauter drehte. Es war 20.30 Uhr, und der Sprecher der Leitzentrale hatte alle verfügbaren Funkstreifen auf den Hauptplatz von Leibnitz in der Südsteiermark beordert, wo laut Durchsage zwei Supermarkt-Verkäuferinnen vor dem Nachttresor einer Bankfiliale von zwei Männern beraubt worden waren. Das war nun schon der dritte derartige Überfall innerhalb von drei Wochen, und die Kriminalfälle waren Ricchius und seinem Team zur Klärung zugewiesen worden. Doch bisher fehlte von dem stets schwarz vermummten Duo, das wehrlose Geldbotinnen aus Verkaufsmärkten zum Ziel seiner Beutezüge machte, jede Spur.

Dass der ergraute Kommissar an diesem späten Abend noch immer im Büro hockte, daran waren diese ungeklärten Straftaten schuld. Ricchius brütete über alten Vernehmungsprotokollen, in der Hoffnung, bei irgendeinem Detail doch noch einen Lösungsansatz für das Kriminalrätsel zu finden. Wenn er allein im Amt war und nicht von aktuellen Ereignissen abgelenkt wurde, fiel es ihm leichter, eingefahrene Gedankenschienen zu verlassen und einen Fall neu aufzurollen. Nach den ersten beiden Überfällen hatte er das Gefühl gehabt, zwischen einem der Opfer und einem der Täter musste es eine Verbindung geben. Das Schurkenduo war bei seinen Taten so präzise vorgegangen und hatte zwei Mal Personen derselben Supermarktkette jeweils vor demselben Geldinstitut beraubt, so dass ein Ermittler davon ausgehen konnte, da steckte Insiderwissen dahinter. Aber jetzt, da die beiden Verbrecher offenbar einen neuen Überfall verübt hatten, schien diese These für Ricchius kaum noch haltbar. Denn es war aufgrund des neuen Tatortes anzunehmen, dass diesmal zwei Personen aus einem anderen Supermarkt die Opfer waren.

Der Kommissar schlüpfte in seinen Mantel, bat telefonisch den Kollegen vom Wachzimmer, er solle die Kriminalbeamten Markus und Rita, die zu seiner Gruppe gehörten, zum Tatort rufen, dann tippte er auf dem Handy umständlich seine private Telefonnummer. Er hatte sie nicht gespeichert, was ihm, zumal er auch grundsätzlich keine SMS abrief oder gar beantwortete, bei den jüngeren Kollegen immer wieder den Tadel eintrug, er sei auf einer „Handy-Diät“. Ricchius störte dieser mit mitleidvoller Nachsicht ausgesprochene Vorwurf in keiner Weise, machte er doch aus seiner Ablehnung gegen die Mobiltelefon-Manie kein Hehl. Im Stillen überlegte er sich jedes Mal, wenn wieder einmal die Handys seiner Kollegen der Reihe nach in allen möglichen Tonfolgen hysterisch klingelten, wie erfolgreich die kriminalistische Arbeit vor Jahrzehnten auch ohne diese technische Errungenschaft gewesen war. Damals, als man zum Unterschied von heute unter Kollegen noch Zeit fand, sich nach einem geklärten Fall bei einem Kartenspiel oder einem Glas Wein gemütlich zusammenzusetzen.

Seine Frau hob sofort ab, als hätte sie auf den Anruf gewartet. „Weibi“, begann er mit bedauerlichem Unterton, und eigentlich hätte er gar nicht weiter sprechen müssen, denn Mimi Ricchius wusste den Tonfall zu deuten: Es würde heute sehr spät werden.

„Wieder ein Überfall?“, fragte sie wissend.

„Ja, Weibi. Tut mir leid, es wird spät.“

„Und ich hab dir eines deiner Lieblingsgerichte gekocht – Esterhazy-Rostbraten.“

„Du bist ein Schatz! Mach bitte inzwischen eine Flasche Zweigelt auf. Der passt ideal zum Essen, und bis ich heimkomm’, hat der Rote genügend Luft.“

Bevor er das Büro verließ, betrachtete er den Strauß gelber Tulpen, den er auf dem Schreibtisch eingewässert hatte. Einen Augenblick überlegte er, ob er die Blumen mitnehmen und den überfallenen Frauen schenken sollte. So eine Geste würde, das hatte er schon einmal praktiziert, eine Gesprächsbrücke zu den noch schockierten Opfern bauen helfen. Aber dann eilte er ohne die Tulpen zu seinem Wagen, die sonnigen Frühlingsboten waren eigentlich für seine Frau bestimmt, und sie hatte sich den Blumengruß redlich verdient, sagte er sich, denn wieder einmal hatte sie es heute schwer mit ihm und seinem Job. Er würde ihr die Blumen nach diesem Einsatz entschuldigend überreichen,

nahm er sich vor, denn heute war Valentinstag.
Die beiden Frauen waren, als Ricchius vor der Bank eintraf, noch immer ganz aus dem Häuschen, aber unter Schock schienen sie nicht zu stehen. Sie berichteten dem Kommissar erregt, jedoch zusammenhängend, was geschehen war. Annemarie B. und Marion S. waren mit einer Geldbombe unterwegs zum Geldinstitut, als zunächst Marion und dann auch ihre Kollegin zwei Typen wahrnahmen, die ihnen zu folgen schienen. Die Frauen, durch die vorhergegangenen Überfälle gewarnt, überlegten kurz, ob sie übers Handy um Hilfe rufen oder den Einwurf der Tageslosung in den Nachttresor der Bank überhaupt verschieben und weitergehen sollten. Doch kaum waren sie vor dem Geldinstitut angelangt, brüllte einer der Verdächtigen von hinten „Geld her!". Marion wandte sich um und blickte in eine Pistolenmündung. Sie trug ein Plastiksackerl, in dem die beiden Räuber das Geld vermuteten. Ohne in Panik zu geraten, ließ sie den Kerl mit der Waffe näher kommen, öffnete das Sackerl und zeigte ihm den Inhalt – zwei Semmeln und einen Strauß purpurfarbener Fresien, den ihr ein Kunde im Supermarkt zum Valentinstag geschenkt hatte. „Ich hab kein Geld", beteuerte die Bedrohte, doch der Mann entriss ihr die Tragtasche und flüchtete mit seinem Komplizen, der in einigem Abstand gelauert hatte. Annemarie war von dem Räuberduo unbehelligt geblieben, vermutlich, weil sie einen unverdächtigen Einkaufskorb trug. In ihm war die Geldbombe verwahrt. Während Annemarie nun in aller Eile das Geld in den Tresor warf, lief Marion den Flüchtenden nach und verlangte lauthals „Meine Blumen, meine Blumen!"
Als die Überfallene hinterher die Szene schilderte, musste der Kommissar an seine Tulpen im Büro denken und schmunzeln.
„Wir brauchen jetzt die Täterbeschreibungen", bat er die Frau.
„Ich erkenn' den Typen sofort", bekräftigte Marion S. „Der Kerl hat eine markante Visage. Er hatte zwar eine schwarze Wollhaube ins Gesicht gezogen, aber Mund- und Nasenpartie hab ich mir gemerkt. Ich könnte den Kerl aus hundert anderen heraus erkennen. Das Gesicht hat mich nämlich an einen Bekannten erinnert."

Ricchius horchte auf, seine alte These bekam neue Nahrung, und als seine Kollegin und sein Kollege eintrafen, wollte er sie auf diese Spur ansetzen. Marion S. weigerte sich anfangs, den Namen ihres Bekannten, der dem einen Strolch ähnlich sah, zu nennen und meinte: „Der war 's sicher nicht.“ Aber dann rückte sie doch mit dessen Identität und Anschrift heraus.

Inzwischen hatte ein Passant einem uniformierten Polizisten gemeldet, er habe einen Verdächtigen durch die Grazer Gasse und Quergasse verfolgt, schließlich sei der Kerl zur Rüsthausgasse in die Richtung eines Parkplatzes geflüchtet. Doch unmittelbar darauf sei er rechts in die Sackgasse eingebogen. Der Zeuge war, durch die „Blumen“-Rufe Marions alarmiert, dem Pistolenmann gefolgt, dann jedoch sicherheitshalber umgekehrt. Ricchius hielt diese Spur zunächst für unglaubwürdig. Welcher Räuber, überlegte er, würde, noch dazu, wenn er sich verfolgt fühlte, in eine Sackgasse, also in eine dumme Falle, tappen?

Aber weil sich vorerst keine andere Fährte anbot, ließ er das kurze Straßenstück durch die Wachleute absuchen. Jedes Haustor war ordnungsgemäß versperrt, nirgends bot sich ein anderes Versteck an. Am Ende der Gasse, die von eher vornehmen Adressen gesäumt schien, stellte sich ein modernes Flachdachgebäude quer, doch was wie eine bauliche Barriere aussah, war leicht zu überwinden: Das Mehrparteienhaus war nämlich auch auf der anderen Seite von der nahen Augasse zugänglich.

Für den Fall, dass der Räuber dieses Gebäude nicht als Durchgang benutzt hatte und durch die Hintertür verschwunden war, kam dem Kommissar eine Idee, und er musste grinsen über den Einfall. Er holte noch einmal seine beiden Kollegen zu sich und bat sie, mit den beiden Überfallsopfern und dem Zeugen ein Protokoll aufzunehmen. Inzwischen würde er sich selber den einen Verdächtigen mit der verräterischen Visage, also den Bekannten des einen Opfers, vorknöpfen. Und morgen ab sieben Uhr Früh sollten die beiden Kollegen die Wohnparteien in der Sackgasse einschließlich des Personals eines dort befindlichen Therapiezentrums heimsuchen. Ricchius bat Rita und Markus, schon um halb sieben Uhr im Büro zu sein, damit er ihnen vorher genaue

Anweisungen für die Räubersuche geben konnte.
Als der Kommissar an der Wohnungstür des Mannes mit der angeblich verräterischen Nasen- und Mundpartie klingelte, war es 22.30 Uhr. Zunächst rührte sich nichts, so dass Ricchius abermals läutete, diesmal lang und mehrmals hintereinander. Schließlich hörte er Geräusche und ein leises Tappen von Schritten in der Wohnung, endlich öffnete eine leicht bekleidete Frau um die Vierzig. Sie wirkte zwar nicht verschlafen, aber ihre Erscheinung ließ vermuten, dass man sie aus dem Bett geholt hatte.
Ricchius setzte seine freundlichste und unschuldigste Miene auf und zog die Dienstmarke: „Entschuldigen Sie, liebe Frau. Kriminalpolizei. Nur eine Frage:“ Er machte eine Pause und wusste aus Erfahrung, je schneller jemand mit einer Frage überrumpelt wurde, umso ehrlicher fiel die Antwort aus. „Haben Sie zum Valentinstag Blumen geschenkt bekommen?“ Die Frau sagte zunächst verwundert „Nein“, dann erst begann sie zu protestieren: „Was fällt Ihnen ein, mitten in der Nacht so was zu fragen!“
Ricchius merkte, dass sein Plan aufging, denn nun erschien auch der zur Frau gehörende Mann. Auch er war nur spärlich bekleidet, und seine Miene verriet mehr Missmut als Angst. Das war nicht der Gesuchte, schoss es Ricchius bei diesem Anblick durch den Kopf, aber weil er nun einmal hier war, fragte er den Mann spontan: „Sie sind mich sofort los, wenn Sie mir sagen: Wann sind Sie heute heimgekommen?“ Es stellte sich heraus, dass der Verdächtige schon um 18 Uhr von der Arbeit heimgekehrt war und seither, so bezeugte die Frau, die Wohnung nicht mehr verlassen hatte. Die These des Kommissars geriet ins Wanken.
Der Rostbraten, den Ricchius eine halbe Stunde später daheim zu sich nahm, übrigens allein, weil seine Frau zu so später Stunde nichts mehr essen wollte, mundete ihm dennoch, und er genoss auch ein Glas vom edlen Roten, der bereits dekantiert auf dem Tisch stand und von dem auch seine Frau ein halbes Gläschen nippte.
Am nächsten Morgen war der Kommissar zeitig im Büro, um seinen Leuten noch einmal seinen Plan einzuschärfen, auch einen Zettel mit einer lateinischen Bezeichnung übergab er ihnen.

„Menschen, die man in aller Früh aufsucht", gab er zu bedenken, „sind immer auch ein Maßstab für das Milieu, in dem sie leben. Um diese Zeit hat noch keiner eine Maske aufgesetzt."

Schon um neun Uhr kehrten Markus und Rita zurück, mit Jürgen H. im Schlepptau und in Handschellen. An der Tür einer Untermietwohnung in dem Haus mit Durchgangsmöglichkeit hatten die beiden Erfolg gehabt. Als eine verschlafene Rothaarige im Morgenrock öffnete, zückte das Polizeipärchen die Dienstmarken, und Rita stellte die programmierte Frage: „Haben Sie Fresien zuhause? Diese schönen Blumen. Tut uns leid, dass wir Sie stören müssen. Aber im Blumenladen ums Eck wurden gestern zum Valentinstag einige Sträuße davon verkauft, und in einen hat ein Lehrmädchen irrtümlich eine hoch giftige südamerikanische Pflanze dazu getan." Jetzt war Markus an der Reihe, die Gesprächspartner zu verunsichern. Er zog den Zettel hervor und fügte hinzu: „Diese Giftblume schaut fast genau so aus wie eine Fresie und riecht auch ähnlich, aber Duft und Berührung können Vergiftungssymptome verursachen. Wollen Sie den Namen dieser gefährlichen Pflanze wissen?", fragte er, das Blatt Papier wie ein Trumpfkarte hoch haltend: „Ich hab ihn notiert: Confirmata Criminatio."

Die Angesprochene schnappte nach Luft, dann schlug sie sichtlich betroffen und verängstigt die Hände vors Gesicht und rief ihren Freund, der, wie sich herausstellte, unangemeldet bei ihr wohnte: „Jürgen, komm schnell! Wo hast du gestern die Fresien gekauft?"

Als der 25-Jährige, nur mit einer Short bekleidet, auftauchte, zunächst die Augen rieb und endlich die beiden Beamten wahrnahm, die inzwischen die Wohnung betreten und den Fresienstrauß sicher gestellt hatten, machte er sich gar nicht erst die Mühe zu leugnen. Bei der Durchsuchung der Räume entdeckten die Polizisten außerdem die Pistole, die aber nicht geladen war, ferner Tatort- und Fluchtwegskizzen für einen Postamtüberfall, der in einer Woche geplant war, sowie Namen und Handynummer des Komplizen. Und auch die zwei noch nicht verzehrten Frühstückssemmeln aus dem Beutesackerl wurden beschlagnahmt.

Polizei und Staatsanwaltschaft konnten Jürgen H. und seinem Freund Martin V. alle drei Überfälle der vergangenen drei Wochen nachweisen. Die beiden jungen Männer wurden in der darauf folgenden Gerichtsverhandlung zu fünf und vier Jahren Freiheitsstrafe verurteilt.
Seit dieser kuriosen Klärung eines Kriminalrätsels schenkt Max Ricchius seinem „Weibi“ an jedem Valentinstag übrigens nur noch Fresien, meistens purpurfarbene und, wenn solche nicht vorrätig sind, unschuldige weiße.

4. Traumnote 20

Doktor Herbert Melber lud gerne Gäste ein, um sie in seiner Villa in Frauenberg bei Leibnitz mit feinem Essen und raren Weinen zu verwöhnen. Er schätzte es, wenn seine Tafelrunden nach einem exzellenten Menü und den dazu gereichten Rebensäften in Euphorie ausbrachen, das stärkte sein Selbstwertgefühl, vermutlich brauchte er diese anerkennende Dankbarkeit der anderen, weil er in der Grazer Firma, einem größeren Konzern, als Leiter der Revisionsstelle bei allen Abteilungschefs nicht gerne gesehen, um nicht zu sagen verhasst gewesen war. Herbert Melber, mittlerweile in Pension, hatte nämlich keine Schonung gekannt, wenn es galt, Irrläufe im Unternehmen, sinnlose Kostenüberschreitungen oder mangelnde Effizienz bei Arbeitsvorgängen und Rationalisierungen aufzudecken.

An diesem Samstagabend empfing Melber sieben Gäste, allerdings nicht jene sieben, die er ursprünglich eingeladen hatte. Denn ein Leibnitzer Anwaltsehepaar, dem Melber und seine Frau seit Jahren in Freundschaft verbunden waren und das sonst zu den kultiviertesten Besuchern im Haus zählte, hatte zwei Tage vorher abgesagt. Dr. Lukes hatte überraschend einen neuen Strafakt übernommen, und weil die Hauptverhandlung im Bezirksgericht schon für den nächsten Montag anberaumt war, hatte Lukes seinen Freund ersucht, ihn und seine Frau zu entschuldigen, da er den fünf Bände dicken Akt eiligst studieren müsse. Herbert Melber, der selber einmal von Lukes anwaltlich vertreten worden war, allerdings nicht in einer Strafsache, sondern in einer Versicherungscausa, zeigte Verständnis für die Absage. Er fragte seine Frau Martha, ob man zwei Tage vor einem Termin noch jemand anderen ins Haus bitten könne, aber sie verneinte. Da ergab es sich, dass einer der eingeladenen Gäste, Peter Ander, überraschend bei Melber anrief und fast schüchtern sein Anliegen vorbrachte. „Lieber Herbert“, sagte er, „sei mir nicht bös’, wenn ich dich etwas frag. Und ich bin dir sicher nicht bös’, wenn du nein sagst.“

Nicht schon wieder eine Absage, fuhr es Herbert Melber durch

den Kopf. Aber Freund Peter, von Beruf Fluglotse in Graz, hatte ein gegenteiliges Ansinnen. „Du kennst doch unsere Tochter Tina", hob er etwas umständlich an.
„Ist doch mein Patenkind", unterbrach Melber.
„Es geht nicht um sie, oder doch auch", sagte Peter Ander. „Nun, sie hat einen neuen Freund, einen ganz netten Kerl, wie ich meine."
„Ich freu mich für sie", sagte Melber.
„Ja, und um diesen jungen Mann geht es – er heißt übrigens Mladko. Aber glaub' mir, er spricht perfekt Deutsch. Er ist schon in Graz aufgewachsen."
Herbert Melbers Interesse hielt sich in Grenzen: „Ein Serbe?"
„Das weiß ich nicht einmal, aber das ist momentan nebensächlich, denk ich. Das Problem ist: Ich hab Mladko von deiner Einladung erzählt und ihm auch berichtet, was für tolle Weinquizfragen du immer auf Lager hast."
„Interessiert die Red Bull-Generation so etwas?", fragte Melber.
„Was glaubst du!", rief Peter Ander, der endlich grünes Licht für sein eigentliches Anliegen dämmern sah. „Mladko war begeistert, dass jemand so eine informative Unterhaltung bietet. Genau so hat er es formuliert."
„Bring ihn mit", sagte Melber spontan.
„Macht es euch nichts aus?", erkundigte sich Peter der Ordnung halber.
„Überhaupt nicht, im Gegenteil", sagte Melber. „Zwei Freunde, die Doktor Lukes, mussten absagen. So sind wir wieder zu neunt bei Tisch. Tina kommt doch mit?"
„Ich werd' sie überreden", sagte Peter Ander. „Aber ich dank' dir für dein Entgegenkommen. Du wirst sehen, Mladko ist ein junger Mann mit Manieren. Unter uns: Er hat mich gebeten, bei dir anzufragen, ob er kommen darf. Er hat sich sogar nach deiner E-Mail-Adresse erkundigt. Vielleicht wollte er dich vorher selber benachrichtigen."
Das war also die Vorgeschichte, wie es an diesem Samstagabend zu einer anderen Gästekonstellation kam, als geplant gewesen war. Nie hätte Melber gedacht, dass junge Leute, noch dazu an

einem Wochenende, der Gesellschaft älterer Herrschaften, die ihre Eltern sein konnten, den Vorzug gegenüber den Vergnügungen eines Clubbings oder anderen Events geben würden.
Auch mich hatte Herr Melber eingeladen, vermutlich, weil ich in unserem Blatt gelegentlich über Weinthemen schreibe. Ich war schon da, als pünktlich auf die Minute Wolfgang Ulrich und seine Frau Gerda erschienen. Er war Facharzt für Gerichtliche Medizin und Gutachter in zahlreichen Prozessen, in denen meistens um das Ausmaß einer Verletzung nach einem Verkehrsunfall gefeilscht wurde, immerhin ging es in der Regel um hohe Schadenersatzansprüche an Versicherungsfirmen. Manchmal, so erzählte er gerne in der Runde, hatte er mit echten Kriminalrätseln zu tun. Weil er die Schilderungen über Verbrechen, zuletzt etwa die Hinrichtung eines abtrünnig gewordenen Drogendealers durch einen Unbekannten mit 34 Messerstichen, ausführlich bis ins blutigste Detail auswälzte, musste seine Frau ihn oft zur Einhalt mahnen. „Schnurz", sagte sie dann, seinen Kosenamen weniger vorwurfs- als viel mehr liebevoll verwendend, „wir wollen jetzt lieber essen." Die anderen Gäste waren ihr dafür im Stillen dankbar, denn, ob bei Vorspeise, Hauptgang oder beim Käse, kein Gericht der begnadeten Hobbyköchin Martha Melber konnte so verlockend sein, dass ihnen nicht der Appetit verging, wenn Wolfgang Ulrich verbal in Fahrt kam. Nach solchen Ausritten hatten die Gastgeber schon überlegt, ob man Wolfgang Ulrich jemals wieder zu Tisch bitten solle. Doch dann verwarfen sie dieses Ansinnen, denn abgesehen von seinen gelegentlichen blutrünstigen Eskapaden oder vielmehr Expertisen war Doktor Ulrich ein liebenswürdiger Gast, der die klassische Musik, die stets im Hintergrund das Menü begleitete, zu schätzen und zu deuten wusste und der sich vor allem, und das hatte er mit seiner charmanten Frau gemeinsam, als dankbarer Gourmet und exzellenter Weinkenner erwies.
Wolfgang und Gerda Ulrich waren kinderlos geblieben. Während ihrer Jahrzehnte langen Freundschaft mit den Melbers war dieses Thema immer ausgeklammert geblieben, vermutlich auch, weil Doktor Melber und seine Frau selber nie Nachwuchs

bekommen hatten und weil es den beiden, vor allem ihm, unangenehm gewesen wäre, das Problem zu erörtern. Zu unwürdig und fast demütigend hatte er die Prozeduren empfunden, die er und vor allem seine Frau Martha bei mehrmaligen vergeblichen In-vitro-Befruchtungsversuchen über sich hatten ergehen lassen. Wie Herbert Melber das befreundete Paar jedoch einschätzte, und ich neige zur gleichen Ansicht, hatte es nur aus purer Bequemlichkeit auf Kindersegen verzichtet. Denn sowohl Wolfgang wie Gerda waren Genussmenschen, die ein Baby in ihrer Mitte vor allem als das Ende ihrer scheinbaren Freiheiten und ihrer seit mindestens zwei Jahrzehnten praktizierten epikureischen Lebensweise betrachtet hätten: Jedes Jahr mindestens zwei Wochen ein beneidenswerter Traumurlaub in Positano, wo das Stammquartier mit Panoramablick auf das Tyrrhenische Meer immer gleich für die nächsten zwei Jahre reserviert war, eine Woche im Jahr lukullische Streifzüge durch die Toskana, drei bis vier Tage jährlich ein Kulturausflug zur Opernarena Verona und selbstverständlich ein Abo für die Philharmoniker-Konzerte in Wien. Beide verdienten sehr gut, Wolfgang durch seine Gutachten, Gerda führte einen kleinen Verlag, der sich vor allem den Kochbüchern aus dem Wellnessbereich widmete. Ihr letztes Buch, dem ich in unserem Blatt eine halbe Seite eingeräumt hatte und das sich mit Bärlauchrezepten befasste, war sogar kurz in die Bestsellerliga aufgerückt. Beide liebten gutes Essen und edlen Wein, gingen mindestens drei Mal pro Woche kultiviert speisen und unternahmen kulinarische Erkundungstouren auch in andere Bundesländer. Auf Harmonie von Speis' und Trank hatten sie geschworen, so erinnerte sich Doktor Melber, lange bevor diese Kultur sich auch in heimischen Breiten durchzusetzen begann. Eigentlich, so gestand mir Herbert, verdankte er es den beiden Freunden, dass er vor Jahren selber zum Weinliebhaber geworden war. Wolfgang Ulrich hatte ihm immer wieder großartige Weine als Gastgeschenk mitgebracht und so die Neugier des Hausherrn auf heimische Qualitäten geweckt.

Als er uns nun im Bibliothekzimmer den Aperitif einschenkte, er hatte sich für einen trockenen Gelben Muskateller vom Kollerhof

Lieleg in Eichberg entschieden, und als wir die Gläser klingen ließen, läutete es am Haustor. Melber hatte erwähnt, dass Anwalt Dr. Lukes und seine Frau, mit denen Wolfgang Ulrich ebenfalls freundschaftlich verbunden war, verhindert waren und dass statt ihrer zwei junge Leute zu erwarten seien, unter anderem ein Mann, den vor allem das vorbereitete Weinquiz interessiere. Den Namen hatte Herbert zwar vergessen, aber er glaubte zu wissen, dass es sich um einen serbischstämmigen Freund von Tina, seinem Patenkind, handelte.

Peter Ander stellte seine Tochter und deren Freund Mladko vor und bemühte sich dann, rasch ein anderes Thema aufzugreifen, nicht nur, um die unvermeidliche Verlegenheitsphase nach dem Bekanntmachungsritual zu überbrücken, sondern auch, weil er merkte, dass der Anblick seiner Tochter bei Wolfgang und Gerda Ulrich und auch bei mir eine kleine Irritation verursacht hatte. Tina, knapp neunzehn, hatte gelb-rotes Haar, einen gepiercten Nasenflügel und trug einen Minirock sowie hellblaue, kniehohe Ugg-Boots. Ihr Freund war glatzköpfig und mit einem anthrazitfarbenen, legeren Zegna-Anzug und einem offenen blauen Seidenhemd bekleidet. An einem Karabinerhaken, der an seinem Hosengürtel hing, baumelte ein Mini-PC.

„Mit wie vielen Fragen wirst du uns heute löchern?“, fragte Peter Ander den Gastgeber.

„Lasst euch überraschen“, antwortete dieser. „Jedenfalls so viele, dass jeder mit richtigen Antworten die Traumnote 20 erreichen kann.“

„Sie sind Computerspezialist?“, erkundigte ich mich und deutete auf das seltsame Gerät an Mladkos Seite.

„Ich studiere an der Technik“, antwortete der junge Mann, „aber nebenbei jobbe ich bei einem Internet-Provider. Ich habe dort einen Virenscanner entwickelt und einen Spam-Filter gegen unerwünschte Werbemails. Damit macht die Firma gute Geschäfte.“

„Ich hab gelesen“, sagte ich, „dass man E-Mails auch schon verschlüsselt von A nach B senden kann, zum Beispiel mit Fingerabdruck oder mit anderen biometrischen Daten wie zum Beispiel einem Iris-Scan.“

„Das ist erst der Anfang der Memory-Speichermöglichkeiten", meinte Mladko. „Die Technologie weitet sich rasant aus. Mein PC beinhaltet zum Beispiel auch schon Navigator, Digitaluhr, Thermometer, Barometer und Kompass."
„Sie können sich also nicht verirren in der digitalen Welt", lächelte nun der Gerichtsarzt, der unserem Dialog gelauscht hatte.
„Nein, ich kenne mich gut aus auf dem virtuellen Planet", bestätigte Mladko.
Der Gastgeber hatte inzwischen den Damen ein Glas Muskateller angeboten, Tina winkte allerdings entschieden ab: „Du weißt, Onkel Herbert, dass ich Alkohol verabscheue."
„Aber Tina", wandte der Gastgeber ein, „Wein ist doch nicht gleich Alkohol, Wein ist Lebenselixier und Genussmittel. Außerdem ist er auch ein Kulturgetränk. Die Wallfahrtskirche Maria Himmelfahrt, du kannst sie aus unserem Schlafzimmer sehen, enthält in ihrem Gemäuer Wein."
„Sind Flaschen eingemauert worden?", wunderte sich Tina.
„Nein, nein. Als die Kirche von Frauenberg vor vierhundert Jahren gebaut wurde, herrschte so eine Dürre, dass die Maurer zum Mischen des Mörtels anstelle von Wasser Wein verwendet haben, erzählt die Legende."
Jetzt musste ich mich wichtig machen und wandte ein: „Auch der Steffl in Wien wurde mit Wein im Mörtel errichtet."
„Ja, schon, aber in Wien hat man den Wein dazugemischt, weil er so sauer und nicht zu trinken war", belehrte mich der Gastgeber. „Hier in der Steiermark war 's die Wassernot, nicht die Weinqualität."
„Wassernot hin, Weinqualität her, trotzdem hätt' ich lieber ein Glas Tomatensaft", beharrte Tina, „am besten mit Zitrone, einem Löffel Honig und einer Prise Pfeffer. Ich geh' zu Tante Martha in die Küche und hol' mir selber einen", sagte sie und entschwand.
Mladko hingegen ergriff neugierig das angebotene Glas: „Muss ich erraten, welcher Wein das ist?"
„Nein", lachte der Gastgeber, „der Aperitif und die Weine zum Essen stehen auf der Menükarte. Die Aufgaben kommen später."
Zur Vorspeise trug Milena, das Hausmädchen, Lachspalatschin-

ken mit Oberskren auf, in fingerschmale Scheiben geteilte Lekkerbissen, rot und weiß leuchtend, die sichtlich allen mundeten. Dazu schenkte uns Herbert einen Sauvignon blanc Kranachberg von Peter Skoff aus Gamlitz ein, nur Tina lehnte wieder ab und nahm ein Glas Mineralwasser.

In den Gesprächspausen war auch die zeitweise idyllisch-traumhafte, manchmal kräftig hämmernde Hintergrundmusik zu hören, und Wolfgang Ulrich beachtete sie als erster, indem er den Finger hob und auf die nicht sichtbaren Lautsprecher wies: „Perfekt wie diese Vorspeise, was da gespielt wird. Ich nehme an: Gustav Mahler?"

Bevor Herbert antworten konnte, bestätigte Mladko: „Die Zweite Sinfonie, auch Auferstehungssinfonie genannt."

„Sie verblüffen mich, junger Mann", gestand Doktor Ulrich. „Das stimmt. Wir hören eine Abend füllende Tondichtung, die wir, glaub' ich, auch noch mit dem Dessert genießen werden."

Herbert Melber, ich bemerkte es sofort, musterte Mladko mit einem teils bewundernden, teils fragenden Blick.

„Ich hab Violine gelernt und liebe klassische Musik", erwiderte der junge Mann.

„Das hast du mir noch nie erzählt", beschwerte sich Tina, seine Freundin.

„Ich hab nicht gewusst, dass es dich interessiert." sagte er.

„Aber dein Handy-Ton klingt nicht so klassisch."

„Nur ein Tribut an die neue Zeit, mein Schatz."

*

„Ich darf euch vor dem Hauptgang die ersten fünf Fragen überreichen", eröffnete Herbert Melber den Quizabend. „Es gibt jeweils drei Antwortmöglichkeiten. Ihr braucht nur die richtige ankreuzen und bekommt dafür einen Punkt. Insgesamt werden zehn Fragen aus dem Weinbereich gestellt, eine davon ist gewissermaßen eine Jux-Aufgabe. Alle drei angeführten Lösungsmöglichkeiten sind dort nämlich falsch. Auch dafür kann man einen Punkt kassieren, wenn man nämlich keine der drei Antworten ankreuzt. Und, bitte, vergesst nicht, oben auf dem Papier euren Vornamen zu notieren."

„Muss ich mitmachen?“, fragte Tina. „Ich versteh überhaupt nichts vom Wein und seh’ nicht ein, warum ich mich blamieren soll.“
„Aber Tina“, beschwichtigte Melber, „keiner will, dass du dich blamierst. Du machst einfach außer Konkurrenz mit.“
„Na gut“, schmollte Tina, „ich spiel’ halt Lotto und kreuz’ die Antworten nach dem Zufallsprinzip an.“
„Du wirst mit dieser Methode nicht die einzige sein“, meinte ihr Vater sarkastisch.
Melber bat uns, aus Fairnessgründen nicht vom Nachbar abzuschreiben und während des Ausfüllens des Fragebogens nicht miteinander zu reden. Dafür sei nach Abgabe der Bögen genügend Zeit. Dann verteilte er an seine sieben Gäste und an seine Frau Mappen mit einem Ausdruck der ersten fünf Quizfragen. Dass auch Martha mit raten durfte oder sollte, störte niemanden, denn wir alle waren überzeugt, bei der sprichwörtlichen Korrektheit von Herbert hatte er dafür gesorgt, dass seine Frau vorher keine Silbe vom Wortlaut der Quizaufgaben mitbekam.
„Was gibt es überhaupt zu gewinnen?“, wollte Tina wissen.
„Der Sieger darf sechs Weine aus meinem Keller aussuchen, egal, was sie gekostet haben“, verkündete Herbert Melber fast feierlich.
„Na, dann versäum’ ich wenigstens nichts“, tröstete sich Tina. „Aber du, Mladko“, wandte sie sich an ihren Freund, „wirst dich heute, fürchte ich, genau so wie ich fürchterlich blamieren. Ich kenn’ ihn jetzt schon drei Monate“, erklärte sie der übrigen Runde, „und hab ihn noch nie Wein trinken gesehen.“
Mladko lächelte fast kryptisch: „Learning by doing hat viele Facetten, mein Schatz.“
Als erster konzentrierte sich Wolfgang Ulrich auf den Fragenkatalog, um dann seinem Freund anerkennend zuzubrummen: „Raffiniert ausgedacht.“
„Man soll auch Spaß haben dabei“, schmunzelte Doktor Melber und fügte, um die aufkommende Prüfungsatmosphäre zu verscheuchen, scherzhaft hinzu: „Das Spiel ist jedenfalls einfacher zu lösen als die Fragen bei der Millionenshow im Fernsehen. Dort hat man vier Antwortmöglichkeiten, bei mir nur drei.“

„Deshalb fällt der Fifty-fifty-Joker weg", bemerkte ich.
„Und die beiden anderen Joker leider auch", bedauerte Peter Ander.
Mladko schien tief Luft zu holen: „Die ersten Fragen sind immer die leichtesten, also beginnen wir."
Frage 1 lautete: Welcher Jahrgang galt als der beste dieser drei in Österreich?
a) 1965
b) 1996
c) 2000
Frage 2: Wie viele Substanzen und Stoffe kommen gelöst im Wein vor?
a) rund 50
b) rund 200
c) rund 400
Frage 3: Wie viele Rebsorten sind weltweit für die Weinproduktion zugelassen?
a) rund 100
b) rund 2500
c) rund 10000
Frage 4: Aus welchen Rebsorten wurde der Müller-Thurgau gezüchtet?
a) Riesling und Silvaner
b) Riesling und Madeleine Royal
c) Riesling und Scheurebe
Frage 5: Welchen gemeinsamen Stammvater haben Sauvignon blanc und Grüner Veltliner?
a) Muskateller
b) Silvaner
c) Traminer
Ich machte rasch meine Kreuzerl und tippte 1c, 3b, 4a und 5c, faltete mein Blatt und legte es an den Tischrand. Herbert Melber sammelte die Bögen ein, als alle fertig waren, nur Tina behielt ihr Papier, ohne es herzuzeigen.
Als das Hausmädchen die Hauptspeise, Burgunder-Rostbraten in Kräuterrahmsauce mit Rigoletti, servierte, fiel es nur dem

Hausherrn und mir auf, und nicht einmal Tina, die neben Mladko saß und noch einmal ihre Antworten durchsah, schien es zu bemerken, dass Milena dem jungen Glatzkopf etwas zuraunte, als sie ihm den Teller vorsetzte. Mladko sagte nur leise „Hvala", nickte und beteiligte sich sogleich an der Diskussion um die richtigen Antworten. Melber nahm die kurze Zwiesprache nur wahr, weil er im selben Moment einen „Olivin" von Georg und Margot Winkler-Hermaden aus dem Schlossweingut Kapfenstein in Mladkos Rotweinglas goss. Einige wollten von ihm die Lösungen der ersten Fragen wissen, doch er winkte ab. Erst wenn nach dem Hauptgang auch die anderen fünf Fragen beantwortet sein würden, sagte er, werde er die richtigen Antworten verteilen. Er habe sie ausgedruckt, aber sicher verwahrt.
„Ich habe noch keinen Wein vom Jahrgang 1965 getrunken", ärgerte sich Ingrid Ander, Tinas Mutter, auf die Frage 1 zurück kommend. „Wie soll ich wissen, wie der geschmeckt hat?"
„Es war der mieseste Jahrgang des vorigen Jahrhunderts", bestätigte Wolfgang Ulrich auch meine Vermutung. „Ich weiß es, weil ich im Sommer 1966 als Student zum ersten Mal mit einem Mordopfer konfrontiert wurde. Ein Bauer war in der Weststeiermark von seiner Frau und von ihrem Liebhaber vergiftet worden. In der Totenkammer des Ortes hat unser Professor die Leiche erstmals untersucht. Ich hab mit zwei anderen Studenten zuschauen dürfen, wie er dem Opfer Magen, Dünndarm und Leber aufgeschnitten hat. Er hatte nämlich wegen der krankhaften Veränderungen der Fingernägel des Mannes sofort auf Thalliumsulfat als Todesursache getippt, also auf Rattengift. Dieses Thalliumsalz lässt sich leicht in diesen inneren Organen nachweisen."
„Schnurz", mahnte ihn seine Frau, „wir essen."
„Aber", beeilte sich Wolfgang Ulrich, „ich will damit nur sagen: Wir sind anschließend alle vom Bürgermeister in einen Weinkeller eingeladen worden, die ganze Kommission, einschließlich Richter und Polizisten. Und ich hab noch nie so einen sauren Wein getrunken wie damals. Das war der 1965-er."
„Ich hab auf Jahrgang 2000 getippt", verriet Mladko.
„Stimmt", pflichtete ich ihm bei, „Rotweine von damals sind noch

heute ein Gedicht."
Völlig uneinig war unsere Runde, als man über die zweite Aufgabe, die natürlichen Bestandteile im Wein, diskutierte. „Ich finde, dass 200 zu viel sind", meinte Martha, die Hausfrau. „Ich hab nichts angekreuzt, weil das die Scherzfrage gewesen sein könnte."
„Ich hab einmal gelesen, wie viel es sind", sagte Gerda Ulrich. „Aber ich hab mir nur gemerkt, dass es unglaublich viele Stoffe im Wein gibt."
„Das gleiche gilt, denk ich, für die Rebsorten", ergänzte ihr Mann.
„Nein", wandte Peter Ander ein, „10.000 verschiedene Sorten – das scheint mir einfach unglaublich. Vielleicht war das die Jux-Aufgabe." Ich schüttelte den Kopf: „Ich hab in Erinnerung, dass aus rund 2500 Sorten Weine gekeltert werden."
„Die vierte Frage hab ich bestimmt richtig beantwortet", sagte Mladko im Brustton der Überzeugung.
„Ich auch", warf Peter Ander ein. „Zum Müller-Thurgau sagt man auch Riesling-Silvaner. Das muss also die richtige Kreuzung sein."
„Weit gefehlt", korrigierte Wolfgang Ulrich. „Genetische Untersuchungen haben ergeben, dass diese Annahme nicht richtig ist. Aber fragen Sie mich nicht, welche der beiden anderen Lösungen stimmt. Ich hab auf Madeleine Royal getippt, das ist eine Sorte, die auch Chasselas de Courtiller genannt wird und eine Abart des Gutedel ist."
„Oh Gott, natürlich!", erinnerte ich mich jetzt. Ich hatte schon von dieser royalen Verwandtschaft gelesen, aber sie total vergessen.
„Von dieser Sorte hab ich überhaupt noch nichts gehört", gestand Martha, die Hausfrau, und sowohl Gerda wie Ingrid Ander stimmten ihr zu.
„Aber die Sorte gibt es wirklich", behauptete Mladko. „Ich hab sie jedenfalls angekreuzt."
„Mir hat der Name gefallen, deshalb hab ich auf diese Madeleine getippt", meldete sich nun auch Tina zu Wort und winkte mit ihrem Zettel. „Bei zwei anderen Fragen hab ich mich einfach für

die höchsten Zahlen entschieden."
„Genau wie ich", verriet Ingrid.
„Das wird ja spannend", resümierte der Hausherr schmunzelnd.
Auch die Frage 5 schied die Geister. Wolfgang Ulrich übernahm wieder die Rolle des Vordenkers: „Sauvignon und Veltliner sind würzige Sorten. Also muss auch ein Elternteil würzig sein."
Peter Ander grübelte: „Aber weder Traminer noch Muskateller und Silvaner sind würzig, wenn ich mich richtig erinnere. Die ersten beiden sind doch aromatische Sorten."
Ich gab zu bedenken: „Zum Traminer sagt man doch auch Gewürztraminer. Ich hab deshalb den Traminer angestrichen."
Mladko und der Arzt nickten, und auch Tina fand allmählich Gefallen an dem Spiel: „Dann lieg' ich falsch, ich hab auf Silvaner getippt." Wie im Chor bestätigten die drei anderen Frauen ihre Wahl des Silvaners als Stammvater.
„Der übt offenbar auf Frauen eine faszinierende Wirkung aus", amüsierte sich Peter Ander. „Ich hab den Muskateller gewählt."
Langsam verebbte die Debatte über die ersten fünf Weinrätsel, und es mehrten sich die stillen, kurzen Pausen, in denen man sich bei Tisch genießerisch dem Werk der Köchin widmet. Vor allem wir Männer, einschließlich Mladkos, lobten das Gericht, speziell die Sauce begeisterte die Gäste. „Verwendest du für die Sauce den selben Wein wie den im Glas?", erkundigte sich Gerda Ulrich bei Martha.
„Natürlich, Herbert besteht darauf", antwortete die Hausfrau. „Aber ich hab den Rostbraten auch schon mit einem Schilcher probiert. Das schmeckt dann noch eine Spur pikanter."
„Mit Wein zu kochen, ist was Sinnliches", fand Ingrid Ander. „Man schnuppert und gustiert schon am Herd."
„Der Wein perfektioniert fast jede Speise", konstatierte Melber, „sowohl auf dem Teller wie im Glas."

*

Als Milena abservierte, beobachtete der Hausherr sie verstohlen, vor allem, während sie Mladkos Teller wegräumte, aber diesmal bemerkten weder er noch ich zwischen den beiden einen Verständigungsversuch, nicht einmal einen Augenkontakt.

Konnte es sein, dass die beiden einander kannten, fuhr es mir und vermutlich auch dem Gastgeber durch den Kopf. Milena war Bosnierin, vielleicht war Mladko ein Landsmann von ihr und nicht Serbe, wie Melber vermutet hatte. Ich nahm mir vor, die beiden im Auge zu behalten, und auch der Hausherr tat dies. Wie er mir hinterher gestand, beschäftigte ihn schon nach den ersten Fragen ein Gedanke: Dieser junge Glatzkopf, das hatte er nach dem Einsammeln des ersten Fragenkatalogs erstaunt festgestellt, hatte alle fünf Aufgaben richtig beantwortet, ebenso wie Wolfgang. Doch der Gerichtsmediziner war ein alter Hase und Genussmensch, der kannte sich gut aus beim Wein. Aber woher hatte dieser junge Mann sein Wissen? Hatte er vorher Kontakt mit Milena gehabt? Aber wie hätte das Hausmädchen, wenn überhaupt, an die Computerausdrucke geraten können? Er hatte alle Unterlagen, auch die fertigen Antwortbogen, in seiner versperrten Schreibtischlade verwahrt. Den Schlüssel trug er heute ständig bei sich. Und in sein Computerprogramm einzudringen, das traute er der Hausgehilfin wahrlich nicht zu. Die fünf vorbereiteten Weine, die im letzten Teil des Fragespiels erkannt werden sollten, hatte er bereits dekantiert und die Karaffen nummeriert. Die drei Weißweine wurden gekühlt, die beiden Roten standen auf seinem Schreibtisch. Auch in diesem Fall konnte Milena, selbst wenn sie viel klüger und raffinierter sein sollte, als er annahm, nicht ahnen oder gar wissen, um welche Weine es sich handelte. Auch für dieses Rätsel hatte er die ausgedruckten Lösungen im versperrten Schreibtisch deponiert. Beruhigt wandte er sich unserer Tischrunde zu und kündigte die zweite Etappe des Rätselspiels an.

Diesmal vertieften sich nicht nur die Männer sofort in die Aufgabenstellungen, auch die Frauen widmeten sich gleich der neuen Herausforderung:

Frage 6: Aus welchen Sorten wurde der Blaue Zweigelt gezüchtet?

a) Blaufränkisch und St. Laurent

b) Blauburgunder und Blaufränkisch

c) Blauer Portugieser und Merlot

Frage 7: Ist der Uhudler gesetzlich anerkannt als
a) Qualitätswein
b) Tafelwein
c) Landwein?
Frage 8: Was bedeutet Umami?
a) Eine neue Rotweincuvée im Burgenland
b) Ein Riedname in der steirisch-slowenischen Grenzregion
c) Eine Geschmacksrichtung, die man auf der Zunge spürt
Frage 9: Wie bezeichnet man die Maßeinheit für den Abgang eines Weines?
a) Caudalie
b) Sekundenfinish
c) Gaumenschweif
Frage 10: Wo in Österreich schlummern die ältesten heimischen Weine?
a) Im Stiftskeller Klosterneuburg
b) Im Keller von Schloss Seggau
c) Im Retzl-Keller am Heiligenstein

Peter Ander lachte auf, als er die Liste studierte, und seine Frau Ingrid wollte wissen, was ihn so sehr belustigte. „Ich kann bei keiner der Fragen lachen“, klagte sie, „obwohl ich bei jeder einzelnen vermute, dass es sich um einen Scherz handelt.“

Ihr Mann grinste nur, machte seine Kreuzchen und lieferte als erster den Bogen ab. Erst nachdem alle ihre Blätter abgegeben hatten, erwähnte er seinen Heiterkeitsgrund: „Von einem Gaumenschweif hab ich noch nie gehört.“

„Wenn Sie Frage neun meinen“, sagte Wolfgang Ulrich, „mit der hatte ich ebenfalls Probleme. Unser lieber Herbert dürfte uns damit an der Nase umher geführt haben. Caudalie könnte zwar vom lateinischen Wort cauda abgeleitet werden, das bedeutet Schweif oder Schwanz, aber ich hab noch nie gehört, dass man den Abgang eines Weines messen kann.“

„Du warst auf der richtigen Spur“, sagte Herbert Melber.

„Es stimmt also“, jubelte Tina. „Mich hat das Wort an Gaudi erinnert, deshalb hab ich es angestrichen.“

Der Gastgeber bat um ein paar Minuten Geduld, dann werde er

jedem Mitspieler die richtigen Lösungen aushändigen und den Punkte-Zwischenstand bekannt geben. Ich war der Meinung, für die fünf letzten Fragen die richtigen Lösungen angestrichen zu haben.
Während Melber sich in die Bibliothek zurückzog, diskutierten wir über die richtigen Antworten. Peter Ander meinte, er wisse hundertprozentig, dass der Zweigelt eine Kreuzung mit dem St. Laurent sei, Wolfgang und Gerda Ulrich und ich gaben ihm Recht, Ingrid Ander hingegen hatte auf eine Verwandtschaft mit dem Blauburgunder getippt, ebenso wie Martha, und Tina murrte ärgerlich angesichts der überzeugenden Nachdrücklichkeit, mit der ihr Vater und das andere Ehepaar die Frage 6 beantwortet hatten, über ihre eigene Entscheidung: „Es ist beschissen. Mir hat die portugiesische Lösung gefallen."
Beim Uhudler-Rätsel hatten die meisten, außer Mladko und mir, den Qualitätswein angekreuzt, weil, so argumentierte zumindest Wolfgang Ulrich, er gehört habe, dass dieser einst verpönte Rebensaft dank einer Untersuchung der Universität Graz völlig rehabilitiert worden sei. Er wollte mit einer neuen Erzählung über ein Uhudler-Erlebnis im Südburgenland anheben, kam aber nicht weit. Diesmal unterbrach ihn nicht seine Frau, sondern der Gastgeber, der, mit den Lösungen winkend, eintrat und verkündete: „Es gibt einen überraschenden Punktestand."
Wolfgang betrachtete den Lösungszettel und wunderte sich: „Der Uhudler ist nur ein Tafelwein?"
„Scio nescio", tröstete ihn seine Frau.
„Dafür bin ich bei Frage 8 richtig gelegen", sagte der Gerichtsarzt.
„Die Geschmacksrichtung Umami war ja auch fast ein medizinisches Problem", meinte Melber, „eine Geschmacksrichtung, die man im Zentrum der Zunge wahrnimmt und die vor rund hundert Jahren schon von einem Japaner entdeckt wurde. Das Wort kommt auch aus dem Japanischen und heißt so viel wie wohlschmeckend."
Peter Ander schien als einziger am Boden zerstört, als er die Ergebnisse las: „Ich hab geglaubt, ein Weinkenner zu sein, und hab praktisch nur zwei richtige Antworten."

„Ärger' dich nicht, Peter", beruhigte ihn der Hausherr. „Meine Frau hat sogar nur einen Punkt. Aber alle können beim Weintest noch aufholen und zehn Punkte machen." Tatsächlich hatte Martha nur die Frage 1 richtig angekreuzt, aber der Hausfrau schien dies nichts auszumachen. „So lernt man eben bei jedem Quiz dazu", sagte sie. „Aber dass die zweite Frage die so genannte Jux-Aufgabe war, find' ich gemein. „Ich hab auf 200 Weinbestandteile getippt, das ist doch sehr viel."

„In Wahrheit sind es rund tausend", belehrte sie Doktor Ulrich.

„Mir hat auch die zehnte Frage Kopfzerbrechen bereitet", gestand Peter Ander. „Ich hab einmal gelesen, dass es im Keller von Erwin Retzl den ältesten Wein aus Österreich gibt."

„Stimmt", sagte ich. „Dort findet man die ältesten heimischen Weine zurück bis zum Jahrgang 1903."

„Den kann man noch trinken?", fragte Tina.

„Angeblich schon, sagen Experten, die eine Flasche probiert haben", antwortete der Gastgeber. „Im Stiftskeller Klosterneuburg ist das Österreichische Weindenkmal untergebracht. Die älteste heimische Flasche datiert dort aus dem Jahr 1959. Und im Schloss Seggau, das ihr von diesem Fenster aus sehen könnt, sind Weine aus dem Jahrgang 1928 erhalten geblieben."

Ein mindestens ebenso großes Staunen wie diese Schätze rief der Punktestand hervor, den Herbert Melber dann der Runde verkündete. Je zwei Punkte hatten Ingrid und Peter Ander auf dem Konto. Gerda Ulrich war auf vier richtige Antworten gekommen, ich auf sieben und Wolfgang Ulrich auf immerhin acht. Nur Mladko hatte alle zehn Aufgaben richtig gelöst.

„Wie Tina liegt, weiß ich nicht, weil sie ihre Blätter nicht abgegeben hat. Aber sie wird es uns vielleicht sagen."

„Eins, zwei, drei, vier richtige hab ich", zählte sie nicht ohne Stolz. „Mam und Dad, ihr seht, ich hab doppelt so viel wie ihr, und das, obwohl ich Antialkoholikerin bin. Aber Mladko ist mir nicht geheuer", fügte sie hinzu. „Ich glaub', er hat gemogelt."

Ihr Freund lachte herzlich und streichelte Tinas Hand. Dennoch schien es Melber, so verriet er mir hinterher, dass die Vermutung seiner Patentochter nicht auszuschließen war. Beim Wein-

test, nahm er sich vor, würde er Mladko keinen Moment aus den Augen lassen.
„Seid ihr einverstanden“, fragte er uns, „wenn wir den letzten Teil des Rätsels vor dem Käse hinter uns bringen? Es gibt fünf Weine zu erraten, drei weiße, zwei rote. Wer die Sorte richtig anhakt, bekommt einen Punkt, wer auch die Herkunft errät, kann bei jedem Wein also zwei Punkte ergattern. Ich biete auch in diesem Fall jeweils drei Möglichkeiten an.“
Die meisten murmelten zustimmend, nur Tina hatte Einwände: „Onkel Herbert, noch einmal: Ich trinke keinen Wein.“
„Tina, ich gib dir einen Rat: Schnupper nur, vielleicht errätst du die Sorte auf diese Weise.“
„Also wieder ein russisches Roulette im Glas“, seufzte Tina.
Es ertönte die Refrainmelodie von Yellow Kangaroo, und Mladkos zog ein Handy aus der Innentasche seines Sakkos, entschuldigte sich für die Störung und verließ den Raum durch die offene Tür zur Bibliothek, wo er das Gespräch entgegennahm. Die ganze Tischrunde hörte, wie er mehrmals „Hvala lepo“ und einmal „Hvala za poruku“ sagte und sich dann mit einem „Dovidenja“ verabschiedete. Lächelnd nahm er wieder Platz neben dem Gerichtsmediziner.
„Hören Sie das Horn?“, fragte Wolfgang Ulrich seinen Tischnachbar und simulierte mit einem Zeigefinger eine Taktstockgebärde. „Der Rufer in der Wüste, ein grandioses Finale.“
„Bald kommt der Aufmarsch der Toten“, antwortete Mladko, jetzt ebenfalls der Musikuntermalung lauschend.
„Und die Trompeten blasen zur Auferstehung.“
„Ich finde den Schlusschoral erregend“, begeisterte sich Mladko.
„Ich hoffe, die Weine faszinieren euch genauso wie die Musik von Mahler“, sagte Herbert Melber, der wieder jedem am Tisch ein Blatt überreichte und dann die erste gekühlte Karaffe aus der Küche holte.

*

Milena hatte inzwischen, unterstützt von Martha, jedem drei neue Weißweingläser vorgesetzt, an jedem Stiel baumelte ein mit den Ziffern eins bis drei nummeriertes Rosettenetikett, auch zwei neue Mineralwasserflaschen sowie schwarze Kunststoffspucknäpfe wurden bereitgestellt und Körbchen mit klein geschnittenem Weißbrot aufgetragen. „Wer seinen Gaumen neutralisieren will, nimmt, bitte, Wasser oder Weißbrot“, empfahl der Hausherr, während er aus dem Krug einschenkte. Er war ins Speisezimmer getreten, gerade als das Hausmädchen die Gläser vor Mladko aufgereiht hatte, und wieder hatte sie ihm, offenbar in ihrer Muttersprache, leise etwas mitgeteilt. Diesmal blickte Mladko sie lächelnd an und entgegnete, so dass auch Tina und wir anderen es hören, aber nicht verstehen konnten: „Jacu se potruditi.“
Nur Wolfgang Ulrich schien davon nicht Notiz genommen zu haben, er war schon zu intensiv mit dem Wein befasst, schwenkte mehrmals das Glas, schnupperte am Inhalt und verglich seine Eindrücke mit der Aufgabenstellung auf dem Blatt. Der servierte Trunk konnte demnach ein a) Weißburgunder, b) Riesling oder c) Sauvignon blanc sein und aus einem dieser drei angeführten Weinbaugebiete stammen: Kremstal, Südsteiermark, Traisental. Melber setzte sich nun ebenfalls an die Tafel und probierte selber ein Schlückchen. In der konzentrierten, schweigenden Atmosphäre der Verkostung klang das beschwingte, später mächtige Finale der Mahler-Sinfonie mit dem Chorgesang noch eindrucksvoller und inniger. Ich machte mir den Spaß, nicht nur Mladko, sondern auch die anderen Gäste heimlich zu beobachten. Musikfan Wolfgang Ulrich schien plötzlich auch die Mahler-Sinfonie nicht zu hören, immer wieder nahm er einen Probeschluck, ließ ihn über den Gaumen rollen und spie ihn dann in das dunkle Gefäß. Peter Ander hingegen schlürfte geräuschvoll und ausgiebig, die Lippen zu einem Sauerstoff saugenden Trichter geschürzt, und mied den Spucknapf. Schließlich wiegte er nachdenklich den Kopf, blickte sich in der Runde um, vielleicht um zu sehen, ob auch wir Mühe hatten, die Sorte zu bestimmen, und erhob sich dann: „Ich komm gleich wieder.“ Der Weg zur Toilette führte durch das Bibliothekzimmer und vorbei an der Küche,

und Melber rief ihm scherzhaft nach: „Glaub' ja nicht, Peter, dass du in der Küche die passende Flasche findest." Dieser Fehler, so erinnerte er die anderen Gäste, sei in einer Kurzgeschichte von Roald Dahl dem Hausherrn unterlaufen, worauf ein Gast, der vorher die geöffnete Bouteille entdeckt hatte, den anonym dargebotenen französischen Wein bis auf die Riede genau definieren und eine Wette gewinnen konnte.
„Da ging 's aber nicht um sechs Flaschen Wein, sondern um die Tochter des Hauses", wusste Gerda Ulrich.
„Ein faszinierender Wetteinsatz", bemerkte Mladko.
„Ich hab leider keine Tochter", sagte Herbert Melber. „Und die Gunst von Tina, meinem Patenkind, haben Sie offenbar schon gewonnen."
„Der schönste Preis in meinem Leben", schmeichelte Mladko, die Hand seiner Freundin erfassend.
„Eigentlich hab ich dich ausgewählt", erinnerte ihn Tina. Er küsste sie zart auf den Mund: „Hvala lepo. Du hast richtig gewählt, mein Schatz."
„Ich bin schon neugierig, wer das Siegerbusserl bekommt", sagte der Hausherr. „Dein Freund, Tina, liegt gut im Rennen, also üb' nur." Er brachte den zweiten und dritten Wein aus der Küche und goss ihn ein. Peter Ander war inzwischen zurückgekommen, holte tief Atem und widmete sich dem nächsten Kosträtsel. Wolfgang Ulrich schien während des Riech- und Schmeckrituals seine Umgebung vergessen zu haben, er reagierte nicht einmal, als seine Frau ihn fragte, ob er sich schon entschieden habe. Die Weiblichkeit, einschließlich Tinas, schien das Spiel viel lockerer zu nehmen als die Männer und hatte, außer Tina, bald alle drei Kreuzchen gemalt.
„Die riechen ja alle fast gleich, Onkel Herbert", stellte Tina nach der dritten Probe fest. Sie schnupperte brav an jedem der drei Gläser, vermied jedoch eisern jeden Schluck.
„Versuch es nach einer Minute wieder, Tina", riet der Gastgeber. „Oft entfaltet sich das Bukett eines Weines erst nach einer gewissen Zeit. Probier es zunächst am stehenden Glas und dann nach einem Schwenk." Er habe die Weine zwar schon vor zwei

Stunden in Krüge umgeleert, aber manche eigenwilligen Sorten benötigten eine noch längere Anlaufphase, um auch in der Nase präsent zu sein, erläuterte er.
Der zweite Weißwein war laut der schriftlichen Vorgabe entweder a) ein Grüner Veltliner, b) Neuburger oder c) Rotgipfler. Als mögliche Herkunftsgebiete waren der Wagram, wieder das Kremstal und die Thermenregion angeführt.
Beim dritten Wein sollten die Mitspieler sich zwischen einem a) Roten Veltliner, b) Morillon oder c) Riesling entscheiden. Die drei Lösungsmöglichkeiten für die Weinbaugebiete lauteten Wachau, Südsteiermark oder Wien.
Ich merkte es sofort: Melber nippte vor allem deshalb selber am Glas, um, wenn er dieses hob, sein Gegenüber, Tinas Freund, im Auge zu behalten, ohne dass es auffiel. Tatsächlich schien Mladko nicht zu bemerken, dass er von mir und Herbert heimlich fixiert wurde, zumindest beschäftigte er sich scheinbar ungezwungen mit seiner Aufgabe, drehte das eine und dann das nächste Glas gegen das Licht, als hülfe ihm die Farbe des Weines bei der Sortenbestimmung. Wie die anderen roch auch er zwischendurch an den Gläsern, und ab und zu nahm er einen Schluck, den er dann gleich ausspuckte und nicht wie Peter Ander mehrmals vorher über den Gaumen rollte. Trotz diesem Getue hatte ich den Eindruck, dass Mladko nicht so ein geübter Koster war wie Wolfgang oder Peter, dass er dieses Manko an Erfahrung aber glänzend zu kaschieren verstand. Der Serbe – oder war es ein Bosnier? – wartete, bis auch wir drei anderen Männer uns zu einer Lösung entschlossen hatten, dann erst setzte er seine Zeichen auf das Blatt mit den Weinrätseln, um mit einem Seitenblick auf den Gastgeber anzumerken, dass die musikalischen Köstlichkeiten leider verklungen seien.
Doktor Melber fragte die Runde, ob sie vor den beiden letzten Weinen, den Roten, eine kurze Pause wünsche oder ob sie fürs Finale bereit sei. Die Frauen waren sofort fürs Weitermachen, Tina ätzte: „Hoffentlich riechen die besser“, und wir Männer, alle Nichtraucher und daher nicht nach einer Tabakpause lechzend, waren ebenfalls einverstanden. Diesmal half Martha dem Haus-

mädchen beim Verteilen der Rotweinkelche, während Melber zunächst eine neue CD auflegte und dann mit den beiden Rotweinkaraffen aufkreuzte.

„Ihr merkt“, sagte er, während er einschenkte, „wie schwer es ist, die richtige Sorte heraus zu kosten. Ich gib aber zu, dass ich Weine gewählt habe, die jeweils gewisse Merkmale der beiden anderen angeführten Sorten aufweisen.“

Gerda Ulrich ließ ihre Vollkeramikkronen blitzen: „Du Schlitzohr! Bei der dritten Probe hab ich zwei Weine für einen Riesling gehalten. Beide haben einen Pfirsichton.“

Der Hausherr schmunzelte nur: „Ihr werdet staunen, was ihr im Glas habt. Auch bei den Roten.“

„Aha“, bemerkte Mladko, „Mahlers Dritte in D-Moll. Ein Naturereignis, das er am Attersee komponiert hat.“

„Eine fröhliche und fulminante Sinfonie, die zu unseren Weinen passt“, fügte Melber hinzu. „Einem Satz hat Mahler das Motto gegeben: Was mir die Engel erzählen. Das könnt ihr jetzt auch im Glas nachvollziehen, hoffe ich.“

Wieder hob ein sportliches Schnuppern und Schlürfen an, der Gerichtsarzt, sonst sofort im Bann guter Musik, befasste sich nur mit seinen beiden Gläsern und hatte für nichts Anderes ein Ohr. Der erste Rotwein sollte entweder ein a) Sankt Laurent, b) ein Blauer Burgunder oder d) eine Cuvée sein. Wählen konnte man zwischen den Weinbaugebieten Weinviertel, Carnuntum und Wagram. Der letzte gereichte Wein war beinahe undurchdringlich schwarz und ein a) Shiraz, b) Blaufränkisch oder c) Cabernet Sauvignon und stammte aus einem der drei Regionen: Neusiedlersee, Neusiedlersee Hügelland oder Oststeiermark.

Alle Rätselkandidaten gaben sich inzwischen so geübt oder auch ungezwungen, dass sie flotter als vorher ihre Kreuzchen machten. Wieder war die Weiblichkeit früher dran als wir Männer, sogar Tina faltete ihren Fragebogen, noch bevor Mladko, Wolfgang, Peter und ich so weit waren. Der Gastgeber prüfte beim Einsammeln, ob alle Fragen beantwortet waren, dann bat er die Runde, sich den inzwischen aufgetischten Käseplatten zuzuwenden und, je nach Geschmack, sich an den am Tisch verbliebenen

beiden noch anonymen Rotweinkaraffen sowie am „Olivin“ und Sauvignon blanc zu bedienen, er werde sogleich als Alternative für die Käsesorten einen Muskat Ottonel, einen Ruster Ausbruch und eine Traminer Auslese von Roland Minkowitsch servieren und dann erst den neuen Punktestand errechnen.
Entweder waren die meisten Quizteilnehmer zu müde, um nach dieser letzten Rätselrunde Diskussionen über die vermuteten Lösungen zu führen, oder sie hatten einfach von dem Ratespiel genug, jedenfalls widmeten sich alle, einschließlich mir, ausgiebig dem Käse. Nur einmal, als Peter Ander zu einem weißen Ziegenkäse den Sauvignon blanc Kranachberg einschenkte, der zur Vorspeise gereicht worden war, und auch seiner Frau sowie Mladko das Weißweinglas halbvoll füllte, meinte er, beim Quiz einen Sauvignon blanc im Glas erkannt zu haben, und zwar den ersten Rätselwein. Er vermutete, dass es sich ausnahmsweise nicht um einen Südsteirer handelte und tippte auf das Traisental. Seine Frau erinnerte sich, Weißburgunder angekreuzt zu haben, stimmte aber ihrem Mann beim Weinbaugebiet zu. Ich enthielt mich der Stimme, weil ich zwar die drei Weißweine erkannt zu haben glaubte, aber mir bei den beiden Rotweinen völlig unsicher war. Wolfgang Ulrich verhielt sich ebenfalls still und griff herzhaft beim Weißbrot und Camenbert zu, zu dem er den „Olivin“ trank. Nur Mladko ging noch auf Peter Anders Bemerkung ein und sagte kryptisch, einen Schluck Rotwein zum Ziegenkäse wählend: „Ich denke, wir werden wirklich einige Überraschungen erleben.“
„Das kann man wohl sagen“, rief der Hausherr aus, der in diesem Moment mit drei neuen Weinen eingetreten war. „So ein Ergebnis hab ich jedenfalls bei meinen bisherigen Weinratespielen noch nie erlebt.“
„Wer hat gewonnen, Onkel Herbert?“, fragte Tina, die sich am Österkron gütlich tat.
„Zu deinem Käse würde dieser Ruster Ausbruch passen“, wich der Gastgeber aus.
„Danke, ich hab meine Grundsätze“, sagte Tina, „aber sag’ uns jetzt, wer gewonnen hat.“

„Zuerst bekommt ihr die Lösungen“, antwortete Herbert Melber, zog aus der Sakkotasche die Blätter mit den richtigen Antworten hervor und verteilte sie.
Zunächst herrschte, sah man von der Musik ab, prüfende Stille, dann kam allmählich aus dem einen oder anderen Mund ein befriedigtes „Ich hab Recht gehabt“ oder „Natürlich!“, aber öfter hörte man ein zweifelndes „Nein, das gibt’s doch nicht“ oder „Unglaublich“. Ich hatte mich bei den Weißweinsorten nicht geirrt, aber die Herkunftsregionen verwechselt. Bei den Roten lag ich völlig falsch.
Der erste Wein war der Sauvignon blanc Sernau von Manfred Tement aus Berghausen, also aus der Region Südsteiermark, der zweite ein Grüner Veltliner DAC Wachtberg vom Undhof des Bertold Salomon im Kremstal. Der dritte stammte aus Gamlitz, wieder Südsteiermark, und war ein Morillon von Otto Riegelnegg. Der erste Rotwein war eine Cuvée von Lukas Markowitsch aus Göttlesbrunn, Weinbauregion Carnuntum, und der letzte Wein ein Cabernet Sauvignon von Andy Kollwentz aus Großhöflein, Region Neusiedlersee Hügelland.
„Der Morillon hat fast wie ein Riesling geschmeckt“, entschuldigte Wolfgang Ulrich seine Fehleinschätzung beim dritten Wein. „Aber bei der Rotweincuvée lieg ich richtig“, fügte er nicht ohne Stolz hinzu, „nur das Weinbaugebiet hab ich nicht erraten. Göttlesbrunn“, sagte er dann nachdenklich, „mein Gott, dort hab ich vor Jahren, als ich noch in Wien arbeitete, einen kuriosen Fall erlebt.“
„Ich möchte wissen, wer gewonnen hat, Onkel Herbert“, unterbrach Tina ungeduldig.
„Tina“, rügte sie ihr Vater, „lass den Herrn Doktor erzählen.“
Der Gerichtsmediziner fuhr fort: „Wir wurden geholt, weil man bei Aushubarbeiten für ein Schwimmbiotop in einem Garten ein menschliches Skelett gefunden hatte. Die Gendarmerie vermutete, dass es sich um einen Soldaten aus dem Zweiten Weltkrieg handelte. Das stimmte zwar, aber der Mann war nicht Opfer von Kriegshandlungen geworden. Ich fand am Schädel eine Verletzung, die eindeutig von einem stumpfen Gegenstand herrührte

und nicht von einem Schuss. Es war noch deutlich ein Terrassenbruch zu erkennen und ein Lochbruch, der auf eine viereckige Angriffsfläche schließen ließ. Der Mann war von hinten erschlagen worden, vermutlich mit einem Hammer."

Er nahm ein Stück vom Roten Mönch und versuchte dazu den Muskat Ottonel.

„Und wer war der Mörder?", fragte Herbert Melber.

„Die Familie, die dort wohnte, hatte von dem Toten nichts geahnt. Durch einen 90-jährigen Mann im Ort hat die Gendarmerie dann das Rätsel geklärt. Diesem Zeugen hatte der vorherige Eigentümer des Grundstücks die Geschichte erzählt. Demnach war er im Sommer 1947 dazugekommen, als ein russischer Besatzungssoldat seine Frau vergewaltigen wollte. Der Mann, selber ein gebürtiger Weißrusse, der aber schon lange in Österreich lebte, erschlug den Angreifer und verscharrte ihn im Garten. Die Uniform des Opfers verbrannte er, damit man den Toten nicht agnoszieren konnte."

„Wer weiß, wie viel Leichen vergraben liegen, von denen keiner was weiß", sagte ich.

„Jetzt will ich aber den Sieger erfahren, Onkel Herbert", bestand Tina auf ihrer mehrmaligen Forderung. „Oder zumindest, wie viel ich erraten habe. Ich hab dir ja meinen Zettel mitgegeben."

Melber verriet das Ergebnis, aber so richtig freuen konnte er sich über das sensationelle Resultat nicht. Denn mehr denn je plagte ihn, wie er hinterher erzählte, der Verdacht, dass es dabei nicht mit rechten Dingen zugegangen sein konnte.

„Beginnen wir von hinten", sagte er. „Vorausschicken möchte ich, dass sich niemand, der nicht vorne gelandet ist, genieren muss. Erstens ist das Sortenraten ein ganz schwieriges Metier, auch ich hätte vermutlich von den fünf Weinen höchstens einen richtig getippt. Und zweitens soll es ein Spiel sein. Also, meine Frau Martha", sagte er mit einem liebevollen Blick zur Gastgeberin, „hat insgesamt drei Punkte ergattert. Vier Punkte hat Ingrid, je sechs haben Gerda und Peter. Auf tolle sieben Zähler hat es Tina gebracht, ich gratuliere dir, Mädchen. Zehn Punkte hat Bernt, unser Schreiberling. Insgesamt zwölf Punkte hat Wolfgang, unser

Experte. Und Mladko“, Herbert Melber machte eine Pause und blickte den Glatzkopf mit prüfendem Blick an, „Mladko hat etwas geschafft, was noch keinem vor ihm bei diesem Quiz gelungen ist. Er hat 20 Punkte, die Höchstnote.“
Die Damen applaudierten, Tina ebenfalls, aber dann meinte sie: „Da steckt sicher ein Trick dahinter.“
Melber gab ihr insgeheim Recht, nur sprach er seinen Verdacht nicht aus: „Wie auch immer, er hat richtig geraten, und dazu gehört Intelligenz.“
„Glück hab ich gehabt“, meinte Mladko, und es klang kleinlaut und bescheiden. In der Folge war das Quiz kein Thema mehr, für Wolfgang und Peter vermutlich deshalb, weil ein fremder Jüngling sie dabei auf unglaubliche Weise deklassiert hatte, für die Frauen, weil sie dem ganzen Rätselritual ohnehin wenig hatten abgewinnen konnten, und Mladko vermied es erst recht, auf die Sache zurück zu kommen.
Als Martha und Milena schließlich den Nachtisch servierten, Mousse vom Traminer mit einer Brombeermarmelade, und Herbert Melber dazu jene Traminer Auslese empfahl, die schon zum Käse aufgetischt wurde, war endlich wieder ein gemeinsamer Gesprächsstoff gefunden, denn wir alle waren von dem Gericht, zu dem der Wein eine perfekte Symbiose bildete, begeistert. „Eine Harmonie, die zum Ende unserer Sinfonie passt“, bemerkte Wolfgang, und Mladko stimmte, zur Hausfrau gewendet, zu: „Die Perfektion, die Gustav Mahler und die Streicher da vollbrachten, haben Sie auf den Teller gezaubert.“

*

Erst nachdem die Gesellschaft sich am späten Abend verabschiedet hatte, spürte Melber, wie der Ärger in ihm hochstieg. Dass er sich von so einem jungen, unerfahrenen Schnösel, ja, er bedachte den siegreichen Gast mir gegenüber tatsächlich mit diesem Ausdruck, dass er sich von diesem Kerl düpieren ließ, gab ihm keine Ruhe. Nicht, dass es ihm, wie er mir sagte, um die sechs Weine ging, die Mladko gewonnen hatte. Die Flaschen, die er selber im Keller des Hauses aussuchen durfte, waren übrigens von eher bescheidener Qualität gewesen, zwei

Schilcher, zwei Welschrieslinge, zwei Blauburger. Schon diese Auswahl bestärkte Melber in seinem Verdacht, dass der junge Mann keine Ahnung von Weinen hatte. Im Fach neben dem Blauburger wären Rotweine gewesen, die pro Flasche 40 bis 80 Euro kosteten. Was ihn vergrämte, war die Vermutung, nein für ihn war es eigentlich Gewissheit, dass die scheinbar so harmlose Hausgehilfin Milena mit im Spiel gewesen war. Er sprach auch mit seiner Frau über diesen Verdacht, doch Martha lachte nur und meinte, er täusche sich.

Am nächsten Morgen stellte er die Perle zur Rede: „Milena, jetzt sagen Sie mir, was Sie gestern Abend mit diesem Mladko geredet haben."

Die Angesprochene wurde rot und blieb zunächst vor Schrecken eine Antwort schuldig.

In Herbert Melber erwachte der früher berufliche Inquisitor, und er bohrte weiter: „Sie haben sich mehrmals mit ihm unterhalten, ich hab 's gesehen. Und zwar in Ihrer Muttersprache."

„Nein, Herr Doktor", wagte die Frau jetzt zu widersprechen. „Ich habe nicht unterhalten. Ich habe nur gesagt, was es gibt zu essen. Und ich habe dem Mann Glück gewünscht."

„Sie haben ihm die Weine genannt."

„Ich weiß nichts von Weinen."

„Leugnen Sie nicht, Milena. Wenn Sie nicht sofort die Wahrheit sagen, sind Sie gefeuert."

Die Frau brach in Tränen aus, brachte aber kein Wort mehr hervor. Melber betrachtete sie eine Weile, um dann seine Schlüsse aus ihrer Reaktion zu ziehen: „Ihr Schweigen sagt mir, dass ich Recht habe. Milena, ich werde mit meiner Frau sprechen, wir werden auf Ihre Dienste verzichten. Unehrliche Personen brauch' ich nicht in meinem Haus."

Milena wandte sich, noch immer schluchzend, zur Tür. Einige Minuten später verließ sie das Haus, ohne sich von Martha, die nicht daheim war, verabschiedet zu haben. Nur zum Hausherrn, der ihren Abgang mit selbstzufriedener Miene verfolgte, sagte sie an der Tür: „Ich bin ehrlicher Mensch, Herr Doktor."

Von seiner Frau musste Melber sich wenig später einiges

anhören. „Wie kannst du so was machen? Weißt du, wie lang ich gesucht hab, bis ich so eine tüchtige Haushaltshilfe gefunden hab?“ Dass er sie des Verrates bezichtigte, begriff die Frau nicht. „Die kann doch nicht einmal die Weinnamen buchstabieren. Selbst wenn sie die Flaschen vorher gesehen hätte, wie sollte sie wissen, welcher Wein wann eingeschenkt wurde?“

Noch am selben Abend erzählte Martha ihrer Freundin Ingrid Ander den Vorfall, und auch Ingrid war überzeugt, dass Herbert sich mit seinem Verdacht irrte. Und kaum eine halbe Stunde danach wurde Melber am Telefon verlangt. Martha überreichte ihm den Hörer mit der Bemerkung: „Du machst dich zum Narren, Herbert.“

Am Apparat war Mladko. „Herr Doktor“, sagte er, und seine Stimme klang spröde, „ich muss Ihnen ein Geständnis machen.“

„Ich weiß schon alles“, sagte Melber. „Milena hat Ihnen die Weine verraten.“

„Ich habe gehört, dass Sie die arme Frau gekündigt haben. Herr Doktor, Sie haben ihr Unrecht getan. Sie ist schuldlos.“

„Und woher haben Sie alles gewusst? Ich habe das Gefühl, Sie haben Ihr Wissen erschwindelt.“

„Ich habe ein gutes Gewissen. Ist es nicht gleich, woher man sein Wissen holt? Sie wissen, es ist mein Job, in die Computersysteme anderer einzugreifen, um zum Beispiel Firewalls zu installieren. Daher war es für mich nicht schwer, auch Ihren PC-Code zu knacken. Ich habe mir Ihre Aufgaben, die Sie so penibel aufgelistet haben, angeschaut und auch die Antworten, die Sie als Dokument gespeichert haben. Und ich habe mir einfach alles gemerkt.“

Herbert Melber war einige Sekunden sprachlos, dann schrie er ins Telefon: „Sie Hacker! Sie Betrüger!“

„Herr Doktor, ich habe in Ihrem Computer keinen Schaden angerichtet“, antwortete Mladko. „Es war nur ein Spiel, das haben Sie selber betont. Und die sechs Weine, die ich gewonnen habe, lass’ ich Ihnen gern durch Herrn Ander zurück bringen.“

„Behalten Sie das Gesöff“, sagte Melber noch immer lauter, als es seine Gewohnheit war. „Sie haben ohnehin die schwächsten

Weine ausgewählt.“
„Chacun à son goût“, sagte der Anrufer. „Man muss im Leben auch den Schwachen eine Chance geben.“

5. Mord im Kostsalon

Doktor Herbert Melber perfektionierte seine Weinrätsel-Veranstaltungen immer mehr. Sogar Werner Luttenberger, der Weinbaudirektor des Landes, der einmal zu Gast war, bewunderte die Professionalität des Verkostungsablaufes. Melber hatte in der geräumigen Bibliothek seines Hauses, von der aus man Schloss Seggau und jenseits der Sulmseen die Weinbauschule Silberberg mit den anschließenden steilen Terrassenweinbergen sehen konnte, hölzerne Kostkojen zimmern lassen. Das war, wie ich fand, angesichts der Biedermeier-Möbel im Raum ein arger Stilbruch, und Martha, Herberts Frau, war nicht glücklich über diese Bretterkabinen, die sie abschätzig „Pawlatschen" nannte. Als Melber mit den Umbauarbeiten begann, drohte sie ein wenig scherzhaft, ihn entmündigen zu lassen. Doch wie meistens setzte Melber seinen Plan durch, und Martha begnügte sich damit, ihrem Mann kundzutun, dass sie selber nie in diesen „Kost-Pawlatschen" Platz nehmen würde. Vergeblich argumentierte Melber, nunmehr sei es fast unmöglich, dass sich bei einem seiner häufigen Weinrätsel der eine oder andere Gast bei der Bewertung der Blindproben von seinem Nachbarn beeinflussen ließe. Die Holzwände rechts und links würden jede Kontaktaufnahme mit dem Nebenmann erschweren, wenn nicht sogar völlig unterbinden. Jeder sei in seiner Kabine mutterseelenallein mit dem Wein und könne sich ungestört auf die Aufgabe konzentrieren, und das sei gut so. Nur, wenn Doktor Melber geahnt hätte, welchem Drama er mit seiner Einrichtung Tür und Tor öffnen würde, er hätte davon Abstand genommen.
Es geschah an einem Samstag, wieder einmal bat der Hausherr einige Freunde zum Essen. Neben seinen Stammgästen wie dem Gerichtsarzt Wolfgang Ulrich, dessen Frau Gerda und dem Flugverkehrsleiter Peter Ander sowie dessen Frau Ingrid hatte Melber diesmal auch den Fleischermeister Franz Wurm und dessen Gattin Silvia sowie seinen ehemaligen Schulfreund Gustav Neuner eingeladen. Neuner war bis vor einigen Monaten Chef einer heimischen Bankniederlassung in Kiew gewesen.

Dank seiner Verbindungen zu dortigen Industriemanagern hatte er vor rund zwei Jahren dem Konzern, in dem Doktor Melber damals noch tätig gewesen war, zu einem Millionenauftrag in der Ukraine verholfen. Der Exportchef in Melbers Firma war mit ihm und Martha nach Kiew gereist und hatte das lukrative Geschäft eingefädelt. Der Konzern lieferte in der Folge an zwei halbstaatliche Unternehmen in Kiew elektronische Messinstrumente im Kaufwert von knapp zwei Millionen Euro.

Ich war an diesem Abend nicht dabei, aber sowohl Melber wie auch mein Freund bei der Kriminalpolizei berichteten mir hinterher ausführlich, was geschehen war.

Gustav Neuner, den ich persönlich nicht kannte, erschien solo in der Villa. Er war seit Jahren Witwer und vor rund vier Monaten nach Leibnitz zurückgekehrt, um hier die Stelle eines Filialleiters des heimatlichen Bankkonzerns zu übernehmen. Es war eine eher überraschende Abreise aus der Ukraine gewesen, manche in der Bank meinten, er habe den Chefsessel in Kiew Hals über Kopf geräumt.

Auch Angelica Tschernenkow, ursprünglich Haushälterin in seiner feudalen Wohnung im altehrwürdigen Stadtteil Podil, äußerte den Wunsch, ihn in seine Heimat begleiten zu dürfen. Gustav Neuner bewohnte in Leibnitz allerdings nur ein Zwei-Zimmer-Appartement in der Etage über dem Geldinstitut und sah keine Veranlassung, für die bescheidene Bleibe eine eigene Angestellte zu finanzieren. Als ihm jedoch sein Freund Doktor Melber erzählte, dass er seine bisherige bosnische Perle Milena hinausgeworfen habe, weil sie seiner Meinung nach einem Landsmann von ihr bei einem Weinrätsel geholfen hatte, brachte Neuner Angelica ins Gespräch. Sie sei gebürtige Russin, schilderte er, beherrsche dank eines Sprachstudiums Deutsch nahezu perfekt, habe jedoch in Kiew keine für ihre Ausbildung angemessene Stelle gefunden, bei ihm aber zur vollsten Zufriedenheit gearbeitet, zwar nur einige Monate, doch in dieser knappen Zeit habe er die blonde junge Schöne echt zu schätzen gelernt. Neuner konnte sehr bald dank seiner Kontakte zu Beamten in ukrainischen Ministerien und zur Botschaft die befristete Ausreise für

seine Haushälterin ermöglichen.
An diesem Abend erlebte Neuner also ein Wiedersehen mit Angelica. Sie servierte den Gästen die Vorspeise, Hechtnockerln auf Erbsencreme, und schenkte einen trockenen Morillon in die Gläser. Als sie ihren ehemaligen Chef bediente, strahlte sie ihn an und flüsterte ihm ein inniges „Danke" ins Ohr.
„Ich freu mich für dich, Angelica", antwortete er so laut, dass es alle Umsitzenden hören konnten, und dann fügte er für die verdattert reagierenden Tischnachbarn die Erklärung hinzu: „Angelica habe ich aus Kiew mitgebracht. Sie will ihr Deutsch perfektionieren, und bei Herbert und Martha wird ihr das bestens gelingen, denke ich."
Schon beim Versand der schriftlichen Einladungen hatte Doktor Melber angekündigt, dass er vor dem Hauptgang, Rehrücken mit Morcheln, eine kleine Weinkost einschieben wolle, bei der es wieder einmal sechs große Weine zu gewinnen geben würde, die von den Gästen vorher erraten werden sollten.
Nun bat er die Tischrunde in die Bibliothek mit den insgesamt sechs Holzkojen. In jeder Kabine standen ein Spucknapf, eine Mineralwasserflasche sowie Weißbrotscheiben zum Neutralisieren des Gaumens bereit.
Von den weiblichen Gästen wollte sich freilich nur Gerda dem zu erwartenden schwierigen Test stellen, wogegen die Männer bereitwillig in den Kojen Platz nahmen. Fünf der sechs Kostplätze waren also besetzt, als der Hausherr den Ablauf erklärte: „Ich lasse euch sechs Weine servieren, drei weiße, drei rote. Ihr habt Zettel und Bleistifte vor euch liegen. Bitte versucht die jeweilige Sorte, das Herkunftsland und das Alter der Weine zu bestimmen. Für jede richtige Antwort gibt es einen Punkt. Wer die meisten Punkte hat, bekommt je eine Flasche von den Weinen. Angelica wird sie aus einem Krug einschenken, damit ihr nicht aus der Form der Flasche Rückschlüsse auf Sorte und Herkunft ziehen könnt."
„Wie lange haben wir für dieses Rätsel Zeit?", erkundigte sich der Arzt, wie erwähnt, ein geübter Weinkenner, der selber daheim edle Rotweine aus Italien und Burgund hortete.

„Genau fünfzehn Minuten. Länger möchte ich unsere anderen Damen draußen nicht warten lassen“, sagte Melber. „Angelica wird eure Zettel dann einsammeln. Und jetzt gutes Gelingen, Prost!“ Er schmunzelte verschmitzt und zog sich in den Nebenraum zurück, um seiner russischstämmigen Haushälterin die letzten Anweisungen zu geben. Wenig später betrat er mit Angelica wieder den Kostraum, beobachtete, wie sie, eine zünftige grüne Schürze umgehängt und in jeder Hand einen Krug, jeder Testperson die ersten beiden Weißweine einschenkte. Gleich darauf erschien sie mit dem dritten Weißen und dem ersten Roten, zum Schluss goss sie die beiden letzten Rotweine in die Gläser. Als alle Rätselkandidaten die sechs Weine vor sich stehen hatten, gab Melber das Kommando „Die Zeit läuft!“ und verließ den Raum.

Es setze ein beherztes Schnuppern, Schmatzen und Schlürfen ein, und einige, die sich den Anschein von professionellen Weintestern geben wollten, spuckten den Gaumeninhalt immer wieder aus. Schon nach acht Minuten verließ Wolfgang Ulrich die Koje, um seine Tipps Angelica zu überreichen, dann gesellte er sich zu Doktor Melber, der im Nebenraum an einem Glas nippte und den Ausgang der Probe abwartete.

Bald darauf erhoben sich auch Gerda sowie Peter Ander, lieferten ihre diskret gefalteten Beurteilungen ab und verließen den Kostsalon. Franz Wurm plagte sich bei der Zuordnung der drei Rotweine, schüttelte immer wieder den Kopf, schließlich kritzelte er achselzuckend seine Bemerkungen auf das Blatt. Als er sich kurz darauf zu den anderen gesellte, bat Angelica ihn um seine Tipps. „Die liegen in der Koje“, sagte er, „aber ich liege sowieso falsch.“ Er wollte den Zettel holen, doch Angelica kam ihm zuvor: „Ich muss ohnehin hinein, die Spucknäpfe entleeren“, sagte sie.

Als die Viertelstunde vorbei war, betrat der Hausherr den Raum. „Deine Zeit ist abgelaufen, Gustav“, sagte er fast feierlich. Er trat auf die Koje des Freundes zu, sie war die letzte an der rechten Seite des Raumes, und lachte auf: „So fad war das Quiz aber wirklich nicht, dass du einschlafen musstest“, scherzte er. Neuners Oberkörper lag vornüber geneigt auf der Tischplatte, ein Glas

Rotwein hatte er umgestoßen, der dunkle Rebensaft tropfte wie Blut zu Boden. Aber Gustav Neuner reagierte nicht, und als Melber ihn an der Schulter rüttelte, kippte er seitlich weg.
Der Arzt, der auf die Schreckensrufe des Hausherrn mit den anderen Gästen herbei geeilt war, bettete Neuner auf den Boden und versuchte eine Reanimierung durch Herzmassage. Nach einer Minute, während der ihm alle entsetzt aber untätig zuschauten, erhob sich Wolfgang Ulrich und resignierte: „Der Mann ist tot. Eine Herzattacke."

*

„Sie waren der Letzte, der das Opfer lebend gesehen hat, wurde mir berichtet", begann Kommissar Max Ricchius, als er im Arbeitszimmer der Villa auf einem Lehnstuhl gegenüber dem Hausherrn Platz nahm, während drei Kollegen noch mit der Tatortsicherung im Kostraum beschäftigt waren.
„Das glaub ich nicht", wehrte sich Melber. „Gustav hat kein Lebenszeichen mehr gegeben, als ich ihn berührt habe. Ich denke, Herr Wurm war noch bei ihm, als er gelebt hat."
„Mit diesem Herrn spricht bereits mein Kollege. Wussten Sie übrigens, dass Herr Wurm kurz vor dem Konkurs steht?" Melber starrte den Ermittler entgeistert an, und Ricchius fuhr fort: „Er hat 300.000 Euro mit Yen-Optionen verspekuliert. Herr Neuner hatte ihm zu Termingeschäften geraten."
„Oh Gott!", entfuhr es Melber. „Das wusste ich nicht. Gustav hat allen seinen Bekannten empfohlen, auf den Kursverlust des Yen zu setzen. Ich hatte Gott sei Dank kein Geld übrig. Aber wenn ich so was geahnt hätte, nein, ich hätte die beiden nicht zusammen eingeladen. Wahrscheinlich hat sich Gustav zu sehr aufgeregt, als er von Wurms Pech gehört hat."
„Es ist gar nicht sicher, ob es ein Herzanfall war. Derzeit wird das Opfer obduziert", stellte der Kommissar klar, um gleich darauf eine Frage anzufügen: „Wer hat die Weine aus der Flasche in den Krug geschüttet?"
„Warum ist das wichtig?", wunderte sich Melber.
„Da trinkt jemand ein Glas Wein und kippt dann tot um", gab Ricchius zu bedenken. „Würden Sie da keinen Zusammen-

hang vermuten?“
„Sie denken doch nicht an eine Vergiftung, Herr Kommissar“, protestierte Melber. „Dann wären ja noch mehr tot umgefallen.“
„Ich habe Spuckeimer gesehen. Vielleicht haben die anderen den Wein ausgespuckt“, überlegte der Ermittler. „Also: Haben Sie den Wein in den Krug geleert?“
„Die Roten habe ich eine Stunde vorher geöffnet“, antwortete Melber. „Aber in die Krüge habe ich sie nicht gegossen. Das war die Aufgabe von Angelica.“
Die Haushälterin wurde ins Arbeitszimmer geholt. „Ich habe nur die Weißweine umgeleert“, sagte sie. „Nicht die Rotweine.“
„Aber es hatte sonst niemand Zutritt zu den Flaschen und Krügen“, wandte Melber ein. „Die Weine waren in der Küche.“
„Ihre Frau war in der Küche und hat den Rehrücken vorbereitet“, erinnerte Angelica.
Jetzt wurde auch Martha gerufen. Sie erschrak über die Frage des Kommissars. „Warum interessiert Sie das? Denken Sie vielleicht, Gustav ist vergiftet worden?“
„Ich muss an alles denken, gnädige Frau“, beharrte Ricchius. „Außerdem meinte Frau Ulrich, die ja auch dabei war und mit der meine Kollegin gesprochen hat, im letzten Wein einen Hauch von Bittermandelöl gespürt zu haben. Das könnte auf Blausäure deuten. Und sie erzählte, dass ihr hinterher übel geworden sei.“
„Beim Anblick von Gustav ist uns allen schlecht geworden“, mengte sich Doktor Melber ein. „Aber Bittermandeltöne ausgerechnet im letzten Wein – nein, da hat Gerda sich getäuscht. Das war ein Chateau Latour, der teuerste Wein der Serie. Der schmeckt bestenfalls nach Kaffee, Zigarren oder Graphit.“
„Eine eigenartige Mischkulanz. Jetzt ahne ich, warum es heißt: in vino veritas. Frau Melber, Sie sind mir noch die Antwort schuldig“, mahnte Ricchius die Hausfrau.
„Ich wollte es nicht Angelica überlassen“, begann Martha zögernd, „weil sich bei älteren Rotweinen oft ein Bodensatz bildet. Angelica hätte nicht darauf geachtet, dass der Bodensatz in der Flasche bleibt. Aber ich habe doch kein Gift hinein getan!“
„Das wird sich weisen“, knurrte der Kommissar. „Alle Weinre-

ste, auch die von der Tischplatte in der Koje des Opfers, sind im Labor. Ich finde es nur seltsam, dass Sie“, er wandte sich an Angelica, „dass Sie den Inhalt der Spuckeimer sofort in die Toilette geschüttet haben.“
„Ich habe ja nicht wissen können - “, maulte die Russin.
Ricchius bat das Ehepaar Melber, mit Angelica allein sprechen zu dürfen. Nachdem er ihre Befragung beendet hatte, wollte er ungestört mit Martha reden. „Hatten Sie ein Verhältnis mit Herrn Neuner?“, fragte er sie unverblümt.
Die Hausfrau lief rot an, ob aus Scham oder Ärger, konnte Ricchius nicht abschätzen. „Das hat Ihnen diese Russin erzählt“, grollte sie. „Aber sie irrt sich. Ich habe Gustav, Herrn Neuner, einmal in seiner Wohnung in Kiew besucht, während mein Mann mit einem Kollegen aus dem Konzern eine Besprechung im ukrainischen Wirtschaftsministerium hatte. Ich wollte nicht allein im Hotel bleiben.“
„Wusste Ihr Mann von dem Besuch bei Herrn Neuner?“
„N-nein“, gestand Martha. „Er wäre sonst eifersüchtig geworden.“
Aus Ricchius’ Brusttasche erklang die Fanfare aus dem Te Deum-Prelude von Marc-Antoine Charpentier.
Der Kommissar erhob sich, trat zum Fenster, das den Blick in den Garten und zum Silberberg öffnete, und lauschte einige Zeit, schließlich sagte er halblaut: „Das wirft meine These über den Haufen, aber soll sein. Bitte, ruf’ Markus an. Der ist gerade bei diesem Metzger-Heini. Der könnte so eine Pistole beruflich besitzen. Markus soll danach suchen.“ Ricchius klappte das Mobiltelefon zu, dann konfrontierte er Martha Melber mit einer neuen, für sie abermals unerwarteten Frage: „Welche Pistolen hat Ihr Mann?“
Die Hausfrau sprang betroffen auf: „Ist Gustav erschossen worden? Das gibt es doch nicht. Wir haben keinen Schuss gehört. Wer sollte so was tun?“
Ricchius musterte sie tadelnd, schließlich seufzte Martha: „Ja, mein Mann hat einen Waffenschein. Die Pistolen sind hier.“ Sie holte einen Schlüssel aus einer Lade und öffnete einen Bieder-

meierschrank. Ricchius besah die Waffen, schnupperte an ihnen und legte schließlich alle zurück. „Warum ist Herr Neuner vor einigen Monaten aus der Ukraine zurückgekommen?“, wollte er nun wissen.

Diesmal antwortete Martha prompt und bereitwillig: „Er hatte Angst. Einige Jahre vorher ist der Chef der russischen Zentralbank in Moskau ermordet worden, später auch der Vorsitzende der Lesprombank. Banker leben im Osten gefährlich, hat er gemeint. Einer seiner Mitarbeiter ist beim Betreten der Bank aus einem Auto erschossen und in den Kofferraum verfrachtet worden. Später hat man den Mann aus dem Dnjepr geborgen. Angeblich hatte er den Finanzbehörden Schwarzgeldkonten aus der Bank verraten. Es war Geld der russischen Mafia. Und Gustav hat mir erzählt, dass man auch ihn mit Mord bedroht habe.“

„Herr Neuner ist mit einer Nadelpistole erschossen worden“, verriet Ricchius. „Die zwei Millimeter starke Nadel hat sich durch den Rücken in sein Herz gebohrt.“

„Wir haben keinen Schuss gehört“, wunderte sich Martha.

„Solche Waffen sind lautlos“, erklärte Ricchius. „Die Nadel fügt eine kaum blutende Wunde zu. Wer von Ihren Gästen könnte so ein Ding benutzt haben?“

„Das trau ich keinem unserer Freunde zu.“

Die Eurovisionsfanfare unterbrach abermals die Einvernahme, und Ricchius trat wieder ans Fenster. Sein Blick fiel auf den Gartenpavillon, in dem Angelica, wieder mit grüner Schürze bekleidet, den Rost eines gemauerten Grillofens säuberte. „Das ist ein Hammer!“, sagte er nach einiger Zeit, „warte, ich notier den Namen.“ Er holte einen winzigen Schreibblock hervor und machte Notizen auf dem Fensterbrett. „Tolle Arbeit der Kollegen“, lobte er. „Mail ihnen meine Gratulation.“

„Darf ich Ihren Garten besichtigen?“, fragte er die Hausfrau, nachdem er das Telefonat beendet hatte. Martha begleitete Ricchius ins Grüne, wo die Haushälterin noch immer am Griller hantierte. „Lassen Sie das, Angelica“, befahl die Hausfrau, „der Grill ist ohnehin sauber.“ Die Russin wollte achselzuckend zurück ins Haus, doch Ricchius hielt sie am Arm fest. „Ich hätte noch eine

Frage an Sie, Frau Mila Wladinow."
„Die Leute rufen mich Angelica", sagte die Russin mit trotzigem Unterton.
„Ich nenn' Sie beim richtigen Namen. Zeigen Sie mir, wo Sie die Nadelpistole versteckt haben."
Angelicas wurde blass: „Ich weiß nicht, wovon Sie reden."
„Frau Wladinow, die Polizei in Kiew hat den Mörder des Bankbeamten verhaftet, einen Killer der Russen-Mafia. Er hat zugegeben, dass auch Herr Neuner, der als Verräter galt, auf der Todesliste stand. Und dass Sie ihn töten sollten."
Jetzt traten auch die Spurensicherer, begleitet von Doktor Melber, aus dem Haus, und Ricchius bat die Kollegen, der Russin Handschellen anzulegen. In der Nische des Grillkamins, wo der Motor für den Bratspieß installiert war, stellte er die Nadelpistole sicher.
„Angelica?!", rief Melber mehr ungläubig als entsetzt aus. Doch dann erinnerte er sich, dass die Russin die letzte Person gewesen war, die mit Gustav Neuner Kontakt gehabt hatte. „Sie hat die Bibliothek betreten, um Wurms Quizlösung zu holen und die Spuckeimer einzusammeln", berichtete er dem Kommissar. Ricchius nahm den Tatort noch einmal in Augenschein und kombinierte: Die Russin war, die Pistole in der Schürzentasche verbergend, von hinten an Neuner herangetreten und hatte ihm die Nadel in den Rücken gejagt.
Der Hausherr schlug die Hände vors Gesicht: „Und ich hab zu Gustav noch gesagt: ‚Deine Zeit ist abgelaufen.'"
Ricchius legte gleichsam tröstend einen Arm um Doktor Melbers Schultern: „Wie wahr!"

6. Eingeheizt

Hofrat Karl F. ließ sich vor dem offenen Kamin in den Schaukelstuhl sinken, griff zum Glas mit einem Grauburgunder von Hans und Anneliese Skringer aus der Riede „Trautenburg“, ließ es in der Rechten kreisen und nippte dann von seiner Lieblingssorte, mit der er gerne den Tag ausklingen ließ. Er wandte den Blick auf die noch zaghaft züngelnden Flammen. Wie jeden Abend hatte seine Haushälterin Anna Feuer gemacht, bevor sie das Haus verließ. Jetzt knisterten die Buchenscheiter heimelig und strahlten wohlige Wärme auf die ausgestreckten Beine des pensionierten Landesbeamten.

Karl F. hatte im Amt der steiermärkischen Landesregierung in Graz mit anderen Juristenkollegen das Referat für Naturschutz betreut und war nun seit drei Jahren im Ruhestand. Schon vor zehn Jahren hatte er sich ein Zweitdomizil in Oberhaag zugelegt, ganz in der Nähe zum Einstieg in die romantische Altenbachklamm. Hier, in einem weitgehend unberührten Naturparadies, wollte er mit seiner Frau die Zeit nach seiner aktiven Laufbahn genießen. Doch knapp vor seinem Pensionsantritt erlag seine Frau Elfriede einem Herzleiden. Sie hatte mit einem Spenderherzen gelebt, aber das fremde Organ hatte ihr Leben nur vier Jahre verlängern geholfen. Der Witwer entschloss sich, die Grazer Wohnung seiner Enkelin zu überlassen, die eben neunzehn geworden war und ein Jusstudium beginnen wollte. Er selber zog sich in die Südsteiermark zurück, wo er seinen liebsten Freizeitaktivitäten, dem Wandern und Radfahren, nachging: Oft strampelte er drei Mal die Woche nach Eibiswald, kehrte beim Kirchenwirt-Paar Siegfried und Josefine Hasewend oder in einer Schilcher-Buschenschank ein, sah sich einen alten Film im originellen Lichtspieltheater des Kirchenwirts an und fuhr dann beschwingt zurück in sein gemütliches Heim, in dem Anna nach dem Rechten sah. Auch schnürte er mit Vorliebe seinen Wanderrucksack und marschierte hinauf zur Bergkirche Sankt Pongratzen, die, knapp auf slowenischem Gebiet thronend, einen herrlichen Rundblick über das Saggautal ermöglicht und deren Turm Karl F.

gerne als Aussichtswarte genützt sehen wollte, wofür sich ideal der Rundsteg hoch oben eignete. Am liebsten aber durchquerte der Hofrat die erst wenige Jahre vorher erschlossene Altenbachklamm, die in der Nähe seiner Wohnstätte anfing und über 2,3 Kilometer und 340 Höhenmeter durch teilweise bizarr anmutende Landschaftsoasen führte. Die dreißig Meter lange schwingende Hängebrücke, 14 Meter über dem Grund, bescherte ihm zwar bei jeder Querung ein mulmiges Gefühl, doch das Rauschen des Altenbachs und der pflanzliche Artenreichtum entlang der Strecke, die auch über 19 Holzstege und 212 Stufen führt, entschädigte ihn für die Brückenphobie und alle Anstrengungen. Wenn er dann am Berg oben in der Mostschenke „Serschenhof" von Biserka und Johann Tertinjek bei einer goldprämierten Speckjause Rast hielt, dankte er dem Schicksal, dass er einst in seinem Amt bei der Gründung des „Naturparks Südsteirisches Weinland" hatte mithelfen dürfen.
Karl F. tastete nach einer Packung Cohiba auf dem Kaminsims, die er zum Fünfundsechziger geschenkt bekommen hatte, aber die Schachtel war leer. Seufzend erhob er sich, auf seine abendliche Zigarre, sein einziges Laster, wollte er nicht verzichten. Im angrenzenden Bücherzimmer musste noch ein Kistchen vorrätig sein. Er schob die alte hölzerne Zimmerleiter, die er im reich bestückten Altwarenladen von Maria und Ferdinand Flucher in Tillmitsch erstanden hatte, zum Bücherregal, um nach der Schatulle zu langen. Um nicht zu oft in Versuchung zu geraten, hatte er sie auf dem obersten Bord zwischen den Klassikerausgaben von Goethe und Schiller deponiert. In dem Moment, als er die dritte Leitersprosse bestieg, zerriss ein höllischer Lärm die Stille, Karl F. wurde zu Boden geschleudert und schrie vor Schmerz auf.
Eine Staubwolke raubte ihm jede Orientierungsmöglichkeit. Er tappte in die Richtung des Kaminzimmers und auf allen Vieren schaffte er es tatsächlich, einige Meter vorwärts zu kommen. Dann, nachdem der Staub sich fast verflüchtigt hatte, sah er die Verwüstung. Die halbe Zwischenwand war eingestürzt, vom Kamin war nur ein Trümmerhaufen übrig, der Schaukelstuhl

davor, ebenfalls ein antikes Möbelstück, war zu Kleinholz zerhäckselt.
„Heiliger Strohsack!", stammelte er, sich vergegenwärtigend, was mit ihm geschehen wäre, hätte er seinen Platz nicht verlassen.
Die Feuerwehrmänner und der Notarzt meinten hinterher, im Sessel hätte er das Unglück nicht überlebt. So sei er mit einem Oberarm- und einem Knöchelbruch relativ glimpflich davon gekommen, trösteten ihn auch die Ärzte im Krankenhaus Wagna.
Die Spezialisten der Feuerwehr tippten auf eine Verpuffung im Kamin, eine andere Explosionsursache konnten sie sich kaum vorstellen. Die Medien nahmen von dem Unglück kaum Notiz, nur die Leibnitzer „Woche" und die Regionalzeitung „aktiv" brachten jeweils einen kurzen Einspalter, einmal unter dem Titel „Kamin-Verpuffung: Ein Verletzter", einmal unter der Überschrift „Kamin-Stau löste Explosion aus".
Sachverständige des Kaminwesens prüften tags darauf die Örtlichkeit und schlüpften sogar in den Schornstein, konnten aber keinen Hinweis auf eine Verpuffung finden. Das war Anlass genug für die Beamten im zuständigen Polizeiposten Arnfels, die Kriminalistenkollegen in Leibnitz zu verständigen. Kommissar Max Ricchius inspizierte noch am selben Tag die Unfallstelle und forderte nach dem Lokalaugenschein Kriminaltechniker aus Graz an. Die Männer kamen zurecht, als Haushälterin Anna sich anschickte, mit Besen und Schaufel die augenfälligsten Spuren der Zerstörung zu beseitigen. Der Hofrat wurde für morgen aus dem Spital zurück erwartet, da sollte wenigstens der ärgste Dreck entfernt sein, dachte sie. Doch Anna wurde von der Polizei angewiesen, den von ihr mit Brandschutt und sonstigen Trümmern gefüllten großen Plastiksack, den sie zum Müllcontainer tragen wollte, nicht mehr anzurühren und stattdessen sich selbst zu entfernen.
Die Techniker in den weißen Overalls sichteten an der Unglücksstelle Zentimeter für Zentimeter, fotografierten die Situation im Uhrzeigersinn aus allen möglichen Perspektiven, füllten kleinere Plastiksäckchen mit Explosionsrückständen, entnahmen Proben vom Holzboden und von Materialien aus der zertrümmerten Feu-

erstelle und beschrifteten alles penibel.
Es vergingen acht Tage, bis Kommissar Max Ricchius einen schriftlichen Bericht der Spezialisten in Händen hielt. Die Kriminalchemiker hatten mit Hilfe der Gas-Chromatographie in den Brandresten Ammoniumnitrat nachgewiesen, einen pulverisierten Sprengstoff, wie er mitunter zum Beseitigen von Baumwurzeln im Wald Verwendung findet. Jemand hatte dem Hofrat offensichtlich nach dem Leben getrachtet. Ricchius suchte den Mann auf und fragte, ob ihm jemand feindlich gesinnt, ob er mit jemandem zerstritten sei. Karl F. reagierte bestürzt, er habe keine Feinde, wiederholte er immer wieder wie geistesabwesend, er sei doch ein friedfertiger Charakter.
„Wer hatte Zutritt zum Kamin?“, fragte der Ermittler.
„Nur Anna“, antwortete der Hofrat. Aber die sei über jeden Verdacht erhaben.
„Bei uns sind alle verdächtig“, warf der Kommissar ein. Der Sprengstoff, meinte er, könnte auch mit dem Holz in den Kamin gelangt sein. Wer habe die Buchenscheiter vorbereitet und angezündet, fragte er.
„Anna“, sagte der Hofrat zögernd und nun ein wenig unsicher.
Die Wirtschafterin, eine Witwe aus Hörmsdorf, berichtete verstört und stockend, sie habe an jenem Abend einen Tragekorb mit Holzscheitern aus dem Keller geholt und, wie der Herr Hofrat es gewünscht hatte, am Feuerplatz entzündet. Ein verdächtiges Paket sei ihr dabei weder im Ofen noch zwischen den Hölzern aufgefallen. Als der Kommissar auch sie nach Leuten fragte, die ihrem Chef böswillig gesinnt sein könnten, rückte sie sofort mit einem Verdacht heraus: Ja, der Weinhuber-Bauer sei auf den Herrn Hofrat schlecht zu sprechen, weil dieser ihm nicht ein Stück Wald verkauft habe.
Der Hofrat, mit dem Namen Weinhuber konfrontiert, tat solche Spekulationen sogleich als Unsinn ab. Es sei unverantwortlich und ein Hirngespinst von Anna, diesen Mann eines Sprengstoffattentats zu verdächtigen. „Es stimmt zwar, dass der Weinhuber von mir fünf Hektar kaufen wollte“, räumte er dann ein. „Wir sind beim Waldbesitz Nachbarn. Mit den fünf Hektar wollte er seine

Forstfläche auf 115 Hektar, also 200 Joch, aufstocken, um endlich eine Eigenjagd zu besitzen. Er ist nämlich ein begeisterter Waidmann. Aber ich hab ihm klargemacht, dass ich in Krisenzeiten wie diesen keinen Quadratmeter Grund verkaufe."
„Wie hat der Mann reagiert?", bohrte Ricchius.
„Er hat sich damit abgefunden, denk ich", sagte der Hofrat. „Ich hab ihm empfohlen, beim Bürgermeister anzufragen. Der hat ja auch ein Waldgrundstück in seiner Nachbarschaft."
Der Kommissar notierte den Namen des Bauern, Balthasar Weinhuber, und auch den eines zweiten namens Frank Strablmann. Dieser war es gewesen, der dem Hofrat vor etlichen Tagen die geschnittenen Buchenscheiter geliefert hatte. Dann besah Ricchius den Rest der Lieferung im Keller und ordnete an, vorerst kein Stück davon in einen Ofen zu stecken.
Anschließend suchte der Kommissar Herrn Strablmann auf. Der Bauer besaß ebenfalls weite Forstflächen, Holzverkauf war neben der Rinderzucht sein zweites Standbein.
Ja, erinnerte sich Herr Strablmann, er habe vor rund zwei Wochen drei Raummeter in das Anwesen des Hofrats geliefert und mit einem Kollegen im Keller aufgeschlichtet. Der Helfer sei der Weinhuber-Bauer gewesen. Ihn habe er gebeten, den Transport zu führen, weil Weinhuber einen Lkw mit kippbarer Ladefläche besitzt, der das Abladen erleichtert.
Ob er daheim Sprengstoff aufbewahre, wollte der Kommissar wissen.
Ja, bestätigte Strablmann, er benötige das Zeug, um im Wald Baumstrünke zu zerkleinern. Auch Weinhuber, nahm er an, habe derartige Sprengmittel daheim. Sie beide, fügte er hinzu, hätten vor Jahren einen von der Bauernvertretung geförderten Sprengkurs absolviert.
„Wir kommen der Klärung näher", verkündete Max Ricchius dem Staatsanwalt, als dieser sich besorgt nach dem Stand der Ermittlungen erkundigte, weil sich inzwischen auch ein hoher Vertreter der Landesregierung und das Landesamt für Verfassungsschutz und Terrorismusbekämpfung für den mysteriösen Anschlag interessierten.

In der Zwischenzeit war nämlich bekannt geworden, dass Karl F. sich kürzlich in einem Leserbrief an eine Grazer Zeitung sehr kritisch mit den Muslimen im Land auseinandergesetzt hatte. Anlass war ein Bericht über einen Pfarrer gewesen, der in einer Sonntagspredigt vor der schleichenden Islamisierung im Land gewarnt hatte und gegen den ein Leserbriefschreiber empört zu Felde gezogen war. Hofrat F., der früher Burschenschafter gewesen war, hielt es für seine Pflicht, den Gottesmann zu verteidigen, und verfasste in seiner Replik unter anderem einige heikle Sätze wie diese: „Der Pfarrer hat ausgesprochen, was alle im Land sehen: Der Islam prägt bereits unseren Alltag. Ich erinnere nur an die vielen Frauen, die verschleiert, aber ständig mit einem Handy am Ohr und einer Kinderschar im Schlepptau, durch unsere Straßen spazieren. Ich erinnere an die Forderung muslimischer Funktionäre, die in einem Ort eine Moschee mit Minarett, im anderen ein Gebetszentrum und im dritten ein Kulturzentrum errichtet haben wollen, wo dann radikale Prediger Hasstiraden gegen das Christentum verkünden und künftige Terroristen züchten. Ich erinnere an die Äußerungen muslimischer Fundamentalisten aus dem Nahen Osten, die den ‚Weltenthron' besteigen wollen. Ich erinnere an die Forderung mancher heimischer Politiker zur Entfernung unserer Kruzifixe aus den Schulzimmern. Ihnen gefällt offenbar diese Vereinnahmung durch eine völlig fremde Kultur und eine Religion, die schon viel Unheil gestiftet hat. Ja, auch das Christentum hat im Mittelalter und später viel Unheil angerichtet, aber damals waren die Menschen großteils machtlos gegen die Willkür der Kirche. Heute sind wir nicht machtlos gegen die Umtriebe fanatischer Muslime. Wir können uns wehren. Der Appell und die warnende Stimme des Pfarrers waren meiner Meinung nach daher berechtigt."
Ich hatte von dem Kaminunglück bis dahin nur durch die belanglosen Kurzmeldungen in den erwähnten Regionalblättern erfahren, von der möglichen brisanten Wende in diesem Fall berichtete uns Max Ricchius, nachdem er das Opfer in Oberhaag zum zweiten Mal befragt und auch den anfangs verdächtigen Bauern Balthasar Weinhuber einvernommen hatte. Es war gegen 10.30

Uhr, als der Kommissar in unserer Hube aufkreuzte. „Ich muss zu Mittag wieder in Oberhaag sein, da zahlt es sich nicht aus, dass ich nach Leibnitz zurück fahre. So hab ich mir gedacht, gönne ich mir bei euch einen Kaffee." Renate, meine Frau, servierte Ricchius auch Kuchen, dann schilderte unser Gast sein Dilemma: „Wenn ich den Fall bis morgen nicht geklärt habe, muss ich den Akt dem Verfassungsschutz abgeben. Die wittern einen Terrorakt durch islamische Extremisten."

Er zitierte aus dem Leserbrief des Hofrates, und Renate stimmte sofort der These zu, dass es sich um einen Anschlag von Fundamentalisten gehandelt haben könnte.

„Der Hofrat selber glaubt nicht daran", erwiderte Ricchius. „Ich bin ja nicht Thilo Sarrazin oder Salman Rushdie, hat er gemeint. Außerdem hätte er vorher, wenn tatsächlich solche Terroristen am Werk gewesen wären, irgendwelche Drohungen von islamischer Seite erhalten, sagt er. Er hat den Leserbrief mit vollem Namen gezeichnet, außerdem steht sein Name im Telefonbuch. Und, so argumentiert er, er habe ja nicht den Prophet Mohammed beleidigt, wie dies zum Beispiel durch die dänischen Karikaturen geschehen war. In so einem Fall, meint er, seien gläubige Muslime sehr empfindlich und könnten ausrasten. Aber nicht bei der allgemeinen Kritik, die er geübt habe."

„Sonst gibt es keine Spuren zu Verdächtigen?", fragte ich.

Ricchius erwähnte den Hinweis der Haushälterin auf den Nachbarn des Opfers, der wütend sei, weil der Hofrat ihm nicht ein Stück Wald verkaufen wollte.

„Ein Mordanschlag, nur weil der Nachbar einen Grund nicht verkauft?", wunderte sich Renate. „Das ist doch absurd. Nein, ich würde unter islamischen Terroristen nachforschen."

„Leben in eurer Umgebung viele Muslime?", erkundigte sich Ricchius.

„Das nicht", räumte Renate ein. „Aber in Leibnitz triffst du an fast jeder Ecke Frauen mit Kopftuch."

„Frauen mit Kopftüchern sind meistens nicht Terroristen", gab Ricchius zu bedenken „sondern arme, meistens unterdrückte Kreaturen."

Die Einvernahme des Balthasar Weinhuber, so erzählte der Kommissar, habe sich am Vormittag schwierig gestaltet, weil der Mann in seine Antworten immer wieder abfällige Bemerkungen über den Hofrat eingestreut habe. Ricchius zitierte einige Aussagen des Verdächtigen und nahm uns das Versprechen ab, davon niemandem zu erzählen.

„‚Wenn ich gewusst hätte, dass Frank das Brennholz zu diesem Ludl bringen will, hätte ich ihm nicht geholfen.' Genau so hat sich der Weinhuber mir gegenüber geäußert", berichtete der Kommissar. Ursprünglich, so erinnerte sich Weinhuber bei der Befragung, sei die Ladung für den Kunstmaler Richard Steindl in Oberhaag bestimmt gewesen. Kurz vor der Abfahrt habe jedoch die Anna aus dem Haus des Hofrats angerufen und Frank Strablmann gebeten, er möge so rasch wie möglich Holz zustellen, weil die letzten Vorräte verheizt seien. Das komme davon, meinte Weinhuber, weil der „Watschka" seinen eigenen Wald nicht pflege. Sonst nämlich könnte der Hofrat genügend Brennholz fürs ganze Jahr aus dem eigenen Forstbestand gewinnen. Darum verstehe er den Kerl nicht, dass er den Wald nicht verkaufen wolle. „‚Wäre dem auntoukaten Deixl nur endlich der Hintern eingefroren', hat der Weinhuber gesagt."

„Ein frommer Wunsch für einen Deixl", warf Renate ein.

„Auntoukat heißt übrigens blöd", übersetzte ich.

Strablmann, so erzählte Ricchius weiter, habe in der Folge den Maler angerufen und gefragt, ob es ihm was ausmache, wenn sein Holz erst morgen geliefert würde. Der Hofrat habe es nämlich ziemlich eisig im Haus, er habe um eine sofortige Lieferung ersucht. Steindl habe zugestimmt, und so musste Weinhuber mit der Ladung zum Hofrat fahren.

„Frank Strablmann, der Holzlieferant, hat mir die Version des Weinhuber-Bauern bestätigt", betonte Ricchius. „Zur Sicherheit hab ich bei beiden Landwirten Sprengstoffproben nehmen lassen", ergänzte er. Das Depot, so überzeugte er sich, war bei Strablmann vorschriftsmäßig gesichert, über die Verwendung von Ammoniumnitrat im Wald wurde genau Buch geführt. „Ich hab Strablmann für seine exakt geführten Aufzeichnungen

gelobt“, schilderte Ricchius. „Darauf hat er mir geantwortet: ‚Das Lob gebührt meinem Bruder Florian. Er war Buchhalter in einer Autofirma. Seit er arbeitslos ist, nimmt er mir den Papierkram ab. Manchmal hilft er mir auch bei den Holzarbeiten. Die Lieferung für den Hofrat hat zum Beispiel er allein vorbereitet. Und auch zum Essen kommt er täglich zu uns, seit ihn seine Frau Hilde verlassen hat‘. Was sagt ihr dazu?“ Der Kommissar nahm einen Schluck Kaffee und sah uns beide erwartungsvoll an.
„Ist dieser Bruder des Strablmann geschieden?“, fragte Renate.
„Das war auch meine erste Reaktion“, sagte Ricchius. „Strablmann hat verneint. ‚Noch nicht‘, hat er gesagt. Hilde hat bei einer Vernissage den Maler Steindl kennengelernt und ist bald darauf zu ihm gezogen. Florian ist seither seelisch geknickt, sagt der Bruder.“
„Verständlich“, bemerkte ich.
Der Kommissar lächelte plötzlich: „Ich hab Strablmann gefragt, wann er den Bruder heute erwartet.“
„Ah, deshalb willst du zu Mittag wieder in Oberhaag sein“, kam mir die Erleuchtung.
„Dieser Florian interessiert mich natürlich“, gab Ricchius zu.
„Dennoch“, beharrte Renate. „würde ich die islamistische Spur nicht vernachlässigen.“
Um die Mittagsstunde kehrte der Kommissar zurück in den Bauernhof von Strablmann. Er bat, mit dem Bruder des Bauern allein sprechen zu dürfen. Unterm Herrgottswinkel fragte er Florian Strablmann gerade heraus: „Tut es Ihnen nicht leid, dass es den Falschen getroffen hat?“
Der Angesprochene barg den Kopf in die Hände und schwieg minutenlang. Dann raffte er sich zum Geständnis auf: „Das Holz war für den Steindl bestimmt. Mit ihm hätte ich kein Mitleid gehabt.“ Dann zeigte er dem Kommissar, wie er ein Buchenscheit mehrmals aufgebohrt, mit Sprengstoff gefüllt und die Öffnungen mit Korken zugestopft hatte.
Das Mittagessen nahm der Eifersuchtsattentäter, wie uns Max Ricchius hinterher erzählte, eine Stunde später im Polizeiarrest ein.

7. Die Zahnlücke

Auch diese Geschichte fällt in den Amtsbereich von Kommissar Ricchius. Doch blieb ihm in diesem Fall der kriminalistische Erfolg einige Monate versagt, und zwar aus einem ebenso banalen wie bedauerlichen Grund: Eine Zeugin, das gestand sie mir später, scheute sich, aus Angst vor Unannehmlichkeiten zur Polizei zu gehen. Die Zeugin war Heide N., sie ist seit Jahren mit meiner Frau befreundet.

Heide liebt es, anderen Menschen auf den Zahn zu fühlen. Sie tut es gut, weil einfühlsam, wie ich es selber schon mehrmals am eigenen Gaumen verspüren durfte, und es tut ihr gut, denn es ist ihr Job. Heide war seit ihrem 16. Lebensjahr Zahnarztassistentin zunächst in Wien, später in Leibnitz. Es gefällt ihr, im weißen Mantel adrett und kompetent wie eine Zahnmedizinerin aufzutreten und die Patienten auf den Motorstuhl zu bitten. Eine Faszination dieses Berufs sieht sie auch in dem Umstand, dass sie fast täglich neue Menschen kennen lernen kann. Und dass sie bei allen ängstlichen Vorbehalten, die manche der Branche entgegenbringen, gelegentlich Zeugin heiterer Episoden wird.

Nie vergisst sie einen Vorfall aus ihrer Lehrmädchenzeit. Als ihr damaliger Chef Doktor Ulrich B. im Oberkiefer einer 20-jährigen Patientin einen Weisheitszahn entdeckte, der sich seit der letzten Behandlung zum Gebiss gesellt hatte, meinte er: „Aha, Fräulein, das ist schon der Hochzeitszahn. Jetzt kriegen Sie ein Kind und heiraten."

Die junge Patientin war bestürzt und kam sich vermutlich vor wie Maria, als der Engel Gabriel ihr die frohe Botschaft übermittelte. „Nein", antwortete sie, „das kann nicht sein. Ich hab gar keinen Freund."

Doktor B. war ein Mann, der gerne Scherzchen trieb. „Warten Sie nur, liebe Frau", sagte er, „der Zahn ist ein untrügliches Zeichen, dass Sie bald schwanger werden und heiraten."

„In dieser Reihenfolge?" Die Patientin konnte es nicht glauben.

Ein Jahr später, als sie wieder zum Kontrolltermin erschien, gestand sie: „Herr Doktor, ich hab ein Kind bekommen und bin

jetzt verheiratet."
„Sehen Sie", meinte er, „ich hab 's gewusst. Wenn der Weisheitszahn eine bestimmte Stellung einnimmt, ist die Zeit da, sich zu vermehren."
Heide hatte die scherzhafte, aber wahre Prophezeiung ihres Chefs derart beeindruckt, dass sie in der Folge stets heimlich mit der Zunge die oberen Zahnreihen abtastete und prüfte, ob sich auch ihr Paarungssignal schon zeigte. Sie hatte zwar ihre amourösen Abenteuer, aber keinen festen Freund und wollte keinesfalls schwanger werden. Denn vorerst hatte sie vor, sich ganz ihrem Beruf zu widmen. Prüde war sie beileibe nicht, im Gegenteil: Für den Leutschacher Maler und Künstler Manfred Urch stellte sie ihre tolle Figur als Aktmodell zur Verfügung, und unvergesslich bleibt für alle, die Zeugen waren, ihr Auftritt als „Die Nackte am Klapotetz" am Hauptplatz von Leutschach, direkt vor der Kirche. Der kunstverständige Pfarrer Blasius Klug hatte seine Einwilligung für das Mal-Happening neben dem Gotteshaus gegeben, und Manfred Urch hatte die hüllenlose Heide vor Hunderten Zuschauern von oben bis unten angemalt. Nur hinterher gab es Misstöne von Seiten einer braven Hausfrau, als deren Mann, ein Bewunderer dieses Kunstspektakels, das bunte Modell zu sich nach Hause einlud, damit es sich in der Badewanne reinwaschen konnte.
Heide war also nicht in festen Händen, aber dann schlug es wie ein Blitz bei ihr ein.
Es klingelte an der Ordinationstür, und als Heide öffnete, stand ihr ein mittelgroßer, dunkelhaariger etwa 40-jähriger Mann gegenüber. Sie bekam sofort Herzklopfen. Der Patient wollte eine Zahnlücke, die sich bereits in seiner Kindheit in der rechten oberen Reihe gebildet hatte, schließen lassen.
„Warum wollen Sie so eine kostspielige Korrektur?", fragte Doktor S., Heides nunmehriger Chef. Sie stand daneben, strahlte den Patienten an und nickte verständnisvoll, als er erklärte: „Immer wenn ich lache, glauben die Leute, ich hab da einen Zahn verloren."
„Lachen Sie doch einmal", wollte sie sagen, doch ihr Chef kam

ihr zuvor: „Also, für eine Zahnspange sind Sie zu alt. Wir müssen den einen Zahn abschleifen und eine breitere Krone aufsetzen, dann ist der Abstand zwischen dem Eins-Zweier und Eins-Dreier wieder normal."
Heide bereitete die Turbine zum Abschleifen vor, und als sie dem Patienten den Speichelsauger in den Gaumen legte, ertappte sie sich beim Gedanken, wie es sein mochte, wenn diese Zunge sie küsste. So was war ihr noch bei keinem anderen Patienten eingefallen, und sie errötete.
Doch der Mann im Stuhl schien ihre Gefühle nicht zu bemerken, er war auf das Vorgehen des Doktors konzentriert, vermutlich aus Angst vor einer schmerzhaften Prozedur. Nur beim Verlassen der Ordination, als er vor Heides Schreibtisch stand, um einen neuen Termin zu vereinbaren, schaute er sie aufmerksamer an. Heide spürte, wie seine Blicken an ihren Händen hingen, dann an ihrem Busen und schließlich an ihrem rotblonden Haar. Sie selber hatte ihn schon während der Behandlung genau betrachtet, und es fiel ihr an ihm kein Makel auf. Sein Haar war dunkelbraun, seine Augen waren eigenartig hell, wie aus Bernstein. Hände und Finger wirkten kräftig, aber nicht wie die eines schwer arbeitenden Menschen. Nachdem er sich verabschiedet hatte, fiel ihr ein, dass sie ihn nach seinem Beruf hätte fragen können. Tage später, nach der zweiten Behandlung, versuchte sie, ein Gespräch einzufädeln. Sie war einige Minuten mit ihm allein, weil Dr. S. sich noch einer Patientin im Nebenraum widmen musste, und Heide fragte den Mann, ob er sich ebenfalls auf die Badesaison freue. Immerhin hatte man in den Nachrichten für den nächsten Tag Temperaturen um die 27 Grad angekündigt. Erwin K., so hieß der Mann, sagte, er mache sich nichts aus überfüllten Bädern, höchstens aus den Mädchen, die man dort im Tanga zu sehen bekomme.
„Tragen Sie auch so was?", fragte er Heide.
„Manchmal", antwortete sie. „Aber beim Baden hab ich immer einen Bikini an."
„Für den Anblick würde ich sogar in ein Bad oder an den Sulmsee kommen", sagte Erwin K.

Heides Herz pumperte wieder heftiger, und sie zögerte nur kurz, bevor sie vorschlug: „Dann könnten wir einander nächsten Sonntag am Sulmsee treffen." Automatisch fuhr ihre Zunge in den Oberkiefer, auf der Suche nach einem Weisheitszahn.
Bei der Vereinbarung für den dritten Behandlungstermin tauschen sie die Handynummern aus, nur sicherheitshalber, meinte sie, es könnte ja etwas dazwischen kommen. Dazwischen kam nur ein Adriatief, das am Wochenende monotonen Regen brachte. Heide wählte die Nummer von Erwin K., doch er meldete sich nicht, sie musste auf die Mailbox sprechen. „Hallo, Erwin", sagte sie. „Unser Badeausflug fällt ins Wasser. Aber vielleicht können wir einander trotzdem treffen."
Nach einer Stunde meldete er sich. „Gehen wir essen", schlug er vor.
Er holte sie zu Fuß ab, spannte den Regenschirm auf, dann spazierten sie an den Stadtrand, dort wo der Aupark sich an den Seggauberg schmiegt. Ein Spaziergang vor dem Essen schade nicht, meinte er. Heide war einverstanden und ließ ihn gewähren, als er sie an der Hand nahm. Der Weg neben der Rudolf-Hans-Bartsch-Gasse war menschenleer, und so schlenderte das Paar allein unter der heimeligen Baumallee dahin, anfangs schweigend. Die beiden überquerten die Brücke des Ledererbaches, und als sie in der Höhe der Sportstätten angelangt waren, atmete Heide tief und glücklich durch, hob schließlich zu reden an und meinte, auch im Regen könnte es romantisch sein. Sofort war ihr der banale Satz peinlich, und sie wollte Erwin, um von was anderem zu sprechen, nach seinem Job fragen, da wurde sie von ihm umarmt und geküsst, ohne Vorwarnung. Es blieb ihr die Luft weg, und als sie wieder zum Atmen kam, hatte er schon eine ihrer Brüste entblößt und vergrub sein Gesicht in ihrem Ausschnitt. In ungezügelter Leidenschaft suchte sein Mund ihre Brust, dann musste sie einen Schmerzschrei unterdrücken, denn er verbiss sich in ihre weibliche Rundung, und das tat höllisch weh. Gleich darauf schien er sich wieder gefasst zu haben, ließ von ihr ab, hob den Schirm auf, der zu Boden gefallen war, und entschuldigte sich für seine Entgleisung.

Beim Essen im Restaurant Villa Hollerbrand am Fuße des Seggauberges verhielten beide sich eher still. Weder das gemütliche Ambiente bei Kerzenlicht in dem ehemaligen Weinkellergewölbe noch die großartige Küche von Patron Gerald „Gery" Krainer, der einst im luxuriösen, 321 Meter hohen Siebensterne-Hotel „Burj al Arab" in Dubai praktiziert hatte, lockerten die gespannte Atmosphäre zwischen den beiden. Auch die leckeren süßen Desserts des gelernten Konditors Gery konnten die Stimmung nicht entkrampfen. Heide musste nach dem liebestollen Überfall ihren Schock überwinden, er schämte sich offenbar für sein Verhalten. Auf der Heimfahrt in einem Taxi, das der Kellner bestellte, kam es dann zu keinerlei Austausch von Zärtlichkeiten mehr, und als Heide sich an ihrem Haustor verabschiedete, war sie froh, wieder allein zu sein.
Zwei Wochen später zeigte ihr der Chef einen Aufruf in der aktuellen Zahnärzte-Zeitung und bat sie, die Computerkartei nach den dort erwähnten Kriterien zu durchsuchen. Der Bericht stammte von der Kriminalpolizei Leibnitz, die nach einem Triebtäter fahndete und um Mithilfe bat. Der Gesuchte hatte drei Wochen vorher in der Abenddämmerung im Marenzipark eine Siebzehnjährige überfallen, gewürgt und dann so heftig in eine Brust gebissen, dass sich das Opfer nach Wagna in Spitalsbehandlung begeben musste. Das Mädchen konnte den Täter, der es von hinten angegriffen hatte, nicht beschreiben. So blieb als Fahndungshilfe nur der Zahnabdruck, den er am Opfer hinterlassen hatte. „Auffällig ist eine kleine Lücke zwischen dem zweiten und dritten Zahn im rechten Oberkiefer", war zu lesen.
Heide bekam eine Gänsehaut. Nein, Erwin konnte das nicht gewesen sein, versuchte sie sich zu beruhigen. Er hatte wohl auch sie gebissen, doch nicht gewürgt! Aber ihre Zweifel wurden immer quälender, schließlich rief sie am Computer das Zahnschema ihres Kavaliers auf. Und tatsächlich: Die Lücke, die er jetzt schließen lassen wollte, klaffte zwischen den Zähnen Eins-Zwei und Eins-Drei.
Als sich ihr Chef näherte, blendete sie die Karteiseite rasch aus. „Haben Sie schon was Passendes gefunden?", fragte er. Heide

wich aus: „Ich such' noch."
Sie nahm sich vor, jeden privaten Kontakt mit Erwin K. künftig zu meiden. Aber ihn der Polizei zu melden, nein, das würde sie nicht übers Herz bringen. So inquisitorisch wollte sie ihm nicht auf den Zahn fühlen lassen. Oder fürchtete sie nur die Wahrheit? Aber diesen Gedanken verscheuchte sie sofort.
Als meine Frau Renate und ich wieder einmal ein verlängertes Wochenende in der Südsteiermark verbrachten, luden wir Heide zum Dank für die bevorzugte Behandlung in der Zahnarztpraxis von Doktor S. zu einem Aperitif in unsere Hube ein, anschließend zu einem Buschenschank. Nach dem dritten Glas Muskateller auf der Terrasse bei Uli und Dieter Firmenich in Berghausen erzählte sie uns, keine Intimität verschweigend, ihr erschreckendes Erlebnis, nahm uns aber das Versprechen ab, mit niemandem darüber zu reden. Mir war hinterher nicht wohl zumute, ein Gewissenskonflikt setzte mir arg zu. Einerseits wollte ich das Vertrauen unserer Bekannten nicht enttäuschen, andererseits war mir klar, was für ein gefährliches sexuelles Gewaltpotenzial in diesem Kerl namens Erwin schlummerte. Aber weil auch Renate mich beschwor, Stillschweigen zu bewahren, hielt ich den Mund.
So war ich nach etwa drei Monaten erleichtert, als mir Max Ricchius von sich aus erzählte, dass man im Augelände bei Mureck einen Sexualtäter gefasst habe, der kurz vorher eine ihm wildfremde Achtzehnjährige attackiert und an einer Brust schwer verletzt hatte. Im Zuge der Ermittlungen sei man dahinter gekommen, dass dieser Mann ähnliche Überfälle in Leibnitz und Spielfeld verübt habe. Der Täter kam später in Graz vor Gericht und fasste eine mehrjährige Haftstrafe aus, nur die Attacke auf Heide blieb, weil nie angezeigt, ungesühnt.
Als ich Heide davon bei meinem nächsten Arzttermin berichtete, schien sie überhaupt nicht erleichtert, sondern irgendwie traurig. Übrigens: Ein Weisheitszahn zeigte sich bis heute nicht bei ihr.

8. Freiheit für Ivanka

Elise R. trat mit verschlafenem Blick auf den Balkon und begann mit der üblichen Morgengymnastik. Sie beugte ein paar Mal die Knie, kreiste die Arme vertikal und horizontal, wobei sie auch den Oberkörper hin und her bog und hielt sich dann mit nach hinten gestrecktem Körper auf dem Geländer fest, um ein paar Liegestütz-ähnliche Übungen zu versuchen. Inmitten einer Bewegung hielt sie inne, starrte hinunter, dorthin, wo der Naturzaun aus einer lila und weiß blühenden Eibischhecke an den Wald grenzte, und rieb sich die Augen. Dann eilte sie zurück ins Zimmer, holte die Brille und huschte behutsam, jedes laute Geräusch vermeidend, zurück.
Unten, an einer mächtigen Eiche, rieb ein dunkler Bär sein Rükkenfell am Baumstamm und grunzte wohlig.
Elise wohnte in einem Seniorenheim, sie war 79 und noch verblüffend rüstig. Ihr Appartement lag auf der Hinterseite der Anlage und war zur stillen Waldseite gerichtet. Wobei freilich auch die Zimmerbewohner an der Straßenfront nie lärmgeplagt waren. Sie genossen nur, mit Blick nach Südwesten, mehr Sonnenlicht als ihre Nachbarn an der Waldseite. Das Heim lag auf einem Hügel bei Leutschach und galt als Vorzeige-Einrichtung, was sich immer wieder im Besuch von in- und ausländischen Lokalpolitikern dokumentierte.
„Das wird doch nicht wieder Toni sein", murmelte sie leise. Anton N. war ebenfalls ein Heimbewohner und um die 75, er besaß einst einen Schlossereibetrieb in der nahen Bezirksstadt und hatte sein Vermögen einem Verein gegen Tierversuche vermacht. Toni war im Heim für seinen Schalk und seine Possenhaftigkeit bekannt. Einmal hatte er sich am Mittagstisch mit Brille und viel Schminke als rothaarige Dame verkleidet, als Neuzugang ausgegeben und in geziertem Tonfall als „Baronin von Eichberg" vorgestellt, die nun, bereits über 70, ihre Besitztümer aufgegeben habe, um wie in Kindheitstagen, als sie mit den Dorfkindern zur Schule ging, wieder mit dem gewöhnlichen Volk in Kontakt zu kommen. Dass er die Stimme so feminin verstellen konnte, war umso erstaunli-

cher, als er sich sonst in einem dröhnenden Bass zu artikulieren pflegte.
Hatte Anton N. sich jetzt ein Bärenfell zugelegt, um einen neuen Verkleidungsscherz auszuhecken?
Die Bärengestalt gab wieder eigenartige Laute von sich, schaute kurz zu Elise hinauf und trottete dann in den Wald. „Toni", rief ihr Elise nach, aber der Kerl ignorierte den Zuruf und verschwand im Dickicht.
Elise lief, noch immer im Morgenmantel, hinunter zur Direktion. Im Speisesaal bereiteten zwei junge Männer das Frühstück vor. Der eine, ein langmähniger, immer freundlich lächelnder Zivildiener namens Richard, trug den linken Unterarm eingebunden und grüßte zuvorkommend: „Guten Morgen, Frau Elise. Gut geschlafen?"
„Richard", sagte Elise R. außer Atem, weil sie wieder nicht den Lift genommen hatte, „ich muss der Direktorin was melden. Wo ist Frau Balog?"
„Ich hol sie sofort", sagte Richard und eilte ins Büro. Der zweite Helfer, ebenfalls Zivildiener, schüttelte den Kopf. „Mit so einer Verletzung wär' ich daheim geblieben", brummte er. „Beim Joggen im Wald hat ihn ein Hund gebissen."
Normalerweise hätte Elise Anteil genommen an so einem Unglück, noch dazu, weil ihr Richard immer sympathisch gewesen war, aber da erschienen schon die Direktorin und hinter ihr der Zivildiener.
„Liebe Frau Elise, wo drückt der Schuh?"
„Halten Sie mich nicht für verrückt, Frau Direktor. Vor meinem Balkon war ein Bär." Richard hatte sich wieder seiner Tätigkeit am Buffet zugewandt und blickte sich nur kurz erstaunt um.
Frau Balog ließ sich die Situation schildern und legte dann Wert auf einen Lokalaugenschein am Balkon. „Vielleicht war es nur ein Hund", meinte sie. „Unser Richard ist heute Früh im Wald von einem Hund angefallen worden. Aber ein Bär, nein, ein Bär ist hier noch nie gesichtet worden." Als sie von Elises Standort den angeblichen Reibebaum des Bären betrachtete, nährten sich ihre Zweifel. „So nah bei unserem Zaun? Nein, Frau Elise, ich

glaube, Sie haben sich geirrt."
Doch die Zeugin beharrte auf der Echtheit ihrer Wahrnehmung und riet, die anderen Heimbewohner zu informieren. Ein Spaziergang im Wald sei doch gefährlich und so ein Bär unberechenbar.
„Ich will keine Panik erzeugen", antwortete die Heimleiterin. „Aber ich verständige die Polizeiinspektion. Vielleicht können die durch den Wald streifen und das Tier finden, das Sie gesehen haben."
Eine Viertelstunde später betrat die Direktorin den Saal. Frau Elise saß bereits am Frühstückstisch und berichtete den Anwesenden von ihrer kuriosen Begegnung, auch Herrn Toni, dem dabei beinahe ein Müslibissen im Hals stecken blieb. „Liebe Freunde", sagte Frau Balog in einem jovialen Ton, nur die Stimmlage verriet, dass sie einigermaßen erregt war. „Ich muss Ihnen was Wichtiges mitteilen. Eine Bewohnerin unseres Heimes hat heute Früh einen Bär gesichtet, der bis zu unserem Gebäude gekommen ist. Ich habe die Polizei informiert. Der Beamte hat mir bestätigt: Der Bär ist heute Morgen schon zwei Mal gesehen worden. Einmal direkt auf dem Hauptplatz. Dort hat er den Abfallkübel eines Gasthofes umgeworfen, offenbar, weil Speisereste drinnen waren, die am Vormittag abgeholt werden sollten. Und außerhalb des Ortes, bei einer Buschenschank, hat der Bär einen Bienenstock geplündert."
Aufgeregtes Gemurmel regte sich im Saal. Die Direktorin hob beschwichtigend die Hände:
„Bitte, keine Angst. Wir werden für ein, zwei Tage keine Spaziergänge im Wald unternehmen, bis geklärt ist, wohin der Bär weiter wandert."
„Armes Tier", hörte man Anton N. rufen. „Hoffentlich lassen sie ihn am Leben."
Die meisten Bewohner hatten den Speisesaal bereits verlassen, als ein Polizeibeamter vorfuhr. Er bat die Direktorin, mit Elise R. sprechen zu dürfen. Der Grund: Zwei andere Zeugen beschrieben den Bären völlig unterschiedlich in Größe und Farbe. Jetzt wollte er von der Heimbewohnerin wissen, wie ihr Gegenüber ausgesehen habe.
„Er war sehr dunkel", erinnerte sich Elise, „und hatte große

Ohren. Auf der Brust hatte er einen komischen gelben Fleck, so ähnlich wie ein Ypsilon, wie das Ypsilon aus Aktenzeichen XY ungelöst."
Der Beamte tippte die Aussagen der 79-Jährigen im Büro in seinen Laptop. „Bei uns bleibt kein Fall ungelöst", murmelte der Polizist und spitzte den Mund, eine orale Gestik, die er beinahe nach jedem Satz sehen ließ, ohne dass seinem Gegenüber klar werden konnte, ob das nun ein Ausdruck einer Bekräftigung des Gesagten, einer plötzlichen Verlegenheit oder eines bedauernswerten Nervenleidens war.
„Hoffentlich", sagte die Direktorin. „Und hoffentlich wird man das Tier einfangen. Sonst wagt sich hier niemand mehr aus dem Haus."
Der Uniformierte schloss seinen Computer, nickte und verriet dann: „Kurz nachdem Sie bei uns angerufen haben, Frau Balog, kam die nächste Anzeige. In einem Bärengehege, rund acht Kilometer von hier entfernt, wurden heute Nacht mehrere Zwinger gewaltsam geöffnet. Sechs der zwölf dort gefangenen Bären sind entkommen."
„Um Gottes Willen!", rief die Direktorin und schlug die Hände vors Gesicht. Elise R. wurde blass und setzte sich wieder.
„Die Gitterstäbe, zwei Zentimeter stark, sind durchgesägt worden. Unsere Tatortspezialisten sichern derzeit die Werkzeugspuren. Auch Blutspritzer haben wir gefunden. Offenbar hat sich einer der Täter dabei verletzt."
„Wer macht so was?", fragte Elise fassungslos.
„Wir vermuten militante Tierschützer hinter der Aktion", meinte der Polizist, und wieder schürzte er die Lippen.
„Die Täter hatten völlig Recht", mischte sich jetzt Anton N. ins Gespräch. Er hatte, als er den Frühstücksraum verlassen wollte, gehört, was der Beamte erzählte. „Ich hab das Gehege besucht. Das sind arme Kreaturen, die dort gehalten werden. Ehemalige Zirkusbären, sogar aus Sibirien ist ein Tier dabei. Aus Bulgarien stammt ein ehemaliger Tanzbär. Der Arme ist auf heißen Platten zum Tanz abgerichtet worden und vor lauter Schmerzen auf den Hintertatzen hin und her gesprungen. Dann hat er einen Nasen-

ring bekommen und ist an einer Kette von Jahrmarkt zu Jahrmarkt gezogen worden. Jetzt geht es ihm zwar besser in dem Asyl, aber der Mann, der das Gehege führt, weiß oft nicht, wie er das Futter für die Tiere besorgen soll. Er tut mir leid. Er hat die Tiere aus Mitleid gekauft. Ein Geschäft macht er mit seinem Freigehege nicht."
Der Polizist horchte auf: „Hat er Ihnen das alles selber gesagt?"
„Freilich", antwortete Anton N. „Er hat sich bei mir auch beklagt, dass er keine öffentliche Unterstützung mehr bekommt. Und dass er am liebsten alle Bären frei lassen würde, damit sie bei ihm nicht länger hungern müssen."
„Aha", sinnierte der Uniformierte mit kriminalistischer Kombinationsgabe. „Das muss ich meinen Kollegen sagen." Er verließ die Eingangshalle des Heimes und nahm draußen sein Handy in Betrieb. Nach einigen Minuten kam er zurück, um von der Direktorin die persönlichen Daten von Anton N. zu erfragen. Als er sich verabschiedete, fragte er die Heimleiterin leise, so dass niemand sonst es hören konnte: „Dieser Mann – hat er Zugang zu einer Metallsäge, zu einem Bolzenschneider oder einem ähnlichen Werkzeug?"
Die Direktorin lachte auf. „Herr Inspektor", sagte sie dann leiser, „Sie denken doch nicht, dass unser Toni mit der Sache zu tun hat? Das ist ein ganz harmloser Kerl, glauben Sie mir."
„Vielleicht steckt er mit dem Besitzer des Geheges unter einer Decke", überlegte der Beamte. „Meine Kollegen am Tatort haben mir eben erzählt, dass die Bärenzwinger gegen Beschädigung und Einbruch versichert sind. Das wäre ein Motiv. Außerdem deutet vieles darauf hin, dass der Täter kein Fremder war. Der Schäferhund, der vor dem Gehege wacht, hat nicht angeschlagen."
Anton N. hielt sich noch immer im Speisesaal auf und diskutierte mit drei anderen Senioren über das Bedrohungsszenario. „Ich glaube nicht, dass die Tiere gefährlich sind", beruhigte er die anderen. „Sie sind zwar nicht die freie Wildbahn gewohnt, aber sie werden sich bald zurechtfinden in der Freiheit. Und den Menschen weichen sie sowieso immer aus."

„Toni“, rief nun Frau Balog, „haben Sie gewusst, dass der Besitzer einen Hund hat?“
Anton N. trat näher. „Natürlich, Frau Direktor. Er heißt Hero und ist ein verlässlicher Wächter. Er schläft jede Nacht vor der Hütte des Besitzers. Eigentlich müsste er die Täter gehört haben.“
„Vielleicht ist er mit Fleisch geködert und betäubt worden“, wandte der Polizist ein.
„Hero keift schon von weitem, wenn jemand kommt“, gab Anton N. zu bedenken. „Außer er kennt den Besucher gut.“
Der Polizeibeamte fixierte den Heimbewohner: „Wir werden den oder die Täter bald haben. Unsere Spurenexperten leisten gute Arbeit. Immerhin geht es nicht nur um den Tatbestand der Sachbeschädigung wegen der zerstörten Käfige. Der Täter hat sich auch der vorsätzlichen Gemeingefährdung einer größeren Zahl von Menschen schuldig gemacht. Darauf stehen bis zu zehn Jahren Haft.“ Er spitzte den Mund und verabschiedete sich.
„Ich würde ihm mildernde Umstände zubilligen und freisprechen“, rief Anton N. ihm nach.
Elise R. hatte sich inzwischen in ihr kleines Appartement im ersten Stockwerk zurückgezogen. Eigentlich hatte sie geplant gehabt, in den Markt zu spazieren, um in der Konditorei ihre im Ort lebende Bridgepartnerin Lilli zu treffen. Jetzt freute sie sich fast spitzbübisch, das Rendezvous absagen und der Freundin den ungewöhnlichen Grund dafür mitteilen zu können.
„Hallo, Lilli“, rief sie ins Telefon.
„Guten Morgen, Elise. Ich bin schon auf dem Weg, wenn du das wissen willst.“
„Nein, Lilli, ich kann heute nicht kommen, verzeih. Es ist was Unglaubliches passiert.“
„Mein Gott“, stammelte die Freundin, „bist du krank oder verletzt?“
„Nein, mir geht ’s gut. Aber bei uns und bei euch im Ort wimmelt es von wilden Bären. Sie sind aus einem Gehege entkommen.“
Lilli blieb mehrere Schrecksekunden still, dann fasste sie sich allmählich: „Bären? Bist du sicher?“
„Die Polizei war vorhin hier. Ich bin eine der Augenzeugen. Ein

Bär hat mich vor meinem Fenster angegrunzt. Und einer soll sich sogar am Hauptplatz umher getrieben haben."

„Nein", erschrak Lilli erneut, „da rühr ich mich auch nicht aus der Wohnung."

„Ja, bleib daheim", empfahl Elise. „Ich ruf dich an, wenn sich was tut. Ich werde ständig am Laufenden gehalten, der Inspektor hat es mir versprochen."

Kaum hatte sie den Hörer aufgelegt, klopfte jemand leise an der Tür. Richard lächelte diesmal nicht wie sonst, er blickte eher ernst und besorgt drein. „Schön, dass Sie mich einmal besuchen, Richard", sagte Elise.

„Darf ich Sie was fragen?" Richard hüstelte verlegen und nahm dankend, Elises Bitte folgend, auf dem Sofa Platz. „Können Sie mir sagen, wie der Bär, den Sie heute Früh gesehen haben, ausgesehen hat?"

„Natürlich, Richard, ich hab es auch dem Inspektor genau geschildert. Wie geht es Ihrem Arm?" Elise fühlte sich verpflichtet, dem sympathischen jungen Mann endlich ihre Anteilnahme an dessen Missgeschick zu bekunden.

„Es tut nicht mehr weh", erwiderte Richard. „War es ein großes, fast schwarzes Tier?"

„Groß und schwarz, genau. Und auf der Brust hatte er einen hellen Fleck, wie ein Ypsilon."

Richard wurde blass. „Ivanka", sagte er dann tonlos, „das war Ivanka. Sie hat mich gesucht."

„Sie gesucht?", wunderte sich Elise. „Sie sind ein ganz lieber Kerl, Richard, aber warum sollte der Bär gerade Sie suchen?"

Richard holte tief Luft, dann ließ er einen Wortschwall los, so, als hätte Elises Bemerkung in ihm eine Schleuse der Scheu geöffnet: „Ivanka ist ein ganz armes Geschöpf. Ein Kragenbär aus Ostsibirien. Bevor Ivanka nach Europa gekommen ist, hat man sie in China gemartert, ihr ein Metallrohr in den Leib gepflanzt und die Gallenblase abgesaugt. Das wird in China als Arzneimittel gegen Fieber gehandelt. Später ist sie an einen Zirkus verkauft worden. Der Zirkus ist pleite gegangen, Ivanka wäre fast verhungert. Dann ist sie in dem Bärenasyl gelandet. Es ist ihr

dort nicht schlecht gegangen. Aber in Trockenperioden hat sie hier Durst leiden müssen. Da haben wir uns entschlossen, sie und die anderen Bären zu befreien."
„Sie Richard? Sie haben die Bären frei gelassen?" Elise setzte sich entgeistert neben den jungen Mann.
„Ja, wir waren das. Drei Freunde und ich. Wir haben mit einem Plasmabrenner die Gitter aufgeschnitten. Als ich die Stäbe von Ivankas Käfig weggedreht habe, hat Ivanka mit einer Pranke auf meinen Arm geschlagen. Die Berührung war von ihr als Dankeschön gemeint, davon bin ich überzeugt. Aber die Krallen haben mich verletzt. Frau Elise, Sie hätten sehen müssen, wie glücklich sie war. Jetzt ist sie zurückgekommen, um sich noch einmal zu bedanken. Ganz sicher. Bären haben einen legendären Geruchsinn. Sie hat meine Witterung Kilometer weit aufgenommen."
„Richard!" Elise war noch immer fassungslos. „Aber jetzt sucht Sie die Polizei. Die Tiere sind ja gefährlich."
„Aber nein. Sie weichen den Menschen aus. Und sie werden überleben im Wald. Vielleicht wechseln sie über die Grenze in den Süden nach Slowenien. Frau Elise, es sind so wunderbare Geschöpfe, glauben Sie mir. Die muss man gern haben."
„Aber wie habt ihr den Wachhund überlistet?"
„Ach, Hero, den lieben Kerl. Den haben wir bei unseren offiziellen Besuchen vorher immer mit einem getrockneten Schweinsohr gefüttert. Das hat er sich gemerkt. Er hat nur freundlich gewinselt, als er uns gesehen hat. Als dann die ersten Bären frei gekommen sind, hat er sich aber aus dem Staub gemacht."
Richard hielt inne und nahm einen Schluck vom Glas mit Apfelsaft, den Elise ihm wortlos zugeschoben hatte. „Werden Sie mich verraten, Frau Elise?"
Die Frau erhob sich, trat nachdenklich auf den Balkon, schaute hinunter zur Eiche, an der Ivanka sich aufgerichtet hatte, und sie sah durch den Baum durch und erkannte im Geiste wieder den Bären, der auf den Hinterbeinen stand, vermutlich um besser die Witterung von seinem Befreier aufnehmen und ihm danken zu können. Richard war Elise auf die Terrasse gefolgt und beobachtete sie bangen Blickes, bis sie sich zu ihm drehte und

entschied: „Nein, Richard, ich werde nichts verraten. Das bleibt unser Geheimnis."
Aber ihrer Freundin Lilli musste sie beim nächsten Treffen in der Konditorei ihr Geheimnis selbstverständlich anvertrauen. Und einige Wochen später, als ich Frau Lilli wegen einer anderen, lange zurückliegenden Geschichte interviewte, erfuhr auch ich davon. In der örtlichen Polizeiinspektion teilte man mir mit, dass drei der befreiten Tiere nach Tagen von selber in das Gehege zurückgekehrt seien und die drei anderen Bären mit einer Falle eingefangen wurden. Nach den Tätern habe man freilich vergeblich geforscht. Als ich meinen Freund Max Ricchius auf diesen Fall ansprach, ohne freilich den Heimhelfer zu erwähnen, seufzte er: „Die Kollegen in Leutschach und Gamlitz, die den Fall bearbeiten, tun mir leid. In militanten Tierschützerkreisen zu ermitteln, ist mindestens so schwierig wie im Unterweltmilieu. Keiner weiß was, keiner hat was gesehen, jeder bindet dir einen anderen Bären auf."

9. Das Traminerattentat

Der Weingarten von Jakob Sipotz erstreckt sich über einen Südwesthang in knapp 500 Meter Seehöhe und ist einer der höchstliegenden in der Weinbaugemeinde Schlossberg. Nur wenige Rieden reichen noch weiter hinauf, unter anderem gedeihen im Weingut von Christian und Friedrich Krampl, auch „OberGuess genannt, Weißweinsorten bis auf knapp 600 Meter, und Peter und Hugo Kapun vom Weingut Moser sind stolz, dass sie jedes Jahr vom höchstliegenden Weingut Österreichs in 700 Meter Höhe einen hervorragenden Weißburgunder und Sauvignon blanc keltern können.

An diesem Augustnachmittag stapfte Jakob Sipotz durch die Rebzeilen seiner Traminerkultur und entfernte stellenweise das Laub, um den Traubenzonen mehr Sonnenwärme zukommen zu lassen. Vor zwei Tagen hatte es geregnet, da schien es nicht nur ratsam, sondern auch hoch an der Zeit, den noch grünlichen Trauben, die sich später mit einem vornehmen, rötlichen Umhang schmücken, auch ein bisschen Luft zu gönnen, damit sie rascher trockneten. Es war Jakobs erster Kontrollgang im Weingarten seit mehr als einer Woche, denn die vergangenen Tage waren recht hektisch verlaufen und hatten ihm zwar viele glückliche Stunden, aber auch stressige Momente beschert. Herr Sipotz hatte nämlich geheiratet, und zwar mit allem, was dazu gehört – standesamtlich im Gemeindehaus, kirchlich in Leutschach, mit anschließender großer Festtafel für fünfzig Leute bei Andreas und Gabi Abel im ebenso vorzüglichen wie stilvoll-gemütlichen Wirtshaus am Käsehof in Fötschach. Die Auserwählte hieß Erna und war eine Verkäuferin aus dem nahen Arnfels, vierzig Jahre alt und damit rund zehn Jahre jünger als der Bräutigam und sorgte noch vor der Hochzeitsnacht für Familienzuwachs. Aus einer entzweiten Lebenspartnerschaft brachte sie vier Kinder in die Ehe mit, eine Tochter mit 16 und drei Söhne mit zwölf, acht und fünf Jahren. Jakob Sipotz wiederum, seit etlichen Jahren Witwer, war ohne Nachwuchs geblieben und kam nun dank seiner Angetrauten endlich zu einem Kindersegen. Angesichts der anstehenden Arbeiten in der Landwirtschaft (neben drei Hektar Weinbau betrieb der Steirer noch Rinderzucht, insgesamt fünfzehn Milchkühe standen im Stall oder auf der Weide) waren die Eheleute sich einig, dass eine Hochzeitsreise, wenn überhaupt, nur im Winter angetreten werden konnte und die Flitterwochen daheim zugebracht werden mussten. Außerdem, so sah der Bauer ein, hätte man das lebhafte Bubenpack nicht einmal kurze Zeit unbeaufsichtigt lassen können, auch wenn die Sechzehnjährige, weil noch Ferien waren, sich bereit erklärt hätte, das Trio im Zaum zu halten. Im Nachhinein hegte Sipotz ernste Zweifel, ob es der großen Schwester gelungen wäre, die Rasselbande zu zähmen. Nicht einmal in der Hochzeitsnacht, so berichtete er später Freunden, gönnten sich die Bengel eine Atempause. Erna hatte wohlweislich die Schlafzimmertür versperrt, und obwohl es schon zwei Uhr Früh gewesen war, als die Brautleute ins Bett gestiegen waren, hatten vor allem die Kleinen fast im Minutenintervall an der Klinke gerüttelt und an die Tür gehämmert und das frische Eheglück auf eine Geduldprobe gestellt. Offenbar auf Zuflüsterung des größeren Bruders waren die beiden immer wieder zur Tür gestürmt und hatten, als nicht geöffnet worden war, lauthals Antwort auf die Fragen verlangt: „Mutti, was macht ihr da?“ und „Warum sperrt ihr euch ein?“ Und als Erna ihnen zugerufen hatte: „Wir schlafen. Und ihr geht jetzt endlich auch ins Bett!“, hatte der Achtjährige protestiert „Daheim hab ich immer zu dir ins Bett kriechen können. Ich möchte zu dir.“

Jetzt genoss Sipotz die Ruhe zwischen den Weinreben, aus dem Waldstück am Fuß des Hanges pfiff ihm ein Eichelhäher ein Spottlied zu, ein Specht sorgte für einen monoton hämmernden Hintergrundakkord, in einer angrenzenden Rebzeile legte ein Fasan einen Katapultstart hin, und sogar einen Feldhasen, in dieser Region ein seltener Gast, hatte der Bauer vorhin zwischen den Rebstöcken aufgescheucht. Normalerweise wurde diese Riede gerne von Rehen besucht, die sich aus dem unteren Gehölz an die Reben pirschten, und manchmal waren die von ihnen verursachten Schäden an den Weinstöcken so beträchtlich, dass Sipotz von der örtlichen Jägerschaft Schadenersatz

forderte. Für nächstes Jahr hatten ihm die Waidmänner einen Wildzaun versprochen.
Der Rote Traminer war die Lieblingssorte des Bauern. Er hatte auch Welschriesling, Sämling und Bacchus ausgepflanzt und verkaufte die gesamte Lesemenge einem großen Weingut in Pössnitz. Für den blumigen, bukettreichen Traminer erzielte er jedes Jahr den höchsten Erlös, und der Abnehmer Erwin Sabathi zeigte sich stets begeistert von der Güte des Traubengutes.
Sipotz war bei seiner talwärts führenden Weingartenbegehung beim fünften oder sechsten Stock angelangt, als er besorgt innehielt. Schon vorher waren ihm an zwei Reben die seltsam verfärbten und teilweise eingerollten Blätter aufgefallen, aber nun schien dieses Besorgnis erregende Phänomen nahezu flächendeckend um sich gegriffen zu haben. Er riss ein Blatt ab und prüfte die Unterseite, ob vielleicht typische Peronosporaflecken sichtbar wären. Erst vor zehn Tagen hatte er gegen diese tückische Pilzkrankheit mit Ortho-Phaltan-flüssig gespritzt, da schien es höchst unwahrscheinlich, dass der Falsche Mehltau, wie diese Infektion zu Deutsch heißt, Fuß gefasst haben konnte. War es am Ende ein Befall durch die gefürchtete Schwarzholzkrankheit? Vor drei Wochen hatte er im Knielyhaus von Leutschach dem Vortrag eines Fachmannes der Landwirtschaftskammer gelauscht, der über diese Weingartenpest referiert hatte. Meistens, so dozierte der Redner, befällt die Krankheit die Blätter und Triebe eines Weinstocks im Spätsommer, wenn die so genannte Glasflügelzykade in Ermangelung ihrer bisherigen Pflanzennahrung auf Brennnessel ausweicht. Dort saugt sie sich mit dem Saft dieses Unkrautes voll und überträgt aggressive Phytoplasmen auf die Rebstöcke. Die Blätter verdorren, die Triebe verfärben sich schwarz und müssen radikal entfernt werden. Manchmal, wenn bereits der ganze Stock befallen ist, so hatte der Redner gewarnt, bleibt dem Weinbauer nichts Anderes übrig, als die Rebe unten abzusägen und entweder auf einen neuen Austrieb zu hoffen oder gleich einen neuen Edelreiser aufzupfropfen.
Sipotz betrachtete einige Triebe, konnte an ihnen aber keine Veränderung finden. Er streichelte den Stock, das tat er öfters, wenn

er durch die Rebzeilen stapfte, denn für ihn waren die Reben Lebewesen, die auch Zuspruch benötigten und, wie ihm schien, dafür dankbar waren. Nicht auszudenken, wenn er seinen Traminerbestand roden musste! Bis die inzwischen zwanzigjährigen Stöcke wieder so prächtige Qualitäten lieferten wie bisher, würde es mindestens fünf, sechs Jahre dauern. Als er den unteren Rebstamm abtastete, um auch dessen Befinden beurteilen zu können, erfasste ihn Panik. Der Stock war etwa zehn Zentimeter oberhalb des Bodenniveaus angesägt, nur ein Teil der Rinde verband noch Rebe und den in die Erde führenden Wurzelteil.
Der Bauer trat zum nächsten Weinstock – das gleiche Bild, zum übernächsten, zum überübernächsten, und überall hing die Rebe mit durchschnittenem Stock praktisch in der Luft. Sipotz stolperte den Hang hinunter, im Vorbeihasten warf er einen Blick auf die Rebenreihe, und bis zum letzten Stock, rund fünfzehn Meter vom Waldrand entfernt, bot sich ihm der traurige Anblick. Jemand hatte seinen geliebten Traminer amputiert, und das sechs oder sieben Wochen vor der Lese!
Insgesamt bestand die Traminerriede aus zehn Stockreihen. Sipotz lief zur letzten Zeile, auch dort waren die Stöcke in Bodennähe durchtrennt. Der Bauer griff sich ans Herz, ihm war übel und schwindlig, und als er sich, um nicht umzufallen, an einen Stock klammern wollte, gab dieser nach, und mit der geknickten Rebe in der Hand sank Sipotz aufs Gras, das er jedes Jahr zwischen den Weinzeilen beließ.
Wer war zu so einer Tat, zu einem solchen Sabotageakt fähig? In einer Rebenkolonne reihten sich rund achtzig Stöcke vom Waldsaum bis hinauf zum Zufahrtsweg. Das waren insgesamt achthundert Reben, die auf diesem Weinberg praktisch zerstört wurden und die nun für mehrere Jahre unfruchtbar geworden waren. Den umgekippten Rebstock zwischen den Beinen, war der Bauer den Tränen nahe. Er blieb auf dem Boden liegen und starrte in den Himmel. Ein paar Cumuluswolken kräuselten übers Firmament und verdeckten vorübergehend die Nachmittagssonne. Der Eichelhäher imitierte den Ruf eines Bussards und gleich darauf eine gurrende Taube. Auch der vorhin aufge-

störte Fasan meldete sich zu Wort, sein Schrei klang wie eine Schimpforgie.
Langsam rappelte Sipotz sich hoch, zog sein Mobiltelefon aus der Tasche und wählte die Nummer von daheim. Seine 16-jährige Stieftochter Marianne hob ab.
„Ist die Mutti da?", fragte Sipotz, seine Stimme bebte vor Erregung.
„Ist was passiert, Onkel Jakob?" Das Mädchen hatte schon vor der Hochzeit klargestellt, dass es Herrn Sipotz nicht mit „Vater" ansprechen werde.
„Ja, mein Traminerweingarten ist zerstört."
„Aber es hat doch gar nicht gehagelt, Onkel."
„Ein Wahnsinniger hat die Rebstämme durchgesägt."
Marianne rief ihre Mutter, und Erna zeigte sich entsetzt, obwohl sie als Laie im Weinbauwesen das Ausmaß des Schadens gar nicht begriff. „Soll ich die Polizei holen?", fragte sie hilflos.
„Nein, ich fahr selber nach Leutschach. Ich hab nur angerufen, damit nicht etwa du mit dem Wagen wegfährst."
Der Posten im Ort war unbesetzt, als Sipotz um Einlass bat. Automatisch wurde sein Ruf an die Bezirksinspektion Leibnitz weitergeleitet, und der Beamte dort versprach dem Wartenden, die Kollegen aus Leutschach über Funk zu verständigen. Tatsächlich trafen die Uniformierten nach einigen Minuten ein. In ihrer Begleitung war – in Zivil – Kommissar Ricchius aus Leibnitz, der mit seinen Kollegen wegen eines vier Jahre zurückliegenden schweren Kutschenunfalls im nahen Fötschach ermittelt hatte. Damals war der weithin bekannte Kutschenfahrer Willibald Gaube mit seinem Zweiergespann von seiner letzten Ausfahrt zurückgekehrt und hatte in Fötschach, wo ein Dorffest gefeiert wurde, Halt gemacht. Gaube stieg ab und trat nach vor, um die Pferde zu tränken. In dem Moment geschah es: Plötzlich rissen die Tiere panikartig am Gespann und begannen zu galoppieren. Der Kutscher stand vor dem Wagen und wurde von der Deichsel am Kopf getroffen und so schwer verwundet, dass er seither im Wachkoma lag. Seiner Frau Christine kam später eine Zeugenaussage zu Ohren, wonach der Unfall durch einen Mann ausge-

löst worden sei, der angeblich eine glühende Zigarette am Fell eines der zwei Rösser ausgedämpft hatte.
Jakob Sipotz hatte Mühe, den Tatbestand in geordneten Sätzen zu schildern. Die Beamten warteten ihm ein Glas Mineralwasser auf, schließlich beruhigte er sich einigermaßen, so dass die Anzeige des Bauern in den Computer getippt werden konnte. Den Schaden an der Anlage konnte er nicht genau beziffern, er schätzte ihn aber im Hinblick auf die vielen zu erwartenden erntelosen Jahre auf einige Tausend Euro.
Ricchius empfahl den Kollegen, den Tatort von Spurenexperten besichtigen zu lassen, immerhin wäre es möglich, meinte er, dass die Täter Schuhabdrücke, Reifenspuren oder Zigarettenstummel hinterlassen hatten, die später als Indizien herhalten konnten. Außerdem müssten Werkzeugexperten feststellen können, mit welcher Art von Guillotine die Rebstöcke hingerichtet worden waren.
„Du denkst, dass es mehrere Täter waren?“, fragte ein Uniformierter den Kommissar.
„Achthundert Rebstöcke zu durchschneiden, das schafft doch keiner allein“, überlegte Ricchius, und auch der Bauer gab ihm Recht.
Der Kommissar erinnerte an einen Kriminalfall in Frankreich, von dem er vor Jahren im Polizeimagazin „Öffentliche Sicherheit“ gelesen hatte. Bei Colmar hatte ein Pensionist die Stämme von 430 Reben umgesägt, allerdings nicht an einem Tag oder in einer Nacht. Er war immer wieder nach Einbruch der Dunkelheit in den Weingarten eines früheren Schulkollegen geschlichen, um die Sabotageakte durchzuführen und jeweils einige Dutzend Stöcke zu roden, bis der Weingutbesitzer eine Überwachungskamera installieren ließ. Auf den Infrarotaufnahmen wurde der Missetäter letztlich erkannt. Er legte ein Geständnis ab und wurde später zu einem Jahr Gefängnis auf Bewährung und Schadenersatzleistung verurteilt. Sein Motiv: Vor mehr als fünfzig Jahren war er von seinem Klassenkameraden, dem nunmehrigen Weinbauern, wegen seiner Neigung zum Bettnässen verspottet worden. Die zerstörerischen Aktionen hatten sich über vier Jahre hingezogen

und waren die Rache für die kindlichen Hänseleien.
„In einer Nacht wäre dem Mann das nicht gelungen“, meinte Ricchius.
„Aber ich war und bin doch kein Bettnässer“, wandte Jakob Sipotz ein.
„Haben Sie Feinde?“, fragte ein Uniformierter gerade heraus.
„Ich kenne keinen“, antwortete der Bauer.
„Gab es familiäre Probleme, Erbschafts- oder Nachbarfehden oder sonst ein einschneidendes Ereignis?“, erkundigte sich Ricchius. Der Fall interessierte ihn, obwohl er eigentlich nur für Kapitalverbrechen in der Region zuständig war.
Der Bauer zuckte die Achseln. „Ich hab vorige Woche geheiratet.“
Ricchius schmunzelte: „Das ist hoffentlich nur ein Grund zum Gratulieren.“
Ein uniformierter Beamter witterte jedoch ein Motiv: „Hatte Ihre Frau vor der Ehe eine andere Partnerschaft?“
Ricchius nickte zustimmend: „Eifersucht wäre schon auch ein Motiv.“
Doch Sipotz widersprach dieser These: „Erna hat von ihrem früheren Lebensgefährten schon seit drei Jahren getrennt gelebt.“
„Der Mann interessiert uns trotzdem“, fuhr der Uniformierte fort. „Wer ist es und wo wohnt er?“
Sipotz überlegte kurz: „Er ist nach Graz übersiedelt. Meine Frau könnte Ihnen Name und Adresse sagen. Er hat für die Kinder Unterhalt zahlen müssen.“
„Vielleicht hat er Komplizen für seine Tat gewonnen“, kombinierte der Beamte. „Was ist der Mann von Beruf?“
„Er war Postler und ist jetzt im Polizeidienst“, sagte Sipotz etwas zögerlich.
Die Polizisten sahen einander verdutzt und verlegen an, und Ricchius hatte es plötzlich eilig. Er musste zurück nach Leibnitz, bat jedoch, ihn auch in diesem Fall auf dem Laufenden zu halten. Ein Ersuchen, das später eine Situation auslöste, die mich selber in den Fall einbinden sollte.
Tags darauf durchstreiften Spurenexperten die betroffenen Wein-

gartenzeilen, fotografierten einige abgemähte Stöcke, steckten mehrere Reben in Plastiksäcke, gruben, um die Schnittfläche oben und unten dokumentieren zu können, eine Wurzel aus und wunderten sich, wie tief so ein Rebstock in die Erde reicht. Sogar einen vertrockneten Fäkalienhaufen, den Sipotz für die Losung eines Wildtieres hielt (er hatte außer Rehen schon einen Dachs, einen Fuchs und einen großen Marder im Weingarten beobachtet), hoben die Polizisten in eine Folie und nahmen sie mit. Es wäre denkbar, meinten sie, dass einer der Täter seine Notdurft verrichtet hatte, dann könnte das ungustiöse Spurenmaterial eindeutig die DNA des Betreffenden bestimmen helfen.
In Graz überprüfte die dortige Polizei den früheren Lebenspartner von Erna, der jetzt als Schreibkraft in der Polizeidirektion beschäftigt war und, mit dem Verdacht konfrontiert, um seinen neuen Job bangte. Der Mann beteuerte seine Schuldlosigkeit und argumentierte, dass er zwar von der Heirat seiner Ex gehört habe, dass er jedoch im Grunde heilfroh über ihre Vermählung sei, weil er nun einige finanzielle Sorgen weniger habe. Im Übrigen gönne er Erna das neue Glück, sei er doch auch selber eine neue Partnerschaft in Graz eingegangen. Allerdings musste er während der Befragung durch Kriminalbeamte zugeben, im Besitz mehrerer Sägen zu sein. Als passionierter Bastler und Hobbytischler hortete er daheim nicht nur eine Bandsäge, sondern auch eine zarte Laubsäge, eine Feinsäge, eine Astsäge mit Bügel, eine elektrische Stichsäge, einen Fuchsschwanz und sogar eine kleine Kettensäge, die er einst für kleinere Baumrückschnitte in Arnfels verwendet hatte und die er – in echt steirischer Mundart – als „Fichtenmoped" bezeichnete. Bei einer freiwilligen Nachschau in Wohnung und Keller zeigte er den Kollegen seine Sägekollektion und gab sofort seine Zustimmung, als die Ermittler einige Sägen, zum Beispiel Fuchsschwanz, Astsäge und Kettensäge, zur kriminaltechnischen Überprüfung mitnehmen wollten.
Die Untersuchung dauerte Wochen, und Sipotz hatte die Hoffnung auf Klärung des Rebenattentats fast aufgegeben. Aber die Ungewissheit, welcher Unmensch ihm so böse gesinnt war, dass er ihm einen so existentiellen Schaden zufügte, bereitete

ihm schlaflose Nächte. Manchmal zerbrach sich der Bauer den Kopf, wer aller gewusst haben konnte, dass der Rote Traminer seine Lieblingssorte war. Ihm fielen dazu etliche Kollegen ein, mit denen er fachmännisch über diese außergewöhnliche Rebe diskutiert hatte. Jeder dieser Winzerkameraden kannte den Standort von seiner Traminerriede. Auch im Ort war er unter den einheimischen Gasthausbesuchern, Weinfreunden sowie bei vielen Touristen und Saisongästen für sein hochklassiges, gepflegtes Traubenmaterial bekannt, vor allem seit drei andere berühmte Weingutchefs aus Gamlitz bei ihm angeklopft hatten und mit ihm einen Erntevertrag abschließen wollten. Sipotz hatte der Polizei vertraulich auch die Namen dieser Betriebe genannt, weil er nichts unversucht lassen wollte, eine heiße Spur zu finden. Er konnte sich zwar nicht vorstellen, dass jemand nur aus purem Neid und nur deshalb, weil nicht er, sondern ein Konkurrent die begehrten, aber für einen Großbetrieb mengenmäßig unbedeutenden Trauben bekommen sollte, zu so einer Tat fähig gewesen sein konnte. Die Ermittler in Leutschach nahmen auch diesen Hinweis begierig entgegen, Kommissar Ricchius hatte mit seiner Erzählung aus Colmar ihren Ehrgeiz angestachelt, ebenfalls einen kriminalistischen Erfolg mit internationalem Echo einzufahren. Doch gegen die drei von Sipotz bekannt gegebenen Weingutbesitzer, lauter berühmte Namen mit seriösem Ruf, ergaben sich in der Folge keine konkreten Verdachtsmomente.

Daheim war der gerodete Weinberg kein Thema mehr, Erna unterließ es, diese seelische Wunde ihres Gemahls anzurühren, vielleicht auch, weil sie nicht ausschließen konnte, dass der Sabotageakt mit ihrer Eheschließung in Verbindung stand.

Rund vier Wochen nach dem Anschlag auf den Roten Traminer traf ich Max Ricchius in einem Kaffeehaus am Hauptplatz von Leibnitz. Merkwürdigerweise hatte diesmal er mich um das Rendezvous gebeten, und da ich ohnehin in den Leibnitzer Buchhandlungen Erwin Draxler und Jutta Hofbauer zu tun hatte, willigte ich sofort ein. Der Kommissar plauderte zunächst über Belangloses, fragte mich, wie meine Sauvignonreben gediehen, und kam dann auf den gerodeten Traminerweingarten zu sprechen, der, wie erwähnt, kriminalistisch gar nicht in seine Kompetenz fiel. Die kriminaltechnische Untersuchung habe erwartungsgemäß ergeben, erzählte er, dass der Sabotageakt nicht mit einer Motorsäge begangen worden sei, sondern höchstwahrscheinlich mit einem Fuchsschwanz. So ein Werkzeug sei in fast jedem Haushalt zu finden, meinte er, daher sei die Klärung des Falles für die Leutschacher Kollegen ein schwieriges Unterfangen. Dann bat er mich (und ich hatte den Eindruck, dass er nun bei seinem eigentlichen Anliegen angelangt war), in Leutschach, Schlossberg und Umgebung die Ohren zu spitzen, denn seiner Erfahrung nach hätten Einheimische in derartigen, von Rachegeistern angezettelten Dingen meistens eine verlässliche Antenne, und der Ortsklatsch verrate oft mehr, als den amtlichen Ermittlern mitgeteilt werde.

„Ich soll vom Bericht- zum Gerüchterstatter werden?“, fragte ich mit gespielter Entrüstung.

„Vieles, was ihr schreibt, basiert in Wahrheit ohnehin nur auf einem Gemunkel“, konterte Ricchius ironisch, „und keiner verlangt von dir, dass du über das Gerede im Ort schreibst. Nur, dass du mich darüber informierst.“

Weil mich die Angelegenheit selber interessierte, suchte ich in der Folge fast täglich Beisln, andere Lokale und beliebte Treffpunkte im Ort auf. Und tatsächlich: Als ich einige Tage später bei meinem alten Freund, dem Kren-Müller August Muster, in dessen Mühle vorbei schaute, wo sich oft durstige Mannsbilder auf ein Bier einfinden, sprach einer der Gäste, die sich rund um einen runden alten Mühlsteintisch scharten, das Kriminalrätsel von Schlossberg an: „I moan, da Jokl wird schun wissn, wer sou an Gachn auf eam ghobt hot, dass er olle Rejbm ogsaglt hot.“

Ich musste verdammt aufpassen, um die Vermutungen, die an diese Bemerkung angeknüpft wurden, zu verstehen.

Einer meinte, der Täter sei gewiss „ka Reamscheißa gwejsn“, also kein dummer Kerl, denn er habe achthundert Stöcke in einer einzigen Vollmondnacht geköpft, ohne dass ihn jemand zu Gesicht bekommen habe. Ich mengte mich ein und fragte, woher er wisse, dass die Tat bei Vollmond geschehen sei.

„Der Deixl is gwiss moundscheini gwejsn“, argumentierte der Mann mit der Vollmondversion.
„Ein Mondsüchtiger?“, vergewisserte ich mich, ob ich richtig verstanden hatte.
Der erste Sprecher grinste vielsagend und erklärte, das Ganze trage eher die Handschrift einer Frau: „Da Jokl woa davoa ounschpandlt mit da Waberl. Die hot gwiss an Bittan auf eam, weila gheirat hot.“
„Geh weida“, widersprach der andere. Eine Frau sei zu so einem Riesenpensum an Sägerei gar nicht fähig.
„Oba die Waberl is a Nochtahnl, dejs bin i gwiss. Und sie koun schaipfn wia a Mounsbüd.“
Der Mondscheinverfechter ließ sich nicht überzeugen: „Die Waberl is net sou a Ludavieh, und ihr Gschpusi mitn Jokl is a schun zwa Joahr her.“
Der erste Mann gab sich eingeweiht: „Oba sie is nou imma vaknollt in eam.“ Dann beugte er sich zu seinem Gesprächspartner und tat, als verkünde er ihm ein Geheimnis, das freilich auch ich und zwei andere Zuhörer mitbekamen: „Da Jokl is unlängst bei ihra gwejsn. I houb sein Wogn bei ihra Keischn gsejgn.“
Ich wagte die Frage, wer denn mit der „Waberl“ gemeint sei. Beide Redner schauten mich befremdet, fast abweisend an, gaben mir jedoch keine Auskunft über die Person und dachten wahrscheinlich, die Identität der Dame ginge einem Außenstehenden wie mich nichts an. Der Mondmann unterließ es, auf die vorherige Bemerkung des anderen zu reagieren, dafür ergriff ein Dritter das Wort: „A Pritschkittl schaut oba ounders aus, glab i.“
Auch dieser Einwand, der offenbar auf das Aussehen der erwähnten „Waberl“ Bezug nahm, verleitete die beiden ersten Gesprächspartner nicht, näher auf die angesprochene Frau einzugehen.
Jedenfalls rief ich Freund Ricchius noch am selben Abend an, um ihm das Gerücht um „Waberl“ mitzuteilen. Max zeigte sich interessiert und meinte, von der Motivlage her könne man die Tat sehr wohl einer Frau zutrauen, angesichts des Kraftaufwandes, der für die Ausführung erforderlich war, hege er freilich große

Zweifel, ob eine Frau dazu allein imstande gewesen sei.
Zwei Tage darauf besuchte der Kommissar seine Kollegenschaft in Leutschach, auf dem Rückweg nach Leibnitz machte er in unserer Hube Halt und genehmigte sich sogar ein Glas von meinem Riesling, was er sonst, wenn er im Dienst war, penibel vermied. Dann erzählte er uns, auf welche kuriose Art der Kriminalfall um den abgesägten Weinbestand geendet hatte.
Die Polizisten aus Leutschach hatten, gerüstet mit dem Hinweis auf eine „Waberl", den Hof des Jakob Sipotz am Vormittag aufgesucht und den Bauer mit der vermeintlichen Spur konfrontiert.
„Kennen Sie eine Frau Waberl?", fragte ein Beamter.
Der Bauer lief rot an, es war ihm unangenehm, in Gegenwart seiner Frau zu antworten. Er wartete, bis Erna in die Küche geeilt war, um den beiden Polizisten Kaffee zu kochen, schließlich bekannte er leise: „Das ist meine Verflossene, die Barbara. Manche heißen sie Waberl."
„Weiß Ihre Frau von ihr?"
„Nein, mit Barbara hab ich schon vor zwei Jahren Schluss gemacht, Herr Inspektor."
„Sie wurden kürzlich bei ihrem Haus gesehen, Herr Sipotz", hielt ihm ein Beamter vor.
Sipotz griff sich an die Stirn und an die Nase, dann bat der die Besucher, mit ihm ins Freie zu gehen.
„Der Kaffee ist gleich fertig", rief Erna, als die drei Männer das Haus verließen.
„Danke, Frau Sipotz", sagte ein Beamter, „wir kommen gleich wieder."
Draußen atmete Jakob Sipotz einmal durch, dann erzählte er in einem befreienden Schwall, was geschehen war.
Vergangenen Sonntag, beim Mittagstisch, war ihm aufgefallen, dass Marianne, seine Stieftochter, ein ungewöhnliches silbernes Schmuckstück am Handgelenk trug. Es war ein Bettelarmband, an dem zahlreiche kleine, angeblich Glück bringende Anhänger wie Kleeblatt, Herz und Rauchfangkehrer baumelten.
„Woher hast du das schöne Armband?", fragte Sipotz bewundernd.
„Ich hab 's im Weingarten gefunden, Onkel", erzählte Marianne

und hielt ihm die Glückskette unter die Nase. „Schau, Onkel, da hängen auch Buchstaben dran, ein J, ein A, ein K, ein O und ein B – wie dein Vorname.“
„So ein Zufall“, staunte Erna. „Oder hast du es selber verloren?“, fragte sie ihren Mann.
„So was tragen doch keine Männer“, entgegnete Sipotz und fügte, an Marianne gewendet, eilig eine Frage an: „In welchem Weingarten hast du es gefunden?“
„Dort, wo diese Verbrecher deine Reben abgeschnitten haben.“
Sipotz war von diesem Augenblick an überzeugt, dass Barbara an dem Naturfrevel am Weinberg beteiligt gewesen war. Er hatte ihr einst dieses Silberarmband geschenkt, offensichtlich hatte sie es bei ihrem Verwüstungsmarathon abgestreift und verloren.
Wenig später fuhr er zu dem etwa drei Kilometer entfernten Haus seiner früheren Freundin. Sie fütterte gerade ihre Kaninchen und sah nur kurz auf, als er grüßte.
„Hast du mir mein Armband gebracht?“, murmelte sie tonlos.
„Warum, warum hast du das getan?“, grollte er.
Sie zuckte die Schulter und sagte trotzig: „Damit du lange an mich denkst.“ Dann begann sie zu schluchzen und vergrub das Gesicht in ihrer Schürze.
Sipotz stand hilflos daneben, sah lange zu, wie der gebückte Körper neben ihm von Weinkrämpfen geschüttelt wurde, schließlich strich er behutsam über ihr Haar. „Barbara“, begann er, „mit uns beiden wär’ es nicht gut gegangen, glaub mir.“
„Ich will nicht, dass sie bestraft wird“, sagte er zu den Polizisten. „Ich hab ihr verziehen, sie ist eine arme Seele.“
Die beiden Uniformierten sahen einander fragend an. „Das war eine Sachbeschädigung“, urteilte der eine Beamte gesetzeskundig, „eine schwere sogar. Ich weiß nicht, ob das ein Offizialdelikt ist.“
„Offizialdelikt bedeutet: Wir müssten von Amts wegen eine Strafanzeige erstatten“, klärte der zweite Beamte den Geschädigten auf. „Aber ich glaube, Sachbeschädigung wird von der Justiz nur dann automatisch verfolgt, wenn ein öffentliches Interesse besteht, also wenn zum Beispiel ein öffentliches Gebäude beschädigt wurde.“

Der erste Polizist gab zu bedenken: „Herr Sipotz, Sie haben einen Riesenschaden erlitten. Den könnten Sie auch zivilrechtlich einklagen."
„Barbara, die arme Haut, besitzt ja nichts außer ihre alte Keusche", entgegnete der Bauer. „Da darf ich mir finanziell keine Hoffnungen machen. Und ich möchte sie nicht ruinieren."
„Die arme Haut hat allerdings Bärenkräfte entwickelt", sagte der erste Polizist. „Achthundert Stöcke zu durchsägen, das ist kein Spaziergang."
„Sie hat drei Nächte durchgemacht", schilderte Sipotz. „Und zwar am Vorabend meiner Hochzeit, als wir den Polterabend gefeiert haben, dann in der Hochzeitsnacht und in der darauffolgenden Nacht. Sie hat angenommen, dass ich in dieser Zeit, auch tagsüber, nicht im Weingarten arbeiten oder nachschauen werde."
„Ganz schön raffiniert", meinte der zweite Beamte. „Also ich würde nicht so nachsichtig sein, sie hätte eine Strafe verdient."
„Schauen Sie, Herr Inspektor", wandte Sipotz ein. „Wenn sie ins Gefängnis müsste, wer würde dann auf ihre Tiere schauen? Sie hat Kaninchen, Hühner und zwei Schweine. Aber sie hat keine Verwandten, die sie unterstützen. Letztlich müsste wieder ich mich um die Keusche kümmern."
Erna stand in der Tür und rief zum Kaffee. Jedem hatte sie am Esstisch in der Küche auch eine Nusspotitze serviert. „Und hat Jakob Ihnen helfen können?", fragte sie die Beamten, als sie ihnen und ihrem Mann aus der Gmundener Kanne Kaffee eingoss.
„Wir wären froh, wenn wir ihm helfen könnten", wich der erste Polizist einer Antwort aus.
„Also weiß man noch immer nicht, wer es getan hat?" Sie setzte sich neben ihren Mann.
„Wir haben von Anfang an gewusst, dass es schwierig wird, die Sache aufzuklären", sagte der Polizist.
„Und die Frau, nach der Sie vorhin gefragt haben? Kann sie auch nicht weiterhelfen?"
Die beiden Beamten sahen einander kurz an, dann antwortete der zweite: „Nein, sie ist leider keine ideale Zeugin."

„Marianne, meine Tochter, hat vor einigen Tagen in diesem Weingarten ein Bettelarmband gefunden. Vielleicht ist das ein Hinweis auf die Täter“, spekulierte Erna, eifrig bemüht, ihrem Mann bei der Klärung des Traminerattentats zu helfen.
„Herr Sipotz hat uns davon erzählt“, antwortete der erste Beamte, um schmunzelnd hinzu zu fügen: „Jetzt warten wir nur, dass jemand bei uns eine Verlustanzeige erstattet.“
Auch Kommissar Ricchius, von den beiden Polizeibeamten zu Rate gezogen, war dafür, die aus Rach- und Eifersucht verübte Weingartenrodung nicht dem Gericht anzuzeigen, wenn der Geschädigte dies ausdrücklich wünschte. Max zeigte Verständnis für die Motive des Bauern, gleichzeitig nahm er mir freilich das Versprechen ab, über die ungewöhnliche Klärung des Falles nicht in der Zeitung zu berichten. Doch im Ort wurde über die Hintergründe der Tat bald viel gemunkelt. Barbaras Ruf litt dadurch freilich keinen Schaden, im Gegenteil, vor allem die Weiblichkeit sprach von ihr wie von einer kühnen, beherzten Amazone. Ein Jahr nach dem Vorfall trat auch Barbara vor den Traualtar und heiratete einen verwitweten ehemaligen Zollwachebeamten aus Leibnitz.

10. Der eingefärbte Friese

Die Augenärztin aus dem Bezirk Leibnitz traute ihren Augen nicht. Sie hatte in Kärnten einen rabenschwarzen Rappen um rund 15.000 Euro gekauft und daheim in der Koppel zum ersten Mal geduscht. Nach und nach hellte sich das Pferdefell stellenweise auf, so als käme ein Schimmel zum Vorschein. Nun kennt man derartige Farben-Metamorphosen von den Lipizzanern, die sich in früher Jugend dunkel und erst später vornehm weiß präsentieren. Aber der Wallach „Herke", den die Frau Doktor erstanden hatte, war ein „Friese". Und diese große, kräftige und edle Pferderasse muss laut Zuchtvorschrift von oben bis unten rein schwarz sein.

War die Pferdefreundin einer Rosstäuscherei aufgesessen? Rückfragen im Kärntner Gestüt lösten dort Verwunderung aus: Nein, man habe den Wallach natürlich nicht eingefärbt, weder mit Schuhpasta noch mit einem Haarfärbemittel. Man habe gar nicht gewusst, dass „Herke" unerwünschte weiße Flecken habe. Nun sind derartige weiße Fellverfärbungen bei den meisten Pferderassen sogar als Identifikations-Merkmale gefragt. Diese so genannten „Abzeichen" werden dann vom Tierarzt im Stammbaum festgeschrieben. Der Fachmann unterscheidet zwischen „Flocken" (kleine helle Stellen auf der Stirn), „Blumen" (etwas größere weiße Flecken), „Flämmchen" (strichförmige weiße Verfärbungen auf der Stirn), „Sternen" und „Keilsternen" (weiße Fellteile, die sich bis zum Nasenrücken erstrecken können), „Blessen" (helle Striche, die bis zum Maul reichen) oder „Schnippen" (weiße Flecken zwischen den Nüstern). Bei den Friesen freilich sind derartige „Abzeichen" streng verpönt und, wird der Anspruch auf Reinrassigkeit erhoben, verboten.

Die Ärztin schaltete einen steirischen Anwalt aus Gamlitz ein, und gemeinsam recherchierten sie im Internet. Siehe da: In der Heimat des Pferdes war Monate vorher ein Wallach mit dem weißen Makel zum Verkauf angeboten worden. Mit dem Verdacht konfrontiert, dass es sich um „Herke" handelte, stellten sich die Inhaber des Gestüts in Kärnten abermals ahnungslos.

Die Pferdebesitzerin war nun überzeugt, getäuscht worden zu sein und erstattete eine Betrugsanzeige in Leibnitz. Als Kommissar Max Ricchius, von den – angesichts der skurrilen Verdachtslage – ratlosen Kollegen beigezogen, die Fakten abwog, bezweifelt er, ob eine Betrugsabsicht nachweisbar sein würde, und riet der Frau zu einer zivilrechtlichen Klage gegen den Verkäufer.

Im Zivillandesgericht Klagenfurt untersuchte Richter Hellfried Kandutsch den mysteriösen Farbwandel des schwarzen Wallach. Er ließ aus Wien den Pferde-Experten der Veterinärmedizinischen Universität, Professor Christian Stanek, kommen, ferner wurde ein Sachverständiger für die Wertigkeit von Reittieren beigezogen, und auch aus dem Ausland wurden mehrere Zeugen und Züchter eingeflogen.

Der Pferde-Sachverständige meinte vorweg, eine Tierrasse sei immer das Ergebnis eines menschlichen Eingriffs in die Natur. Ursprünglich waren die Friesenpferde als Streitrösser gezüchtet worden, um Ritter zur Schlacht zu tragen. Mit ihren schweren Rüstungen wogen die Krieger oft zwei- bis dreihundert Kilo, aber die kräftigen, sanften Tiere bewältigten auch solche Lasten. In der zweiten Hälfte des 19. Jahrhunderts kamen die Friesen aus der Mode, und erst zu Beginn des 20. Jahrhundert besannen sich einige friesische Bauern der Gefahr, die Rasse könnte aussterben, und retteten die Art.

Typisch für Friesenpferde sind die lange Mähne und der meistens bis zum Boden reichende Schweif sowie die Behänge an den Fesseln, die über die Hufe reichen. Das wichtigste Merkmal der Rasse ist allerdings die schwarze Farbe. Professor Christian Stanek betonte vor Gericht, ein Friese mit weißen Flecken sei daher nicht rasserein. Der Gutachter für die Wertigkeit von Pferden bezifferte den reellen Marktwert des Tieres auf rund 2000 Euro, das entsprach dem bloßen Fleischpreis.

Die Verkäufer wurden verurteilt, den Differenzbetrag von rund 13.000 Euro an die Augenärztin zurück zu zahlen, und sie taten es dann auch. Aber die Einfärbung von „Herke“ haben sie bis zuletzt bestritten.

11. Todesurteil für Traubendiebe

Wieviel Trauben kann ein Hendl fressen? Mit dieser Frage musste sich eine Richterin im Bezirksgericht Leibnitz zum Gaudium der Zuhörer, zu denen auch ich zählte, befassen.

Zwei benachbarte Weinbauern am Karnerberg bei Leutschach lagen einander juristisch seit Jahren in den Haaren. Der eine ist auch Hühnerzüchter und stolz, dass er Eier aus der Freilandhaltung auf dem wöchentlichen Bauernmarkt in Leibnitz anbieten kann. Der andere beschwerte sich, dass die Hühner des Nachbarn seine Zweigelternte in einem Jahr um exakt 4370 Kilo dezimiert hätten. Das, so rechnete er vor, ergab bei einem Kilopreis von 85 Cent für die Trauben einen Schaden von insgesamt 3714,50 Euro.

Er habe sie beobachtet, erzählt er der Richterin Irene König, wie sie immer wieder in seine 1,3 Hektar große Zweigeltriede eingedrungen seien und die reifen Beeren von der Hängekultur geholt, sie angepeckt oder sonst wie beschädigt hätten. Ja, er verdächtigte seinen Nachbarn sogar, dass dieser ihm die gefräßigen Beerendiebe absichtlich in den Weingarten getrieben habe. Gesehen habe er allerdings nur die Hühner.

Die Richterin wollte wissen, ob es sich bei den Traubendieben nicht doch um die gefürchteten Star-Schwärme gehandelt hätte.

„Nein, nein“, belehrte sie der Kläger. „Diese Vögel sind bei uns in der Südsteiermark zur Lese noch nicht da. Sie fliegen erst später aus dem Burgenland zu.“

„Und wie sind die Hühner zu den Traubenzonen gelangt?“, hakte die Richterin nach.

„Die kommen, wenn sie den Hals recken, bis in eine Höhe von 70 bis 100 Zentimeter“, schilderte der Geschädigte.

Der Anwalt des Hühnerbauern, Karl Holler, se1bst Hobbyweinbauer, rechnete dem Kläger vor: „Mein Mandant hatte damals insgesamt vierzig Hühner. Da müsste also jedes Hendl in den paar Tagen, da die Trauben reif waren, mehr als hundert Kilo verputzt haben.“

Der geschädigte Landwirt korrigierte: Die Hühner hätten nur

rund 300 Kilo gefressen, der restliche Schaden sei durch die so genannte Traubenwelke eingetreten. Diese wiederum sei durch den Stress verursacht worden, den die Reben durch das Scharren der Tiere auf dem Boden und durch das Kratzen an den Stöcken erlitten hätten. Einen ähnlichen Folgeschaden an Rebkulturen verursachen sonst nur Hagelkörner, wenn sie die Rebstämme verletzen.

Der beklagte Nachbar, von der Richterin befragt, meinte zur Erheiterung der Zuhörer, seine Hühner hätten sozusagen ein Servitutsrecht im Weingarten. „Schon immer“ seien sie dort frei umhergelaufen, ebenso wie in seinem eigenen Weingarten. Das Geflügel habe nach dreißig Jahren gewissermaßen ein Gewohnheitsrecht auf Ausflüge ins Nachbarrevier. Er selber habe angrenzend an den Blauen Zweigelt des Prozessgegners einen Muskateller gepflanzt, aber an diesen Trauben habe er in dem fraglichen Jahr keinen Hühnerschaden feststellen können, obwohl sie viel leckerer und süßer seien als die Rotweinbeeren des Nachbarn. Dass dieser damals so eine schwache Ernte eingefahren habe, liege am schlechten Weinjahr. In Wahrheit hätten Blüteschäden und feuchte Witterung den Mindererertrag verursacht.

Im Herbst des Erntejahres 2004 war dem Kläger die Geduld gerissen. Als er wieder das nachbarliche Federvieh beim angeblichen Naschen an seinem Zweigelt entdeckte, griff der Waidmann zur Schrotflinte und schoss. Zwei Hühner flatterten nicht mehr auf, die Kadaver legte er dem Nachbar vor das Haustor. Der Schuss vor den Bug wirkte scheinbar: „Bei der Zweigelternte 2005 und 2006 hatte ich dann keine Einbußen“, berichtete der Kläger dem Gericht. „Aber exekutieren wollte ich die Hendl nicht, ich wollte nur über sie drüber schießen.“

Todesstrafe für Traubendiebe? Tatsächlich konnten Diebe, die zu Beginn des 14. Jahrhunderts von Weinhütern angetroffen wurden, getötet werden. Wer sich nach einem Traubendiebstahl der Verhaftung widersetzte, wurde im Mittelalter für vogelfrei erklärt. In der Hüterordnung des niederösterreichischen Klosters Mauerbach aus dem Jahr 1450 ist zu lesen: „Wenn ein Hüter einen mit gestohlenen Weintrauben erwischt, kommt der wegen einer

Weintraube um ein Ohr, wegen zweier Weintrauben um beide Ohren. Wenn er aber drei oder mehr gestohlen hat, so soll man ihn dem Richter überantworten.“ Das klingt nicht unbedingt nach Vergebung im christlichen Sinn. Auch mit den Weingartenhütern selbst wurde nicht schonend umgegangen. Wehe, wenn sie einen harmlosen Diebstahl nicht gemeldet oder auf die Rufe des Bergmeisters nicht gleich geantwortet hatten. Ein Paragraf untersagte ihnen auch den Umgang mit der Weiblichkeit: „Keiner von ihnen soll weder bei Tag noch bei Nacht ein Weib bei sich haben oder in seine Hütte oder in seine Hut führen. Sooft einer zuwiderhandelt, muss er dem Bergmeister 72 Pfennig Strafe zahlen.“

Noch zu Beginn des 18. Jahrhunderts wurde den Langfingern im Weingarten je nach Ausmaß des verursachen Schadens ein Ohr abgeschnitten oder eine Hand abgehackt. 1824 definierte Franz Xaver Rath die Aufgabe der Weinhüter in seiner „Practischen Abhandlung über den steyermärkischen Weinbau“ mit den Worten „...die schädlichsten Raubthiere, die Menschen, zu vertreiben, die ganze Körbe oder Butten voll Trauben aus den Weingärten stehlen“. Und noch in der Mitte des vorigen Jahrhunderts sahen sich die Weinbauern im Raum Gamlitz veranlasst, einen Weingartenhüter zum Schutz ihrer Rieden zu beschäftigen.

Im Kriminalfall um angeblich Trauben dezimierende Hühner ließ die Richterin zwei Gutachter aufmarschieren, den steirischen Weinbaudirektor Werner Luttenberger und den Experten Ewald Hernach von der Landwirtschaftlichen Versuchsanstalt in Graz-Haidegg. Vor allem Hernach entkräftete den Verdacht gegen das Hühnervolk. Das Federvieh sei für die karge Zweigelternte nicht verantwortlich gewesen, betonte er, es hätte die Traubenzone gar nicht erreichen können. Die betroffene Rebenanlage sei erst zwei Jahre vorher gepflanzt worden und hätte im umstrittenen Erntejahr nie im vollen Ertrag stehen können.

Die Klage wurde abgewiesen, der Nachbar musste sich dennoch verpflichten, sein – in der Folge zahlenmäßig stark verringertes – Federvieh vom Zweigelt-Weingarten fern zu halten. Weil sich aber die Freilandhennen, meistens angelockt durch einen Futterruf des Hahns, nicht an das Verbot hielten, wurde der Landwirt hinterher mehrere Male vom Nachbar gerichtlich angezeigt und musste dafür insgesamt bereits rund zweitausend Euro Strafe zahlen. Den in fremden Revieren umtriebigen Gockel hat der beklagte Weinbauer zu einer mittelalterlichen Todesstrafe verdonnert und – geschlachtet.

Der kuriose Prozess sorgte in der Weinszene für emotionale Diskussionen. Die meisten bejahten trotz gegenteiliger Gutachtermeinung die Annahme des geschädigten Weinhauers, wonach Hühner sehr wohl von Weinbeeren naschen. Sie wollten es nicht auf einen Versuch ankommen lassen und plädierten dafür, Hühner, Enten und überhaupt jedes Hausgeflügel vom Weingarten zu vertreiben, wie man es im Herbst vor der Lese mit den naschhaften Star-Schwärmen praktiziert. Eine leidenschaftliche Hühnerzüchterin ist die Rebschulbesitzerin Helga Zlodnjak aus Glanz an der Weinstraße. Sie berichtete mir, dass sie ihr Federvieh nur bis Juli in den ans Haus grenzenden Weingarten auf Futtersuche ausschwärmen lasse. „Wenn die Beeren weich werden, sind sie leider oft die Beute der Hendln", betonte die Hühnerexpertin.

In Österreichs größtem Stiftsweingut Klosterneuburg machte man dann die Probe aufs Exempel. Und dank dieses Versuches wurde die Frage, ob Hühner Traubendiebe sind, zu einem biologischen Credo im Weinbau.

Weingartenchef Markus Schodl ließ täglich rund dreißig Hendl im Weinberg frei umherlaufen. Sie pickten nach Gräsern, Unkraut und Insekten und lockerten den Boden auf. Zu Beginn des Experimentes war es unklar, ob man mit den geflügelten Weingartenarbeitern nicht den Bock zum Gärtner machte. Doch der Weingartenchef schwärmte: „Die Rebstöcke und die Trauben interessieren die Hühner gar nicht. Im Gegenteil, sie liefern so ganz nebenbei zusätzlich noch wertvollen Dünger." Das Wagnis brachte lohnende Ergebnisse und wurde ausgeweitet. Aus einer Hühnerfarm rekrutierte man noch mehr gefiederte „Bodenbearbeiter" für die Weingärten. Auch Weingutchef Wolfgang Hamm zeigte sich in Klosterneuburg begeistert von den neuen Weinberg-„Arbeitern". Die Geflügelschar sorge für eine umweltschonende Bodenbestellung und könne den Traktoreneinsatz weitge-

hend ersetzen, lobte er.
Als der Hühnerhalter vom Karnerberg von dem erfolgreichen Hühnereinsatz im klösterlichen Weingarten hörte, ärgerte er sich über die mehrfachen gerichtlichen Zahlungs-Vorschreibungen. „Eigentlich hätte ich für meine Bodenbearbeiter vom Nachbarn einen Lohn kassieren müssen", meinte er.
Dieser hat inzwischen seinen Zweigeltriede gerodet und mit einer anderen Sorte bepflanzt, die, wie er hofft, dem nachbarlichen Federvieh weniger gut schmeckt. Wie er mir Monate nach den gerichtlichen Streitigkeiten verriet, habe jemand zwei Mal die Reifen seines Autos und Traktors aufgestochen, und einmal sei sogar an der Bremse manipuliert worden. Er hütete sich freilich, seinen Nachbarn für die Sabotageakte verantwortlich zu machen, denn beweisen könne er nichts.
Angeregt durch das Klosterneuburger Hühnerexperiment, startete der südsteirische Weltklasse-Winzer Erwin Sabathi im Herbst 2009 einen Versuch mit anderen „animalischen" Weingartenhelfern. Sabathi, übrigens ebenfalls Nachbar des Hühnerbesitzers vom Karnerberg, verpflichtete Weingartenarbeiter, die man in dieser Gegend bis dahin auch noch nie engagiert hatte. Sie werkten rund um die Uhr gratis, ihr einziger Lohn war die Verpflegung. Und diese bestand ausschließlich aus Gras, aber das war ihre Lieblingskost. Vierzig Schafe weideten in der rund vier Hektar großen Riede Poharnig, wo Sabathi einen hochwertigen Sauvignon blanc ausgepflanzt hat. Gerd Sabathi, Erwins Bruder, ist für die Pflege der Weingärten zuständig und hatte nach Abschluss der Lese das Wagnis mit den biologischen Rasenmähern gestartet, um sich das maschinelle Mulchen zwischen den Rebzeilen zu ersparen. Die Schafe stellte der Verwalter des Schlossgutes Trautenburg, Erich Graf, zur Verfügung, der auch für die Umzäunung der Riede sorgte (Graf ist übrigens ein Neffe des früheren christlich-sozialen steirischen Landeshauptmanns Alois Dienstleder, der im November 1934 von seinem Parteifreund, dem damaligen Bundeskanzler Kurt Schuschnigg, aus dem Amt entfernt wurde). Gerd Sabathis erstes Resümee des Tierversuchs: „Gedüngt haben die Schafe recht ordentlich."

Auch ein bekannter österreichischer Bio-Winzer, Toni Söllner aus Gösing am Wagram in Niederösterreich, engagiert jeweils nach der Ernte eine Schafherde als Weingartenarbeiter. „Was die Tiere zu fressen bekommen – Heu, Gräser, Kräuter und Sträucher – ist ein perfektes Futter und wird von unseren emsigen Mitarbeitern zu lebensspendendem Dünger verdaut“, freut sich Söllner. „Durch den Schafdung wird der Boden zusammen mit unserem Kompost aus Pferdemist und Trestern und mit den biodynamischen Präparaten aktiviert“, doziert der innovative Weinbauer, „es wird Humus aufgebaut und somit viel CO^2 aus der Atmosphäre gespeichert!“

12. Der Ohrwurm

„Was hast du da im Ohr?“, fragte der sechsjährige Lukas. Er stand am Frühstückstisch zweier alter Damen und starrte auf ein Knöpfchen im linken Ohr der einen Frau. Und als Ria, die 81-jährige Bewohnerin des Seniorenheimes am Waldschachersee, dem Kleinen antwortete: „Das ist ein Hörgerät, Lukas. Damit kann ich dich besser hören“, da tastete das Kind an sein eigenes Ohr und wunderte sich, dass bei ihm kein Knopf zu finden war. Dann lief es zu seiner Mutter, die, weil eine Servierkraft heute krankheitsbedingt ausgefallen war, zwischen Küche und Speisesaal pendelte, um neuen Kaffee und Tee, frisches Gebäck, Butter, Marmelade und Wurst aufzutragen.

„Mutti“, rief Lukas, „warum hab ich nicht so einen Wurm im Ohr wie diese Frau?“ Damit nahm er seine Mutter an der Hand und zog sie zum Tisch von Ria.

„Entschuldigen Sie“, sagte Lukas’ Mutter zu den beiden Damen. „Aber Lukas will mir unbedingt etwas zeigen.“

„Schau den Ohrwurm an“, sagte der Bub und zeigte auf das Ohr von Ria. Diese hatte kurz davor ein Kipferl in den Kaffee getunkt und musste dieses, da es beim Herausnehmen tropfte, zuerst verzehren, ehe sie antworten konnte: „Ja, Lukas, mein Ohrwurm flüstert mir oft schöne Geschichten zu. Und wenn du willst, kann ich dir eine erzählen.“

„Jetzt lass Frau Ria aber frühstücken“, mahnte die Mutter. Sie war seit einigen Wochen im Seniorenheim als Assistentin angestellt, hatte mit ausgezeichnetem Erfolg Kurse für Alzheimer-Betreuung und Pflegeheimführung absolviert, und alle waren zufrieden mit ihrer Arbeit. Ihr Söhnchen ging noch nicht zur Schule und war der Liebling der Alten, auch wenn er manchmal lauthals schreiend durch den Flur düste, weil er, wie er verriet, einem Bösewicht aus einem Harry Potter-Film entkommen musste. Lukas’ erfrischende Neugier und kindliche Intelligenz gefielen den meisten Heimbewohnern, und seine unbekümmerte Art erinnerte viele an die eigene Kindheit.

„Darf Lukas nachher mit mir kommen?“, fragte Ria die Mutter,

und diese stimmte zu, wobei sie dem Kind auftrug, sich gesittet zu benehmen und nicht lästig zu fallen.
„Ich werde dir eine spannende Geschichte erzählen“, versprach Ria dem Kleinen. Dieser zögerte kurz nachdenkend, dann ließ er die Hand seiner Mutter los und ergriff dafür jene, mit der Ria gerade die Kaffeetasse zum Mund führte. „Gut, gehen wir“, entschied der Kleine und wunderte sich, dass die Frau ein lautes „Oh!“ hören ließ, weil sie Kaffee auf ihr blaues Kleid verschüttet hatte. Aber nicht einmal dieser Zwischenfall, den Lukas' geschäftig davon eilende Mutter gar nicht bemerkte, konnte der Sympathie, die Ria für den aufgeweckten Jungen empfand, Abbruch tun. Sie trank den Kaffee aus, verabschiedete sich von ihrer Tischgefährtin und ging mit Lukas zum Lift. „Ist die Geschichte so spannend wie ein Harry Potter-Abenteuer?“, fragte der Bub.
„Mindestens“, beruhigte ihn Ria. In ihrem Zimmer versuchte sie zunächst, das Kleid vom Kaffeefleck zu säubern, dann setzte sie sich zu ihrem Besucher, der es sich bereits auf dem Sofa bequem gemacht hatte, und begann:
„Mori und Jasumi waren zwei zwölfjährige Buben. Sie lebten in Japan, wo der Vater Moris eine Tiefseeforschungsstation leitete. Eines Tages betraten die Buben ein Unterseeboot, mit dem die Forscher oft bis 3000 Meter tauchten. Mori kannte sich mit der Technik an Bord aus, er hatte den Vater schon oft begleitet. Diesmal wollte er dem Freund zeigen, wie das Boot funktionierte. Er startete, und im Nu schwebten die Kinder in fünfzig Meter Tiefe.“
Der Bub unterbrach sie und wies aus dem Fenster: „Kann man auch auf unserem See mit einem U-Boot tauchen?“
„Ich glaube, der Waldschachersee ist für ein U-Boot zu seicht. Aber er ist deshalb nicht weniger gefährlich. Erst vor wenigen Jahren ist hier ein zehnjähriger Bub ertrunken.“
„Sind Mori und Jasumi auch ertrunken?“, wollte Lukas nun wissen.
„Also, warte“, bremste Ria die Neugier des Kleinen. „Jetzt sind die beiden erst gestartet. Sie sind in rund fünfzig Meter Tiefe angelangt. Dort gab es eine prachtvoll bunte Fischwelt. Sie tauchten

noch tiefer, und in vierhundert Meter Tiefe kam ihnen ein rund dreißig Meter langer Pottwal entgegen. Er berührte das Boot und schwamm dann weiter."

„So große Fische gibt es hier sicher nicht", warf Lukas ein. „Aber meine Mutti hat mir erzählt, dass es im Waldschachersee und in einigen Teichen rundherum sehr bunte Fische gibt."

„Ja", bestätigte nun Ria, ihrer Erzählung unterbrechend. „Herr Paul Menzel vom Schlossgut Waldschach betreibt die größte Fischzucht Österreichs und vielleicht Europas. Unter anderem züchtet er in seinen 95 Teichen Kois, jedes Jahr wachsen Hunderttausende dieser Buntkarpfen heran."

„Und die werden zu Weihnachten verspeist?", fragte Lukas besorgt.

„Nein", schmunzelte Ria, „das sind Kultfische, die in Aquarien gehalten werden. Sie wurden vor mehr als hundert Jahren durch Zufall in einem japanischen Fischteich entdeckt. Diese Fische können bis zu eineinhalb Meter lang und so alt werden wie ein Mensch."

„Und welche Farbe haben diese Kois?"

„Manche sind weiß und haben nur einen roten Punkt. Genau wie die japanische Flagge. Diese Arten sind sehr teuer. Manche Japaner zahlen für sie bis zu 250.000 Euro."

Lukas hatte eine Idee: „Ich mal mir auch einen roten Punkt auf mein Gesicht, dann bin ich auch 250.000 Euro wert."

Ria lachte: „Du bist auch ohne roten Punkt viel mehr für deine Mutti wert, lieber Lukas."

„Manchmal streichelt mich Mutti", verriet Lukas, „und sie sagt zu mir: Du bist mein größter Schatz."

„Das stimmt auch, Lukas", sagte Ria. „Übrigens lassen sich diese Kois aus der Hand des Menschen füttern, sie lassen sich auch berühren und streicheln. Sie sind ganz zutraulich."

„Der große Pottwal hat sich nicht streicheln lassen, stimmt 's?"

„Natürlich nicht. Er hat das U-Boot von Mori und Jasumi nur kurz gestreift und ist dann weiter geschwommen. Aber noch ein Stück tiefer wurde das Boot plötzlich hin und her gerüttelt. Mori erkannte durch das Periskop eine Riesenkrake, die das Boot als Beute ansah und mit seinen acht Fangarmen tiefer und tiefer zog. Bald waren sie neunhundert Meter tief gesunken. Mori bekam es mit der Angst zu tun und löste das Notsignal aus."

„Das hätte ich auch getan", sagte Lukas, nun wieder ganz im Banne der Erzählung von Ria.

„Inzwischen hatte sein Vater das Verschwinden des Bootes und der Buben gemerkt und selber Alarm geschlagen. Mit zwei Helfern startete er in einem anderen Unterseeboot zur Suche. Nach einer Stunde gelang es den Erwachsenen mit Hilfe des Radars, die Vermissten zu orten und zu finden. Da erst löste der Tintenfisch die Umklammerung des Bootes und flüchtete."

Lukas schluckte aufgeregt: „Sind die Buben gerettet worden?"

„Ja, sie sind gerettet worden", bestätigte Ria. „ Am Ende war Moris Vater den Kindern sogar dankbar für den unerlaubten Tauchgang. Denn die Krake, die er fotografieren konnte, war mit fast 22 Meter Länge die bisher größte, die jemals ein Mensch zu Gesicht bekommen hatte."

„Ich will auch Meeresforscher werden", sagte Lukas mit glänzenden Augen. „Aber vorher möchte ich einen Ohrwurm wie du."

Ria lachte und streichelte sein Haar: „Der kommt oft früher, als einem lieb ist, Lukas."

13. Die Rückkehr des Kaninchens

Eine der letzten Auslandsreisen, bevor wir uns einen braven Hund zulegten und fortan nur noch die Südsteiermark als Urlaubsland erkoren, führte uns vor einigen Jahren nach Jordanien. Und der Ausflug in die Wüste Wadi Rum glich einem Abenteuer. Unser Fahrer Mamoud, Drittgeborener unter acht Söhnen und drei Schwestern, raste wie ein Rallyepilot über die Hauptstraße, auf der sich Lkw-Kolonnen dahin wälzten. Einmal überholte er links, dann rechts, halb im Straßengraben. Solche Manöver konnte er wagen, weil unser Geländefahrzeug 220 PS unter der Haube hatte. Später, auf der Wüstenpiste, ratterte er mit Vollgas dahin, so dass wir bei jeder sandigen Unebenheit mit dem Kopf gegen die Decke des Landrovers polterten und manche von uns, die nicht irgendwo Halt fanden, wie bei Sturmstärke zehn hin und her geschleudert wurden. Meine rechte Sitznachbarin Marianne, eine immer gut aufgelegte Bankangestellte aus Leibnitz, landete mehrmals auf meinem Schoß. Und kaum war sie in ihre ursprüngliche Sitzposition zurückgekehrt, hob ein neues Fahrmanöver Mamouds sie wieder aus dem Gleichgewicht.

„Gott sei Dank sitzen Sie heute neben mir", lachte Marianne, „und nicht Herr Fröhlich." Das war ein etwa 75-jähriger Reisender, der zwar seinem Namen alle Ehre machte, indem er bei jeder Gelegenheit Witzchen erzählte, sonst aber unter argen Blähungen litt, denen er auch im Bus oft freien Lauf ließ. Herr Fröhlich war heute im Hotel geblieben, weil er meinte, die Hitze in der Wüste würde seinem Kreislauf schaden. „Stellen Sie sich vor", fuhr Marianne fort, „ich würde jedes Mal auf seinen Schoß kippen. Das ergäbe nachher ein schönes Konzert."

„Aber er wäre bestimmt nett zu Ihnen und hätte ein fröhliches Wort parat", gab ich zu bedenken.

„Fröhlich sind wir heute selber", verkündete Marianne die Parole. „Und weil wir so schön beisammen sitzen" – sie hielt mitten im Satz inne, weil sie wieder auf mir gelandet war und auf ihren Sitz zurück zu turnen versuchte – „weil wir also wieder gut sitzen," fuhr sie, sich verbessernd, fort, „erzähl ich Ihnen eine heitere

und zugleich traurige, aber wahre Geschichte. Sie handelt von so lieben Nachbarn, wie Sie einer sind. Von Nachbarn, die gute Miene machen, auch wenn einmal etwas schief geht."
Mamoud schien jetzt ganz in seinem Element. Immer wieder klatschte er, das Steuer ignorierend, mit beiden Händen im Takt. Dazu gab er ein arabisches Liedchen zum Besten, das offenbar die Weiblichkeit besang. Denn mitten in seinem Singsang drehte er sich zu uns um, insgesamt waren wir fünf Fahrgäste im Wagen, vier Frauen und ich, und mit glänzenden Augen rief er auf holprigem Deutsch: „Scheene Fraulein, pretty woman."
Mir war unbehaglich zu Mute, nicht wegen des Komplimentes von Marianne, sondern weil Mamoud nun das Lenkrad mit seinem vorgestreckten Bauch dirigierte und klatschend weitersang. Gut, versuchte ich mich zu beruhigen, unser Gefährt konnte hier nicht von der Straße abkommen, denn es gab keine, nur Sand und Dünen. Wenn wir umstürzten, überlegte ich, würden wir wenigstens weich landen.
Mamoud legte eine Sangespause ein und streckte einen Arm aus dem Wagenfenster. Er deutete auf ein kuppelähnliches Steinmassiv, das in der Ferne auftauchte, und rief: „Lawrence of Arabia!" Tatsächlich, es waren die „Sieben Säulen", die einst die prächtige Naturkulisse für den Kultfilm „Lawrence of Arabia" abgegeben hatten.
Marianne unterbrach den Versuch, ihre Geschichte zu erzählen, und bemerkte: „Das sind die sieben Säulen der Weisheit. Herr Fröhlich hat gebeten, wir sollten ihm nach unserer Rückkehr berichten, wie sie alle heißen. Er will nämlich auch ein bisschen weise werden, hat er gemeint."
Mir fielen spontan nur drei der Kardinaltugenden ein, die als Basis der Weisheit gelten könnten: „Gerechtigkeit, Wahrhaftigkeit und vielleicht Treue."
„Also dann hat die Freundin meiner Freundin, von der sie mir erzählt hat, nicht unbedingt tugendhaft gehandelt", sagte Marianne, „aber trotzdem irgendwie weise." Dann hob sie wieder mit ihrer Erzählung an: „Die Frau wohnt am Stadtrand von Leibnitz, in Kaindorf."

Sie hielt abermals inne, eine neue Bodenwelle auf der Piste ließ sie wieder in meinen Armen landen, außerdem setzte Mamoud nun lautstimmig seinen Gesang fort und plärrte einen für uns unverständlichen Refrain, der sogar das Motorengebrumme übertönte. Ausgerechnet hier in der Wüste, dachte ich während dieser Erzählpause, hatte Marianne das Bedürfnis, von freundlichen Nachbarn zu berichten. Hier, wo es weit und breit keine Nachbarschaft gibt. Aber, so verscheuchte ich diese Überlegungen, vielleicht ist es gerade die Isolation der Wüste, die eine Sehnsucht nach Mitmenschen weckt?
„Warten Sie", raunte mir Marianne ins Ohr, „ich bring ihn zum Schweigen." Dann rief sie Mamoud beim Namen, und als er weiterjohlte, tippte sie ihm auf die Schultern, und er wandte sich um.
„Mamoud", sagte sie, „ich suche einen Strauch."
„Strauch?", fragte der Fahrer. „Was ist Strauch?"
„Ein Strauch ist ein Busch."
„Oh, Bush!", rief der Fahrer aus und fügte, den damaligen amerikanischen Präsidenten charakterisierend, ein paar Worte auf Arabisch an, die nicht sehr freundlich klangen.
„Ich brauche nicht Mister George Bush, Mamoud, ich brauche einen Busch, einen Baum. Und zwar dringend. Denn ich muss aufs Klo. Verstehst du? Ich muss lulu."
„Oh, lulu", entgegnete Mamoud und drehte sich lachend um: „To urinate at Mister Bush!" Dann erfasste er endlich wieder mit beiden Händen das Steuer und versprach: „Ich fahren ganz schnell zu Lulu-Station." Er beschleunigte, so dass der Wüstenbolide eine riesige Sandfontäne hinter uns hoch wirbelte, und tatsächlich machte Mamoud nach einigen Minuten Halt, und zwar in einem Polizeifort. Die dort stationierten Wüstensöhne, alle in schmucken Uniformen, dürften uns erwartet haben, denn sie hatten warmen Tee bereit und zeigten den suchenden Touristen den Weg zu den Toiletten. Im mit Schilfmatten überdachten Hof des Forts bemühte sich ein Polizist, das Feuer in einem offenen Griller zu schüren. Er entfachte die Glut, so dass die Funken stoben und gefährlich hoch bis zu den Schattenspendern tanzten. Der Arme schwitzte erbärmlich, war aber nicht bereit, seine Uni-

formmütze abzulegen. Mamoud gesellte sich zu ihm und legte Fleischstücke, die er aus einer mitgebrachten Kühltasche holte, auf den Rost.

Beim Tee gelang es Marianne endlich, ihre Geschichte zu schildern. Sie schwor, die Freundin habe ihr versichert, dass sich alles wirklich zugetragen habe. Ich traute meiner Sitznachbarin nicht ganz, im Nachhinein dachte ich mir aber: Wenn die Episode nicht stimmte, so hätte sie sich sehr wohl so ereignen können.

Die Freundin von Mariannes Bekannter, die mit dem Sommerdomizil in Kaindorf bei Leibnitz, war von ihren Nachbarn ersucht worden, ab und zu im Hause nach dem Rechten zu sehen. Die Nachbarn wohnten oft nur einige Tage im Grünen und waren in Graz daheim, wo der Mann Gefängnisaufseher war. Wenn er nach einem Nachtdienst einige Tage frei hatte, pendelte man wieder ins Grüne. Zwischen den beiden Grundstücken gab es keinen Zaun, nur eine mannshohe Hecke mit schmalem Durchgang bildete eine Art Sichtschutz. Die Nachbarn hatten im Garten einen Stall mit Kaninchen. Während der Abwesenheit der Besitzer sorgte ein Vorrat an Petersilie, Paprikaschoten, saftigen Gurkenscheiben und Trockenfutter für die Verpflegung der Tiere. Die Nachbarn des Gefängniswärters, die einen Hund besaßen, eine Mischung zwischen Collie und Golden Retriever, mussten sich allerdings nicht um die Kaninchen kümmern. Der Justizbeamte hatte eine Vorrichtung konstruiert, die den Stallbewohnern täglich neue Nahrung in den Futternapf kippte.

Eines Tages, die Nachbarn waren wieder nach Graz gefahren, kam Domingo, so hieß der Hund, mit einem toten Kaninchen im Maul von drüben zurück. Das Tier war voll Schmutz und Erde.

Die Hundebesitzerin fiel bei diesem Anblick fast in Ohnmacht. „Domingo!“, rügte sie den Vierbeiner, und dieser senkte schuldbewusst den Kopf und ließ seine Beute in der Küche fallen. Das Frauchen bangte um das gute nachbarliche Einvernehmen. Um die Untat ihres Lieblings zu verschleiern, wusch sie das Kaninchen mit Shampoo, bis es sauber war. Dann föhnte sie es und legte es heimlich zurück in den Stall des Nachbargartens.

Zwei Tage darauf nahm die wiedergekehrte Nachbarin die Hun-

debesitzerin zur Seite: „Stellen Sie sich vor, was passiert ist. Ich kann es nicht fassen: Uns ist vor Tagen ein Kaninchen verendet. Wir haben es im Garten vergraben. Und als wir heute zurückgekommen sind – es ist direkt unheimlich – da ist das Kaninchen im Stall gelegen – blütenweiß wie neugeboren!"
Ich musste auflachen, da klatschte Mamoud in die Hände und rief zum Essen. „Come on to eat", bat er.
„Was gibt 's zu essen?", fragte Marianne.
Mamoud strahlte übers ganze Gesicht: „Rabbit."

HOTEL
SPEISEKARTE
HEISSE WURST 30-
SAURE WURST 30-
BURENWURST 30-
ALLES WURST 35-
ZIMMER
MIT WALD- UND
WIESENBLICK
850-

14. Spur im Nebel

Dichter Nebel lag über dem Grazer Becken in der Steiermark. Ein weißer Opel-Rekord mit dem deutschen Kennzeichen D-VL 320 bahnte sich den Weg durch die Waschküche. Angestrengt hielt der Lenker Johann Hasenhüttl aus Düsseldorf nach der richtigen Route Ausschau. Er hatte Graz passiert und wollte zur Südautobahn Richtung Wien, um bei Gleisdorf abzufahren. In der Nähe dieses oststeirischen Städtchens, in Sankt Margarethen an der Raab, wollte er am Wochenende zu einem Treffen mit ehemaligen Schulkameraden.

Kurz vorher hatte er am Rand der steirischen Landeshauptstadt vor einem Hotel gestoppt. Aber für die Nächtigung verlangte man damals rund 850 Schilling, also rund 60 Euro. Das war dem Beamten aus Düsseldorf ein wenig zu kostspielig.

Hasenhüttl fuhr weiter und geriet ein paar Hundert Meter weiter auf die Autobahn, allerdings auf die falsche. Er hatte im Nebel die Auffahrt Richtung Wien verpasst und war nun auf der Autobahn Nummer 9 Richtung Spielfeld, zur slowenischen Grenze, unterwegs.

Bei der Ausfahrt Wildon verließ er die Autobahn. Es war nach 22 Uhr, und so beschloss er, im nächstbesten Gast- oder Rasthaus abzusteigen. Schließlich parkte er seinen Wagen vor dem Hotelgasthof „Zum Spitzwirt" in Wildon.

Er kenne sich überhaupt nicht mehr aus, wo er jetzt sei, klagte er dem Wirt Alex „Xandl" Isker und dessen Sohn Leopold. Der Hotelchef ließ dem verirrten deutschen Gast ein Zimmer richten und zur Stärkung eine steirische Brettljause servieren. Dann setzte er sich zum Ankömmling, plauderte eine Weile mit ihm und brachte ihm schließlich den Anmeldeblock.

Als der Deutsche seinen Namen auf dem Meldezettel eintrug, stutzte Alex Isker: „Sie heißen Hasenhüttl? Komisch, ich kenn auch einen Mann mit dem Namen. Er heißt Franz und ist Stammgast bei uns. Und er schaut Ihnen sogar ein bissl ähnlich."

„Das wird doch nicht mein Bruder sein", scherzte Hasenhüttl. Er berichtete dem Wirt, dass er Franz, einen seiner Brüder, zuletzt

vor 46 Jahren zu Gesicht bekommen habe und kaum zu hoffen wage, ihn lebend wiederzusehen.
Die Mutter Maria Hasenhüttl hatte Franzi 1926 zur Welt gebracht. Weil die Zeiten damals schlecht waren, musste das Baby auf einen Pflegeplatz. Die Frau heiratete später einen Bauer in St. Margarethen an der Raab und gebar ihm eine große Kinderschar.
Johann Hasenhüttl war vier Jahre alt, als uns „ein dunkelhaariger Bursche besuchte und mit seiner Ziehharmonika aufspielte", erzählte er. „Später hat man mir gesagt, dass dies mein Bruder Franz gewesen sei."
Johann Hasenhüttl verließ das Elternhaus in St. Margarethen mit 14 Jahren, arbeitete zunächst als Kellner in Wien und ging dann nach Deutschland. In Düsseldorf lernte er seine spätere Frau Ilse kennen, 1967 wurde geheiratet.
Er wechselte in den Staatsdienst und begann Jahre später nach seinen Geschwistern zu suchen, von denen er lange nichts gehört hatte. Einen fand er in Gleisdorf, einen anderen Bruder, Alfred, bei Stuttgart. Rudolf, sein dritter Bruder, war Jahre vorher bei einem Arbeitsunfall von einem Gerüst erschlagen worden, erfuhr er im Nachhinein. Nur von Franz, dem Burschen mit dem Akkordeon, war keine Spur aufzutreiben.
Bis der dichte Nebel an jenem Novemberabend des Jahres 1986 den Deutschen in die Südsteiermark statt in die Oststeiermark verschlug.
Johann Hasenhüttl fuhr am 14. November zum geplanten Rendezvous mit ehemaligen Schulfreunden nach St. Margarethen. Aber der Gedanke an Franz, von dem der Wirt gesprochen hatte, ließ ihn nicht mehr los. Zudem ergab es sich, dass einer aus der Runde beim Klassentreffen ebenfalls von einem Mann namens Hasenhüttl erzählte, der immer zum Angeln komme.
Johann Hasenhüttl fuhr zurück „Zum Spitzwirt" in Wildon. Dort hatten Vater und Sohn Isker inzwischen alle Hebel in Bewegung gesetzt, um Stammgast Franz Hasenhüttl zu benachrichtigen. Aber der Gesuchte, in Neudorf bei Weitendorf daheim, war wieder einmal auf einem seiner Anglerausflüge. Erst am übernäch-

sten Tag wurde Franz angetroffen, und noch am selben Wochenende gab 's – nach mehr als 46 Jahren – beim „Spitzwirt" ein Wiedersehen mit Bruder Johann.
In diesem Fall hat der Wettergott dem Zufall in die Hände gearbeitet. Ohne Nebel hätte Johann Hasenhüttl sich vermutlich nicht verfahren und wäre nicht im Stammlokal seines Bruders in Wildon gelandet. Dieser Landgasthof „Zum Spitzwirt", seit 1907 im Besitz der Familie Isker, wurde übrigens 2007 nach dem Tod von Vater und Sohn Isker an Heinz Notegger übergeben, der 2008 mit einer fulminanten Eröffnung ein neues Erfolgskapitel des Traditionshauses einläutete.
Johann Hasenhüttl hingegen kann bezeugen, dass der Zufall Familiensinn hat. Nach fast einem halben Jahrhundert schien die Zeitqualität für ein Wiedersehen mit dem Bruder gekommen. „Seit diesem Zufall glaube ich an etwas Höheres", gestand er mir, als ich ihn nach Jahren in der malerischen Kleinstadt Heiligenhaus, wohin er Anfang 2009 mit seiner Frau aus Düsseldorf verzogen war, wiederfand. Neun Jahre, so erzählte er, habe er intensiven Kontakt mit seinem Bruder Franz gepflogen, jedes Jahr besuchte man einander mehrmals, einmal kam Franz nach Deutschland, dann wieder reiste Johann in die Steiermark. Mit 69 Jahren starb Franz an Krebs.

15. Zwei Mal totgesagt

Totgesagte leben länger, heißt es im Volksmund. Aber nicht immer kann man so einem geflügelten Wort vertrauen. Der Peperl aus Leutschach wurde zwei Mal totgesagt und ist dennoch früh, mit vierzig Jahren, gestorben. Diese Geschichte über Josef Kumpitsch hat mir Baron Herbert Rauch-Höphffner II. erzählt, bei dem Peperl beschäftigt war. Unterhalb des Teiches im Park des Schlosses Trautenburg steht ein Gärtnerhaus, und dort war der Mann einquartiert.

Mit ungefähr 25 Jahren wurde Peperl sterbenskrank, möglicherweise war ein durch einen finanziellen Engpass bedingter plötzlicher Alkoholentzug der Auslöser dafür. Seine Frau war ratlos ob des erbarmungswürdigen Zustandes von Peperl, der sich nicht mehr rührte im Bett. Wenige Jahre zuvor hatte sie schon ähnliches erlebt. Ihr damaliger Lebensgefährte lag in den letzten Zügen. Eilig hatte sie den Standesbeamten von Schlossberg geholt, um den Sterbenden zu heiraten. Sie wollte die Verbindung legalisieren, vielleicht spekulierte sie aber auch auf eine Witwenrente, die ihr nach dem Tod des Partners zugestanden wäre. Damals kamen freilich alle ihre Bemühungen zu spät, ihr Freund verschied, ohne dass eine Eheschließung möglich wurde.

Diesmal, am Krankenbett von Peperl, holte sie den jungen Gemeindearzt. „Der Patient muss sofort ins Spital“, meinte der Mediziner. „Ich kann keine Werte mehr feststellen, sein Zustand ist bedrohlich.“

„Muss mein Peperl sterben?“, fragte die Frau verzweifelt.

Der Arzt wich einer klaren Antwort aus: „Das ist bei seinem Zustand nicht ausgeschlossen.“

„Nein“, bestimmte die Frau. „Der Peperl hat mir einmal gesagt: Wenn ’s zum Sterben kommt, will er zuhause sterben.“ Die Frau wollte Peperls letzten Wunsch erfüllen und eröffnete dem Doktor, sie werde alles, was er wolle, unterschreiben, aber Peperl dürfe nicht ins Spital kommen.

Der Arzt ließ die Frau tatsächlich einen Revers unterfertigen, verständigte anschließend den Arbeitgeber des Patienten und bat

Herbert Rauch-Höphffner, er solle auf die Frau einwirken, damit sie Peperl ins Krankenhaus bringen lasse. Der Baron suchte noch am selben Abend den Kranken auf. Das Befinden seines Arbeiters machte auch ihm Sorgen, aber die Frau ließ sich nicht überreden, den Patient ins Spital überführen zu lassen. Rauch-Höphffner ließ daraufhin den Pfarrer kommen. Als der Geistliche in der Nacht eintraf, hatte die Frau den Kranken im Zimmer aufgebahrt, eine Kerze entzündet und die engsten Verwandten sowie die Nachbarn geholt, die rund um das Bett des Kranken aufgereiht saßen und den Rosenkranz beteten. Der Herr Dechant verabreichte dem Patienten die Krankenölung und wünschte der Frau viel Kraft für die schwere Stunde.

„Am nächsten Tag in der Früh, wir sitzen mit Gästen beim Frühstück", berichtete der Baron, „da läutet es, und vor der Tür steht der Peperl mit seine Frau."

Rauch-Höphffner traute seinen Augen nicht, freute sich über die „Auferstehung" seines Arbeiters und scherzte: „Peperl, ich hab geglaubt, Sie san schon g'storben."

„Na, Herr Baron", entgegnete der Mann, „i man, unser Pfarrer is a Heiliger. Wie der Herr Pfarrer weg gangen is, is ma gleich besser gangen."

Seine Frau gab ihm einen Stoß: „Du, dem Chef kannst scho erzähl'n, wie 's g'wesen is."

Und dann schilderte das Paar, wie es zur wunderbaren Wiedererweckung des Sterbenskranken gekommen war. Die Frau hatte überlegt, was denn der letzte Wunsch des Peperl sein könnte, und war auf einen Schluck Alkohol verfallen. Doch im Haus war schon seit Tagen kein Schluck mehr vorrätig. Da fiel ihr ein, dass sie irgendwann und irgendwo eine Schnapsflasche versteckt hatte. Diese holte sie hervor, setzte sie dem Kranken an den Mund, und das hochprozentige Elixier belebte Peperl wieder. Kaum aus dem Bett, beschloss der Auferstandene: „Jetzt brauch i Geld vom Chef, denn meine Wiedergeburt muss gefeiert werden."

Tags darauf war Sonntag, und pünktlich um neun war Peperl bei der Messe. Später erzählte er dem Baron: „Herr Chef, i bin Kommunion gangen, und der Herr Dechant, wie er mi g'sehn hat, is

g'standen wie a Statue."
Der Pfarrer vertraute später dem Schlossherrn an: „Ich hab schon vielen die Krankenölung gespendet, die sind gesund geworden. Aber dass einer am nächsten Tag zur Kommunion geht, hab ich noch nicht erlebt."
Einige Jahre später wurde Peperl zum zweiten Mal totgesagt. Und das kam so: Er war mit seiner Frau auf dem Heimweg, vermutlich von einer Buschenschank. Sein Gang war nicht mehr ganz sicher, es war eher ein Schwanken. Und als er plötzlich vom Straßenrand über die Fahrbahn torkelte, erfasste ihn ein Pkw und schleuderte ihn in hohem Bogen ins Gras. Die Lenkerin kümmerte sich sofort um das Opfer. Als sie die doch ernsthaften Verletzungen des Fußgängers sah, fuhr sie weiter, um Hilfe zu holen. Das Handy-Zeitalter war damals noch nicht angebrochen.
Auch Mizzerl, Peperls Frau, eilte weg, um Hilfe zu holen. Beim nahen Schlossberghof kehrte sie ein, berichtete von dem Unglück und bat, die Rettung zu verständigen. Dann lief sie zurück zum Unfallort, doch auf halben Weg kam ihr ein Ambulanzwagen entgegen, allerdings ohne Blaulicht. „Die Rettungsleute haben den Peperl im hohen Gras nicht gefunden", fuhr es ihr durch den Kopf, und sie rannte zurück ins Gasthaus, um zu telefonieren und mitzuteilen, wo ihr verletzter Mann zu finden sei.
Inzwischen hatte ein Bekannter an einem der Tische Platz genommen. Als er hörte, dass die Rettung ohne Blaulicht von der Unfallstelle weggefahren sei, drückte er der Frau sein Beileid aus. „Wenn die Rettung ohne Blaulicht fährt, ist er schon gestorben", sagte er.
Am nächsten Tag stapfte die Frau hinauf zur Hohenegg-Kapelle. Von dort war ihr Peperl gebürtig, und dort ließ sie die Totenglocke läuten. Dann suchte sie auf Anraten von Bekannten den Pfarrer in Leutschach auf, um für Peperl ein Grab im Friedhof reservieren zu lassen. Der Geistliche war ihr behilflich, tröstete sie über den schweren Verlust und wies ihr eine Grabstelle zu. Am Schluss des Gespräches wollte der Pfarrer wissen, wo sich der Verstorbene jetzt befinde.
„In der Aufbahrungshalle, denk ich", sagte Mizzerl.

Der Priester wunderte sich: „Ich war am Vormittag zufällig in der Aufbahrungshalle, dort liegt kein Toter."
Der Pfarrer rief die Rettung an und klärte das Missverständnis auf: Der Rettungsfahrer hatte Peperl ins Landeskrankenhaus Wagna gebracht. Und auf die Frage, warum er ohne Blaulicht unterwegs gewesen sei, sagte der Fahrer sinngemäß: Es war kein Verkehr auf der Straße, warum hätte er die Leute mit dem Blaulicht irritieren sollen?
Mizzerl war einerseits glücklich, dass ihr Mann noch lebte, andererseits verstört, weil sie bereits die Totenglocke hatte läuten lassen. Nach zwei Tagen wurde sie abermals beim Pfarrer vorstellig und meinte, jetzt habe sie endgültig Gewissheit, dass ihr Peperl gestorben sei.
„Wie kommen Sie darauf?", fragte der Geistliche.
Der Rettungsfahrer, schilderte sie, habe ihr aus dem Krankenhaus eine große Schachtel mit den Kleidern und der Uhr des Peperl gebracht. Und auf ihre Frage, ob es üblich sei, dass von einem Patienten das ganze Gewand nach Hause geschickt werde, antwortete der Fahrer: Das sei nur üblich, wenn ein Patient gestorben sei.
Wieder musste der Herr Pfarrer durch einen Anruf, diesmal im Krankenhaus, das Rätsel klären: Wäsche und Kleidung von Peperl waren so verschmutzt, dass man sie nicht im Spital behalten wollte.
Peperl erholte sich auch von diesem Umfaller, und alle sagten ihm ein langes Leben voraus, weil er schon zwei Mal irrtümlich totgesagt worden war. Doch ein Jahr darauf ist Peperl wirklich gestorben. Seine Frau hat ihn lange überlebt. Als sie selber zum Pflegefall wurde, übersiedelte sie mit ihrer Betreuerin in die Obersteiermark, wo sie 2009 starb.

16. „Heinrich“ antwortet nicht

Hermann Herbst, Revierinspektor der Zollwache, nahm die Uniformmütze ab und stülpte sie über den Grenzstein mit der Nummer Oe X/ 106. Es war ein warmer Tag im Mai, und der Beamte befand sich seit sechs Uhr Früh auf der so genannten Grenzsteinkontrolle an der österreichischen Grenze zum damaligen Jugoslawien. Er hatte den Auftrag, alle Grenzmarkierungen zu überprüfen. Mitunter kam es nämlich vor, dass Forstarbeiter beim Baumschlägern oder beim Abtransport der Stämme mit dem Traktor einen der Steine aus dem Boden rissen oder dass Wildsäue, manchmal sogar Bären, die vom Süden über die Grenze gewechselt waren, ihre Kräfte an dem kühlen, steinernen Widerstand maßen, lustvoll das flohgepeinigte Fell daran rieben, die Betonpflöcke umwarfen und dann auch noch übermütig wie verspielte Kinder ein Stück durch die Botanik stießen.
Hermann Herbst fand, er habe nach dem bereits fünfstündigen Marsch durch teilweise unwegsames Gelände eine Pause verdient, und ließ sich neben einem Bach, der nebenbei die Staatsgrenze bildet, auf einem Moospolster nieder. Seinen Karabiner KM1 legte er in Griffweite ins Ufergras, nur die Dienstpistole ließ er umgegürtet, dann holte er ein Brot aus seiner Provianttasche, entnahm ihr auch eine Flasche Bier und legte sie zum Kühlen in das sauber und munter sprudelnde Wasser.
Noch wusste er nicht, dass er in dieser Einsamkeit des Waldgrabens von drei misstrauisch spähenden Augenpaaren beobachtet wurde.
Der Zollwachebeamte sah in dem kaum einen Meter breiten Bächlein einige Forellen hin und her flitzten und beschloss, sich einen Fisch als Mittagsmahl zu genehmigen. Er wartete, bis sich ein entsprechend einladend großes Exemplar in eine kleine Bucht verirrte, dann griff er blitzartig zu. Er hatte sich die Technik des Forellenfangens schon als Bub angeeignet und später, als sein Schwiegervater, ein Müllermeister, der selber Saiblinge züchtete, ihn in dieser Geschicklichkeit unterwies, weiter perfektioniert.

Rasch trug er einige dürre Äste zusammen, häufte sie neben dem Bach pyramidenförmig auf und zündete sie an. Er wartete, bis die Flammen zu einer Glut verflackerten, dann hielt er die auf einem Ast gespießte Beute ins brütende Feuer.

Die sechs Augen wurden bei diesem Anblick immer unruhiger.

In diesem steilen Waldstück, das Pauritschgraben genannt wird, herrschte an diesem Maientag friedvolle Stille. Nicht einmal ein Vogelruf ließ sich in dieser Mittagsstunde hören. Ab und zu vernahm Hermann Herbst wohl fernes Ästeknacken, aber solche Geräusche, die jeder Stadtmensch als verdächtig und vielleicht sogar als gefahrvoll eingestuft hätte, war der naturverbundene Steirer gewöhnt. Es dauerte einige Zeit, bis der Forellenspieß rundum gebraten war und Herbst mit dem Entgräten beginnen konnte.

In den sechs lauernden Augen funkelte Jagdfieber auf.

Genussvoll schob der Zollwache-Inspektor ein Filetstück in den Mund. Hermann Herbst war ein Genießer und konnte auch den Verzehr eines einfachen Butter- und Verhackertbrotes wie einen Festschmaus zelebrieren. Aber immer war ihm dazu ein Schluck Bier oder Wein wichtig, so auch jetzt. Er holte die eingewässerte Flasche aus dem Bach, fühlte ihre kühle Temperatur, nickte zustimmend und entfernte die Kapsel. In dem Augenblick, als er die Flasche an den Mund setzte, denn einen Becher mit zu tragen, hatte er als überflüssig erachtet, also in dem Moment, als er den ersten kühlen Schluck nehmen wollte, geschah es.

Später ärgerte er sich über den Umstand, dass es ihm nach fünf Stunden anstrengender Grenzkontrolle nicht vergönnt war, wenigstens ein Bier zu trinken. Denn in den darauf folgenden acht Stunden bekam er nur ein Glas Wasser, sonst nichts.

Die sechs erwähnten Augen verließen ihren Hinterhalt, zwei jugoslawische Milizkrieger stürmten mit grimmigen Blicken und wild gestikulierend, ihre Maschinenpistolen im Anschlag, über die Waldböschung auf den Mann zu, der nur Mittagsrast halten wollte. Die Uniformierten hatten einen Schäferhund mit, der wütend voran eilte, als erster des Trios über den Bach sprang und Hermann Herbst an der Hose fasste. Der Zollwachebeamte

kam gar nicht dazu, an Flucht zu denken. Es hätte auch keinen Sinn gemacht, den Karabiner gegen die bewaffnete Übermacht zu heben oder die Dienstpistole zu ziehen.
„Stoj, stoj!“, brüllten die Soldaten, als sie sich näherten, dabei rührte sich der angesichts dieses Überfalls schockierte Grenzbeamte ohnehin nicht vom Fleck. Nur an eines dachte Herbst in diesem Augenblick: Er musste über Funk um Hilfe rufen. Doch als er sein tragbares Sprechgerät in die Hand nahm, fiel ihm ein, dass es schon vorhin, bevor er in diese Schlucht gewechselt war, Verständigungsprobleme mit der Zentrale gegeben hatte. Hier in der Tiefe des Waldes, ahnte er, würde überhaupt keine Funkverbindung mit seiner Dienststelle möglich sein. Aber noch ehe er diese Überlegung traf, entriss ihm einer der Milizsoldaten das Gerät, auch die Dienstpistole zerrte er aus dem Gürtelhalfter des Zollwachebeamten. Der zweite Jugoslawe, wie man später erfuhr, war es ein blutjunger Serbe, nahm den Karabiner an sich und hielt den Österreicher einstweilen mit der MP in Brusthöhe in Schach. Vergeblich protestierte Hermann Herbst auf Deutsch gegen diese rüde Behandlung. „Ich bin in Österreich“, sagte er, „ich habe die Grenze nicht überschritten.“ Die beiden Serben verstanden kein Wort, sie wollten offenbar auch keinen Einwand gelten lassen. Denn damals, muss man wissen, wurde jeder jugoslawische Grenzsoldat mit einer Prämie belohnt, wenn er einen illegalen Grenzgänger aufgegriffen hatte.
Dem entwaffneten Zöllner wurden die Hände mit einem Strick auf den Rücken gebunden, ein Soldat drückte ihm die Uniformmütze auf das Haupt, aber so schräg, dass Hermann Herbst den Kopf heben musste, um ein breiteres Blickfeld zu haben, dann trieben ihn die Milizleute auf der jugoslawischen Seite des Grenzbaches über einen steilen Hang hinauf, wobei sie ständig „Idi, idi!“ riefen, was so etwas wie „Marsch, Marsch!“ bedeutete und wobei der Schäferhund den Gefangenen nicht aus den Augen ließ. Am Tatort zurück blieben die angebissene Forelle und die geöffnete, volle Bierflasche. Die Glut in der Feuerstelle hatte einer der fremden Soldaten vor dem Abmarsch mit seinen Militärstiefeln zerstampft. Auf dem Weg aus dem Graben hörte Hermann Herbst

bruchstückhaft, wie seine Dienststelle ihn anfunkte: „Hein-rich, bi-tte mel-den!" Je höher die seltsame Karawane stieg, vorne ein Soldat, dahinter Hermann Herbst, Opfer eines demütigenden Gewaltaktes, in selber Höhe der Hund und am Schluss der zweite Soldat mit erhobener MP, also je mehr der sonderbare Zug sich aus dem Funkschatten der Schlucht bewegte, umso verständlicher klang diese immer wieder gestellte Aufforderung unter Hermann Herbst's Funknamen „Heinrich". Doch der Soldat, der das Gerät umgehängt hatte, reagierte nicht auf die Rufe aus dem Äther.

Der Steirer wurde rund zwei Kilometer weit in die nächste Milizkaserne in Sveti Duh eskortiert und dort nach zweistündiger Wartezeit einem schnurrbärtigen Offizier übergeben, der endlich Deutsch verstand. Aber dessen Sprachkenntnisse, so musste der Österreicher bald einsehen, erwiesen sich für ihn eher als nachteilig.

„Sie haben die jugoslawische Grenze überschritten. Auch ein Zollwachebeamter darf das nicht. Warum tun Sie das?", fragte der Offizier, nachdem er die Personaldaten des Österreichers notiert und ein Tonbandgerät eingeschaltet hatte.

„Weil mich Ihre Soldaten dazu gezwungen haben", antwortete der Häftling. „Vorher war ich nur auf österreichischem Gebiet."

„Wir werden das an Ort und Stelle überprüfen", sagte der Vernehmende. „Bis dahin glaube ich meinen Soldaten." Er entleerte den Proviantsack des Zollwachebeamten auf seinem Schreibtisch, ein Butterbrot, eingepackt in Alufolie, eine Orange, zwei Rippen Schokolade, ein paar Traubenzucker-Tabletten, ein Salzstreuer, ein Notizbüchlein und eine kleine Handbürste kamen zum Vorschein. Das Heftchen erregte als erstes das Interesse des Jugoslawen. Er blätterte darin und fragte dann: „Sind Sie auch Mathematiker?"

„Nein, nur Zollwachebeamter."

„Warum schreiben Sie hier so viele Zahlen auf?"

Hermann Herbst ahnte, worauf der Offizier hinaus wollte. „Ich habe nur die Nummern der Grenzsteine notiert", verteidigte er sich.

„Ist Ihnen fad gewesen?", fragte der andere.

„Nein, es war mein Dienstbefehl.“
Der Offizier lachte höhnisch: „Was ist das für eine Grenzwache, die aufschreiben lässt, was auf jeder polizeilichen Landkarte steht?“ Sein Gesicht verfinsterte und näherte sich dem Gefangenen. „Ich weiß, dass Sie mich anlügen. Die Grenzsteine, das müssten Sie wissen, haben auch eine römische Ziffer. Aber die fehlt hier“, tadelte er, mit dem Handrücken auf den Notizblock schlagend.
„Die römische Zahl hab ich weggelassen“ sagte Hermann Herbst, „weil ich ohnehin nur in dem einen Grenzabschnitt unterwegs war.“
„Ah!“ Die Züge des Offiziers entspannten sich wieder, und er bot dem Österreicher ein Glas Wasser und sogar eine Zigarette an.
„Sie haben“, entdeckte der Offizier, „zu jeder Zahl etwas dazu geschrieben.“ Er versuchte die Notizen zu entziffern. „Da steht zum Beispiel: ‚76 verschwunden’. Dann: ‚87 wackelt’ oder ‚93 versetzt’ und ‚101 abgehauen’. Was bedeutet das?“
„Ich habe nur aufgeschrieben, welche Grenzsteine nicht in Ordnung sind.“
„Abgehauen. Das bedeutet doch in eurer Sprache: Fortgehen, Fortlaufen.“
„Nein, das heißt: Von dem Stein fehlt ein Stück. Und“, Herbst wollte der nächsten Frage des Offiziers zuvorkommen, „das Wort ‚versetzt’ hab ich mit Fragezeichen geschrieben. Weil meiner Meinung nach der Stein früher anderswo gestanden ist.“
„Und ‚verschwunden’?“ Der Schnurrbärtige schien jetzt belustigt. „Sie meinen doch nicht, dass Grenzsteine verschwinden oder dass wir sie versetzen?“
„Das Wort verschwunden hab ich bei einem Stein dazu geschrieben, den ich im dichten Farn nicht mehr gefunden hab.“
„Nein“, widersprach der Offizier, „mich können Sie nicht täuschen. Ich weiß, was das alles bedeutet.“ Er machte eine Pause, um dann seine vermeintliche Erkenntnis wie einen Trumpf auszuspielen, dabei fixierte er Herbst wie die Schlange das Kaninchen: „Sie haben an der Grenze Kontakt zu Spionen gehabt. Das waren tote Briefkästen, wie ihr sie nennt. Und Sie werden mir

jetzt sagen, welcher Ihrer Agenten verschwunden ist und welcher versetzt wurde, vielleicht in einen anderen Grenzabschnitt."
„Aber nein", wehrte der Österreicher ab. Wenn die Situation für ihn nicht so ernst gewesen wäre, hätte er amüsiert geschmunzelt über das verbohrte, offenbar berufsbedingte Misstrauen des Anderen. „Ich kenne keinen Spion. Ich hab nichts mit Spionen zu tun."
„Was haben die verraten? Unsere Kasernen? Unsere Truppenstärken? Unsere Bewaffnung? Los, sagen Sie, was Sie alles erfahren haben."
Hermann Herbst schüttelte den Kopf. Die Zigarette schmeckte ihm plötzlich nicht mehr.
Der Offizier kam immer mehr in Fahrt: „Das Feuer, das Sie gemacht haben, sollte ein Signal für ein Treffen mit so einem Spion sein. Hab ich Recht?"
„Ich hab Hunger gehabt und eine Forelle gebraten", seufzte der Österreicher.
„Sie haben für alles eine Ausrede", stellte der Jugoslawe fest. „Aber das nützt Ihnen nichts. Wir haben Beweise gegen Sie." Wieder kostete der Mann die Wirkung dieser Behauptung aus, indem er kurz schwieg. Herbst konnte sich nicht vorstellen, welcher Art diese Beweise sein sollten und sagte es. Er entsann sich eines Ausbildungslehrgangs in der Hauptstadt, wo man ihm und den Kollegen Vernehmungstaktik im Umgang mit Verdächtigen, vor allem mit Schmugglern, beizubringen versucht hatte. Damals war ihnen eingeschärft worden, dass man manchmal mit einem simplen Bluff zu einem Geständnis gelangen konnte. Hermann Herbst hielt die Behauptung des Offiziers für so eine Finte. Sein Gegenüber lehnte sich zurück und grinste, als hätte er die Gedanken des Österreichers lesen können: „Nein, ich bluffe nicht. Ich möchte Sie nur daran erinnern, dass Sie vor gar nicht langer Zeit bei meinen Kollegen am Grenzübergang Sveti Jurij ein Telefonbuch unseres Landes bestellt haben. Und dass Sie in den vergangenen drei Monaten acht Mal in unser Land eingereist sind. Das sind Indizien."
„Ich war auf dem Markt von Marburg einkaufen."

„Sie sind auch eingereist, als in Maribor kein Markttag war."
„Ich habe einige Freunde in Ihrem Land", entgegnete Hermann Herbst.
„Das meine ich ja. Ich will die Namen dieser Freunde wissen."
„Es sind harmlose Menschen. Weinbauern und Handwerker."
„Namen!"
„Diese Menschen sind schuldlos. Ich möchte nicht, dass sie Unannehmlichkeiten haben."
Der Offizier grinste und trat auf Herbst zu. Sekundenlang fürchtete der Zollwachebeamte, sein Gegenspieler würde ihn jetzt tätlich angreifen, doch der Jugoslawe klopfte dem Österreicher scheinbar jovial auf die Schulter, dann griff er zielsicher in die Brusttasche der Uniformjacke und holte ein handtellerkleines Telefonbüchlein hervor. „Sie erlauben, dass ich auch darin blättere", sagte er mit unverhohlenem Sarkasmus. „Vielleicht finde ich hier Namen oder Nummern Ihrer Komplizen." Er überflog eine Seite nach der anderen, ohne dass seine Miene verriet, ob er glaubte, fündig geworden zu sein. Schließlich wandte er sich wieder dem Gefangenen zu: „Was haben Sie vor rund zwei Wochen in einem Elektronikgeschäft in Maribor gesucht?"
Hermann Herbst war verblüfft. Die Nummer dieses Ladens hatte er sicher nicht in das Telefonverzeichnis eingetragen, davon war er überzeugt. Aber woher wusste die Miliz, dass er in diesem Geschäft gewesen war, um sich nach einer Funkanlage zu erkundigen?
„Ich habe Funkgeräte angeschaut."
Natürlich, fiel ihm ein, der Verkäufer hatte seinen Namen und seine Telefonnummer festgehalten, weil ein Apparat, für den Herbst sich interessiert hatte, nicht vorrätig gewesen war. Hatte der Mann seinen Namen weitergeleitet? „Ein Freund von mir aus Graz ist Amateurfunker, er hat sich für solche Geräte interessiert", ergänzte Herbst.
Der Schnurrbart kam dem Gesicht des Österreichers wieder unangenehm nahe: „Wir wissen, was Sie wollten: Sie wollten die Funkfrequenzen unserer Miliz erfahren, Sie wollten uns abhören!"
„Nein, nein!", rief Hermann Herbst nun entrüstet aus. „Mein Freund

funkt um die halbe Erde. Und er hat gehofft, so eine Anlage sei in Marburg billiger als in Graz." Das Verhör nahm eine gefährliche Wendung. Hatten diese Schergen ihm absichtlich aufgelauert, fragte sich Herbst. War die angebliche Grenzverletzung nur ein Vorwand gewesen, um ihn festzunehmen und ihm wegen dieser Geschichte mit dem Funkgerät auf den Zahn zu fühlen?

Das Telefon schrillte, und der Offizier hob sofort den Hörer ab, als hätte er auf eine Weisung von oben gewartet. „Ja kako, ja kako", hörte Hermann Herbst den Milizmann mehrmals sagen, und „Uradicu."

Nach dem Telefonat strich der Offizier nachdenklich über seinen Bart, schaltete das Tonbandgerät ab und sagte: „Wir werden übermorgen einen Lokalaugenschein machen. Sie werden dabei sein. Und wir werden sehen, ob es stimmt, was Sie uns erzählen. Wir bringen Sie noch heute Abend zur Grenzstelle Sveti Jurij. Aber die Waffen und diese Notizen bleiben vorläufig hier."

Acht Stunden nach seiner Verschleppung wurde Hermann Herbst am Schlagbaum des kleinen Grenzübergangs Sveti Jurij / Langegg seinen österreichischen Kollegen übergeben. Hinterher erfuhr der Zollwachebeamte, dass seine Dienststelle in höchster Sorge um ihn das Innenministerium und dieses das Außenamt in Wien alarmiert hatte. Über diplomatische Kanäle in Belgrad wurde der Offizier in der Kaserne Sveti Duh schließlich aufgefordert, den Österreicher freizulassen. Der Vorfall, so lautete ferner die Weisung aus der Hauptstadt, müsse durch eine bilaterale Kommission untersucht werden, um noch gröbere zwischenstaatliche Unstimmigkeiten zu vermeiden.

Am Lokalaugenschein am übernächsten Tag nahmen auch ein hoher Beamter des Außenministeriums in Wien, Österreichs kommandierender Zollwachegeneral und eine Kommission des Innenministeriums teil, natürlich auch Hermann Herbst sowie eine Delegation aus Jugoslawien mit den beiden eher zerknirscht wirkenden serbischen Soldaten und dem Vernehmungsoffizier. Bei der Rekonstruktion des Vorfalls stellte sich heraus, dass Herbst die Grenze zu Jugoslawien nie verletzt hatte und dass die Milizknechte ihn eindeutig auf österreichischem Territorium gefangen genommen hatten. Tage später kam über Belgrad ein offizielles Entschuldigungsschreiben, und Hermann Herbst erhielt sogar einen kleinen Geldbetrag als Trostpflaster für den unrechtmäßigen achtstündigen Freiheitsentzug. Von den Spionagevorwürfen war nie mehr die Rede, vermutlich auch deshalb, weil der Offizier sich von Herbst zu einigen jener Grenzsteine führen ließ, die im Dienstbüchlein des Zollwacheinspektors mit den missverstandenen Kommentaren versehen gewesen waren.

Als sich die jugoslawische Kommission in der Grenzstation Langegg von den Österreichern verabschiedete, geschah es, dass zur selben Stunde der Grenzbalken für einen österreichischen Ochsen geöffnet werden musste, der Tags zuvor auf einer Weide nach Jugoslawien gewechselt war. Gleichzeitig wurde ein Pferd, das zwei Tage vorher von jugoslawischer Seite über die grüne Grenze nach Österreich getrottet war, zurück auf jugoslawisches Hoheitsgebiet getrieben. Was den Herrn Botschaftsrat aus dem Außenamt zur nachdenklichen Bemerkung veranlasste: „Wenigstens die Tiere lassen sich nicht durch Grenzen abschrecken, die wir Menschen erfunden haben, um das Trennende zwischen uns noch zu verstärken."

Der Zollwachegeneral fühlte sich angesichts des grenzüberschreitenden Viehtriebes und der gewichtigen Worte des Diplomaten veranlasst, ebenfalls einen philosophisch klingenden Gedanken zu deponieren: „Sind wir nicht alle Grenzgänger in diesem Leben, Herr Kollege? Meistens führt doch unser Weg zwischen Recht und Unrecht." Dann nahm er den neben ihm stehenden Inspektor Herbst freundschaftlich an der Schulter und ergänzte: „Und manchmal sind wir wie unser Kamerad durch widrige Umstände zu einer Grenzüberschreitung gezwungen, die wir gar nicht wollten."

*

Eines der ersten Opfer von Übergriffen jugoslawischer Organe war kurioserweise der damalige Dechant von Leutschach, Johann Stoff (1889 – 1971). Als er am 19. Dezember 1945 in Hohenegg zu einem Versehgang in ein Bauerngehöft gerufen wurde, lockten ihn Partisanen mit dem Versprechen über die Grenze, ein

der Kirche gehörender Weingarten auf jugoslawischem Gebiet könne von der Pfarre Leutschach wieder bewirtschaftet werden, und außerdem werde er, Stoff, von ihrem Kommandanten eine Bewilligung für den Zutritt zu drei Grenzpfarren erhalten. Kaum hatte der Geistliche jedoch die Grenze passiert, erklärten die Partisanen ihn für verhaftet. Der Grund für diese Feindseligkeit gegenüber einem Priester: Stoff hatte im Leutschacher Pfarrhof geflohenen Priestern aus der ehemaligen Untersteiermark Unterschlupf gewährt. Jetzt wollten die Partisanen von ihrem Gefangenen die Namen dieser Geistlichen und deren Einstellung zu Tito-Jugoslawien erfahren.
Als dieser hinterhältige Menschenraub bekannt wurde, reagierte die britische Besatzungsmacht energisch. Das englische Oberkommando in Leibnitz schickte eine Panzerbesatzung zur Grenze und forderte die Freilassung des Pfarrers, der dann auch bald unversehrt nach Leutschach heimkehren durfte.

*

Wie gefährlich die Nachkriegszeit an der Grenze war, schildert auch der frühere Inspizierende der steirischen Zollwache Friedrich Mulzet in seinem Buch „Zollwache Steiermark“. Ein inzwischen gestorbener Zeitzeuge, den er 2006 interviewt hat, war der Zollwachebeamte Hermann Riederer aus Schlossberg (übrigens der Großvater des bekannten Zwei-Hauben-Wirtes Tom Riederer aus Leutschach). Riederer berichtete von einem Streifgang mit seinem Kollegen Paul Saler in der Nähe der späteren Grenzübergangstelle Schlossberg-Gradisce. Aus einem nahen Gehöft wollten Jugoslawen einen Knecht entführen. Die beiden Zollwachebeamten wurden in einen Schusswechsel mit den Tätern verwickelt und konnten den Menschenraub verhindern. Ein anderes Mal wurde in der Nähe dreier Teiche unmittelbar neben der Grenze, aber auf österreichischem Hoheitsgebiet, eine ukrainische Magd ermordet. Die Täter hängten dem Opfer einen Zettel mit der Aufschrift „wegen Spionage erschossen“ um den Hals. Eine andere Magd wurde im Bereich eines Gehöftes mit dem Vulgonamen Oblak in Remschnigg bei Arbeiten auf dem Feld von jugoslawischer Seite aus erschossen. Das Anwesen liegt in 650 Meter Seehöhe knapp an der slowenischen Grenze, wird nun von Hans und Christa Muster bewirtschaftet und strahlt mittlerweile Ruhe und Frieden aus. Auf riesigen Weideflächen grasen rund dreißig Zebus, eine der kleinsten Rinderrassen der Welt. Der „Zebu-Hof“, wie er heute genannt wird, ist durch diese Rinderzucht weit über die Grenzen des Landes zum Begriff geworden.

Mulzet schildert in seiner Zollwache-Dokumentation noch ein anderes Grenzdrama: In der Kanzlei der Zollwacheabteilung Sulztal verhörte ein Beamter einen Jugoslawen, der nach einem illegalen Grenzübertritt aufgegriffen worden war. Der Festgenommene raubte dem Beamten die Pistole, tötete ihn und flüchtete über die Grenze. Obwohl man die Polizei in Jugoslawien um Fahndungsmaßnahmen ersuchte, „war zu dieser Zeit keinerlei Unterstützung zu erwarten“, bedauert Mulzet.

Zu einem mörderischen Höhepunkt von Grenzverletzungen durch jugoslawische Organe kam es am 27. Juni 1947 in Großwalz, Gemeinde Schlossberg. Mehrere Personen überfielen kurz vor Mitternacht das Anwesen des Josef Kerbler, der schon im Krieg unangenehme Bekanntschaft mit Tito-Partisanen gemacht hatte. Bei einem Feuergefecht wurden Angela Kerbler, 24, und ihr jüngerer Bruder Raimund Kerbler tödlich verletzt. Der Besitzer, seine Frau Maria sowie die neunjährige Tochter Antonia und der achtjährige Sohn Adolf wurden durch Schüsse verwundet. Rupert Kerbler, ältester Sohn des Bauern, konnte durch ein Dachfenster flüchten und sich verstecken. Seine Schwestern Maria und Stefanie suchten in einer Obstpresse Schutz und blieben unentdeckt. Laut Gendarmerie-Chronik von Leutschach war eine aus sechs Beamten bestehende Gendarmeriepatrouille während des Überfalls in der Nähe des Tatortes. Weil Kerbler senior vor einem Überfall gewarnt worden war, hatte er angeblich um Schutz ersucht. Wie es Engelbert Kremshofer in seinem Buch „Mutige Steiermark“ darstellt, rückten am 26. Juni tatsächlich 50 Soldaten der britischen Besatzungsmacht an. Weil es ruhig blieb, zogen sie jedoch ab und überließen die Bewachung einer sechsköpfigen Gendarmeriepatrouille. Die Gendarmen, nur mit Pisto-

len bewaffnet, quartierten sich in einem Nachbargehöft ein. Ein Beamter, der ins Freie trat, scheuchte ungewollt und ahnungslos einen der Angreifer auf, und die Schießerei ging los.
Die Bewacher hatten gegen die mit Maschinenpistolen und Handgranaten bewaffneten Banditen keine Chance. Die beiden Gendarmen Gerhard Fahrmann und Franz Kager wurden durch mehrere Schüsse getötet, der Hilfsgendarm Gerhard Aschauer wurde verschleppt und vermutlich jenseits der Grenze erschossen. Für die drei gefallenen Beamten wurde 1953 ein Gedenkstein errichtet, an dem jedes Jahr eine Andacht zelebriert wird.
Die Täter wurden – wie der Mörder aus der Zollwachestation Sulztal – nie zur Rechenschaft gezogen. Ob es eine reguläre jugoslawische Einheit war, wie damals die Gendarmerie vermutete, oder eine antikommunistische Freischärlergruppe, wie Dechant Johann Stoff annahm, blieb ungeklärt. Engelbert Kremshofer behauptete in seinem Buch, dass der Überfall von der Tito-Geheimpolizei UDBA und einigen slowenischen Bauern verübt wurde. Angeblich wollten sie einigen „Weißgardisten", die damals im Grenzgebiet einen Versorgungsstützpunkt unterhielten und den Sturz des Tito-Regime beabsichtigten, „eine Abreibung verpassen".
Übrigens: An einem anderen 27. Juni (1991) wurde im Grenzgebiet erneut scharf geschossen. Die jugoslawische Volksarmee griff Slowenien an, weil Laibach kurz vorher seine Unabhängigkeit erklärt hatte. Ein zehntägiger Bruderkrieg (von dem schon im 1. Kapitel die Rede war) begann. Die Gefechte forderten auf beiden Seiten 78 Todesopfer und Hunderte Verwundete. Auch zwei österreichische Kriegsberichterstatter wurden dabei getötet: Nikolas Vogel, 24, Sohn des Schauspielerpaares Gertrude Jesserer und Peter Vogel und selber ebenfalls Schauspieler, sowie Norbert Werner. Kampfjets der Volksarmee verirrten sich damals auf der Suche nach Stützpunkten der Slowenen in den Grenzbergen tief auf österreichisches Gebiet.

*

Obwohl, wie wir im nächsten Kapitel hören werden, der Kleine Grenzverkehr mit dem damaligen Jugoslawien seit 1953 eingeführt war, kam es noch rund drei Jahrzehnte später südlich von Leutschach zu Übergriffen an der Grenze. Am 4. November 1981 feuerten jugoslawische Grenzer drei Schüsse Richtung Österreich ab, weil der Fliesenleger Alois Koweindl mit seinem Pkw in Großwalz knapp auf jugoslawisches Territorium gelangt war und, als er von den Soldaten angehalten wurde, im Retourgang zum Anwesen von Rudolf Stelzl zurückfahren wollte. Zum Glück wurde bei der Schießerei niemand verletzt, auch von Sachschäden wird in der Gendarmerie-Chronik der nunmehrigen Polizeiinspektion Leutschach nichts erwähnt.

*

Im Sommer 1957 erging es dem Volksschullehrer Josef Donner aus Langegg und seiner Frau Hildegard ebenso wie 22 Jahre später dem Zollwachebeamten Hermann Herbst. Das Ehepaar wanderte nach eigenen Angaben auf österreichischem Gebiet in der Nähe des schon erwähnten Gehöftes Oblak Richtung Großwalz, als es von zwei bewaffneten jugoslawischen Grenzorganen angehalten und festgenommen wurde. Die beiden Steirer wurden in Marburg einvernommen und später beim Grenzübergang Langegg frei gelassen. Josef Donner war übrigens ein sehr kunstsinniger Mensch. Mit seinem Kollegen Herbert Wieser dichtete und komponierte er ein „Langegger Lied“:

Kennt ihr die schöne Gegend im Süden der Steiermark?
Mit ihren Hügeln und Höhen, dem Wein so feurig und stark.
In Langegg, Glanz und Pössnitz wächst steirischer Edelwein,
Freunde, lasst die Gläser klingen, trinket aus und schenket ein.

Kühl und geräumig sind die Keller, Fass reiht sich an Fass;
tief senkt sich der Heber, goldig blinkt das edle Nass.
In Langegg, Glanz und Pössnitz, eine Kellerpartie,
Freunde, das müsst ihr erleben, das vergesst ihr nie!

Die Mädchen im steirischen Grenzland, die sind wie Milch und Blut, am Sonntag tragen sie seidene Strümpfe, das steht ihnen gar so gut!

In Langegg, Glanz und Pössnitz haben die Burschen es nicht leicht, alle Fenster sind vergittert, um jedes Haus ein Wachhund schleicht.

Und müssen wir einst scheiden vom Süden der Steiermark,
von seinen gastlichen Häusern, dem Wein, so feurig und stark;
dann ade Langegg, Glanz und Pössnitz, noch einmal schenkt uns ein!
Abschied wollen wir feiern bei steirischem Edelwein!

Außerdem setzte sich Josef Donner in so manchem steirischen Weinkeller ein kunstvolles Denkmal. Mit Fassboden-Schnitzereien wurde er über die Landesgrenze hinaus berühmt, und eine Zeitung pries ihn sogar als besten Fassschnitzer der Steiermark. Für seinen jüngeren Kollegen Peter Lamprecht, der später Direktor der Josef-Krainer-Volksschule in Großwalz wurde, schmückte Donner einen Gewehrschrank mit einem prächtigen Relief, das Jagdszenen zeigt. Die erwähnte Schule war 2007 übrigens Drehort für einen entzückenden TV-Spot mit dem „Ja!Natürlich"-Schweinderl „Sissi" unter Regisseur und Oscar-Preisträger Stefan Ruzowitzky.
Von September 1968 bis 1982 war Josef Donner Direktor der Dr.-Heinz-Pammer-Grenzlandschule in Langegg, und Bürgermeister Karl Repolusk (der übrigens 1962 als erster Österreicher die Weinbaumeister-Prüfung abgelegt hatte) ernannte ihn für seine Verdienste am 9. Juli 1982 zum Ehrenbürger der Gemeinde Glanz. Josef Donner starb bald nach seiner Pensionierung am 19. September 1983. Seine Frau Hildegard, die einst seine Schülerin gewesen war und die ihm ein Vier-Mäderl-Haus geschenkt hat, folgte ihm Ende 2009. Die Töchter leben mittlerweile über die halbe Steiermark verstreut: Hilde Wilfling in Ratsch, Brigitte Fröhlich in Langegg, Ulli Spraitz bei Eibiswald und Josefine Fischer in Lassnitzhöhe.

17. Zurück zur Schulbank

Vor der Diskothek „Glucknstadl“ in Tillmitsch, Steiermark, hielten am 30. April 1983 der junge Weinbaumeister Alfred Grill und sein jüngerer Bruder Peter aus Eichberg bei Leutschach nach einem Parkplatz Ausschau. Endlich entdeckte der Lenker eine Lücke. Er fuhr ein Stück vor, um dann verkehrt zurückzuschieben. Doch als er sich umsah, hatte flugs eine junge Dame den Platz mit ihrem Kleinwagen besetzt. Verärgert suchten Alfred und Peter weiter nach einer freien Stelle. Alfred war viel zu beherrscht, um seinem Unmut freien Lauf zu lassen oder der Lenkerin gleich den „Autofahrergruß“ zu schicken. Und als die Brüder Minuten später die Tanzdiele betraten, war ihr Ärger schon verflogen. Doch da stieß Alfred in der Tür ausgerechnet mit jener jungen Dame zusammen, die ihm vorher den schönen Platz weggeschnappt hatte. Alfred musste lächeln – und sechs Jahre später, am 5. August 1989, führte er Gabi Schuchlenz zum Traualtar.
Damit waren die Weichen für eine andere zufällige Begegnung nach 43 Jahren gestellt.
1946 war Johanna Wakay, die spätere Mutter von Alfred und Peter, elf Jahre alt gewesen. Am 14. Jänner 1946 musste sie ihren Heimatort Sankt Benedikt zwischen Marburg und Bad Radkersburg im heutigen Slowenien verlassen. Die Jugoslawen hielten ihre Familie für Deutsche und vertrieben alle, die sich zu dieser Muttersprache bekannten. Das war die Rache dafür, dass 1941, als die Hitler-Wehrmacht im Zuge des Balkan-Feldzuges auch Slowenien besetzte, fünfzehn Prozent der slowenisch sprechenden Bevölkerung ausgesiedelt wurden. Am 21. November 1944, als die deutschen Einheiten überall im Rückzug waren, beschloss der „Antifaschistische Rat der Volksbefreiung Jugoslawiens“, allen Deutschen im Gebiet der Volksrepublik die Bürgerrechte abzuerkennen, ihr Vermögen zu konfiszieren und sie als Volksfeinde einzustufen. Ab dem 8. Mai 1945 wurden dann rund 35.000 deutschsprachige „Untersteirer“ nach und nach vertrieben oder in Konzentrationslagern – zum Beispiel in Sterntal (Taborisce Sterntal) bei Pettau oder Tüchern (Tahorje) bei Cilli –

interniert. Bei einer Volkszählung 2002 bekannten sich von den mehr als zwei Millionen Bürgern in Slowenien nur noch 1628 zur deutschen Muttersprache.
Von der bevorstehenden Deportation der Deutschen in Sankt Benedikt hatte ein wohlhabender Sägewerksbesitzer im Ort schon vor dem 14. Jänner 1946 erfahren. Er bot Johannas Familie an, die Kleine bei sich aufzunehmen und sie später zu adoptieren. Seine Frau und er hatten keine Kinder, und die kleine „Hanna", die immer wieder auf Besuch kam, war dem Ehepaar ans Herz gewachsen. Auch das Kind wäre gerne in dem Dorf und bei den lieben Leuten geblieben. Als die Untersteirer abmarschieren sollten, riss sich Hanna los, um ins Sägewerk zu flüchten. Doch eine ältere Schwester holte sie ein und brachte sie zum Sammeltransport zurück. Mit ihrer Mutter und den Geschwistern Elisabeth, Maria und Augustine Wakay wurde sie in Viehwaggons gepfercht, sechzig Menschen pro Waggon, und ab ging 's Richtung Sibirien, wie es hieß. Doch in Ungarn wurde der Transport nach Österreich umdirigiert, und schließlich landete der Zug am 21. Jänner um Mitternacht im Bahnhof Wiener Neustadt, Niederösterreich. Einige Wochen mussten die unfreiwilligen Flüchtlinge unter unvorstellbaren Bedingungen in den Waggons neben dem zerbombten Flugplatz Wiener Neustadt hausen.
Das Bundesland Niederösterreich gehörte zur russischen Zone. Und weil das Damoklesschwert einer Sibirienreise immer noch allgegenwärtig schien, entschloss sich Johannas Mutter zu einem Fluchtversuch. Sie hatte von daheim ein bisschen Gold und alles verfügbare Geld mitgenommen. All dieses Hab und Gut überließ sie einem Schlepper, der versprach, sie und ihre vier Kinder über die so genannte Demarkationslinie am Semmering in die britische Zone, in die Steiermark, zu lotsen.
Johanna erinnerte sich noch Jahrzehnte später an den tief verschneiten nächtlichen Jungwald, durch den sie am 27. Februar mit dem Fremden stapften. Plötzlich hielt der Mann an, lauschte und meinte, man sei bereits auf steirischem Gebiet und damit in Sicherheit. Er entfernte sich eiligst und war schon außer Sichtweite, als die Mutter mit den Kindern ein Stück weiter den russi-

schen Drahtverhau erblickte. Der Schlepper hatte sich schon vor der Grenze aus dem Staub gemacht.
Irgendwie gelang es den Flüchtlingen, heil über die Grenzsperren zu gelangen. Immer wieder versanken sie im hüfthohen Schnee, und die Mutter wählte den Weg unter hohen Bäumen, weil dort weniger Schnee lag. Eine Futterkrippe war ihr Nachtlager.
In der Früh tauchte ein Bauer auf. Zuerst erschrak er beim Anblick der frierenden Fremden, dann nahm er die Familie in sein Haus mit, wo es nach Tagen die erste warme Mahlzeit gab.
Ein Arzt wurde geholt, und der kleinen Johanna wollte man schon den halb erfrorenen Fuß abnehmen. Aber mit Hilfe bäuerlicher Naturheilmethoden konnte die Amputation vermieden werden. Die Familie kam in ein Lager nach Admont und schließlich in eine Unterkunft nach Sankt Georgen an der Stiefing, südöstlich von Graz.
Dort besuchte Johanna wieder regelmäßig die Schule. Und obwohl sie Monate im Unterricht verloren hatte, bewährte sich das Mädchen als Schülerin. Im Abschlusszeugnis der Klasse hatte sie außer zwei Zweiern lauter Einser.
Johanna hatte dank ihres offenen Wesens auch bald die Sympathie der ortsansässigen Mitschülerinnen gewonnen. Nach wenigen Jahren zog aber ihre Familie aus der Südoststeiermark weg und ließ sich auf dem Eichberg in der Südsteiermark nieder. In der Zwischenzeit hatte auch der Vater, den die Partisanen in Sankt Benedikt verhaftet hatten, mit Hilfe des Roten Kreuzes zu Frau und Kindern gefunden.
Johanna heiratete Franz Grill und gebar vier Söhne. Mit ihrem Mann, der später an den Folgen eines tragischen Unfalls starb, führte sie einen kleinen Weinbau- und Buschenschankbetrieb, der fast jedes Jahr beim landesweiten Blumenschmuck-Bewerb ausgezeichnet wurde. Auch ihre drei Schwestern, die nach der Heirat Maria Planinschitz, Elisabeth Pauritsch und Augustine Skringer hießen, siedelten sich in Eichberg an. „Lisika“, wie die Geschwister die Älteste nannten, hatte 1942 in Sankt Benedikt den jungen Steirer Johann Pauritsch kennen gelernt, mit dem sie sich verlobte. Doch Pauritsch wurde zur Wehrmacht einberu-

fen, schrieb bis 1944 noch regelmäßig an Elisabeth, dann galt er als verschollen. Nach der abenteuerlichen Odyssee der Familie traf Elisabeth 1946 ihren Jugendfreund in Wildon wieder, wenige Jahre später wurde geheiratet.
Als Alfred, der zweitälteste Sohn von Johanna, sich zur Heirat mit Gabi entschloss, also jener jungen Dame, die ihm einst den Parkplatz streitig gemacht hatte, erlebte Johanna eine Überraschung: Gabis Mutter hieß Martha Schuchlenz und war einst in Sankt Georgen „Hannas“ beste Schulfreundin gewesen. Doch die beiden hatten einander nach der Übersiedlung Johannas völlig aus den Augen verloren. Erst bei der Hochzeit ihrer Kinder entdeckten die beiden Schwiegermütter ihre gemeinsame Vergangenheit.
Der Zufall hatte sie „zurück zur Schulbank“ gewiesen.

*

Eine ähnliche Wiedersehens-Konstellation wie die geschilderte, allerdings ohne Mitwirken von Söhnen und Töchtern, erlebten die gebürtige Slowenin Otilija Narat, Jahrgang 1946, und die Südsteirerin Hedi Krainer, Jahrgang 1947.
Otilija wuchs in der grenznahen Ortschaft Zgorja Kungota, zu Deutsch Sankt Kunigunde, auf. Das Dorf ist von der österreichischen Grenze bei Langegg nur fünf Kilometer entfernt, und viele Steirer pilgern immer wieder hinüber, weil mitten im Ort der begnadete Starkoch Gregor Vracko seine Gäste mit Gaumenfreuden verwöhnt. Gregor hat einst bei den Gebrüdern Karl und Rudolf Obauer in Werfen in die Töpfe gucken dürfen und auch in einigen Wiener Gourmettempeln praktiziert, ehe er von seiner Mutter Majda Vracko das Restaurant „Gostisce Denk“ übernahm, wo er 2005 mit knapp 30 Jahren zum besten Küchenchef Sloweniens gekürt wurde.
In diesem sonst stillen Winkel des Nachbarlandes verbrachte Otilija ihre Kindheit im totalitären Tito-Staat. Ihr Vater Kristof Narat, Jahrgang 1920, hatte in den Dreißigerjahren in der nahen Stadt Marburg das Fleischerhandwerk erlernt. Sein deutscher Meister hieß Rudolf Welle, der neben dem Metzgerladen in Bahnhofsnähe eine gut frequentierte Gaststätte betrieb. Immer wieder

schilderte Kristof Narat seiner nach dem Krieg geborenen Tochter Episoden aus seinen lustigen Lehrjahren, die er mit seinem Jugendfreund Paul Welle verbracht hatte. Paul, Jahrgang 1921, war ebenfalls bei seinem Vater Rudolf in die Lehre gegangen. Aber nach den Kriegswirren hatte sich Paul nach Langegg in die Steiermark zurückgezogen, wo er die Frau seines Lebens gefunden hatte. Sein Vater Rudolf blieb in Marburg und wurde 96 Jahre alt. Sein Geschäft hatten die Tito-Kommunisten zwar enteignet, aber sein Wohnhaus bekam er später zurück.

Die hermetisch verbarrikadierte und streng bewachte Grenze verhinderte, dass die beiden Freunde Kristof und Paul einander besuchen konnten, obwohl sie nur wenige Kilometer voneinander entfernt wohnten.

Die triste Situation linderte sich ein wenig, als 1953 ein österreichisch-jugoslawisches Abkommen über den Kleinen Grenzverkehr in Kraft trat. Diese Regelung (das „Gleichenberger Abkommen“) ermöglichte zunächst vor allem Landwirten den auf einen Tag beschränkten Aufenthalt im Nachbarland, wenn sie jenseits der Grenze Felder zu bestellen hatten und unter das so genannte Doppelbesitz-Abkommen fielen. In Notfällen durften auch Ärzte, Tierärzte oder Hebammen im Kleinen Grenzverkehr unterwegs sein.

Ab 1956 konnten Bewohner innerhalb der Zehn-Kilometer-Zone eine Grenzkarte beantragen, um in den Nachbarstaat zu fahren, und ab 1960 wurde diese Regelung auf zwanzig Kilometer ausgedehnt.

Wie Heinz P. Wassermann in seinem Kapitel „Die Grenze seit 1918“ in der „Rebenland-Chronik“ ausführt, gab es ab 18. März 1960 ein Zusatzabkommen mit Belgrad, das einen „Dauergrenzschein“ ermöglichte. Der Inhaber dieses Dokumentes durfte vier Mal innerhalb eines Monats die Staatsgrenze überschreiten und sich bis zu 60 Stunden im jenseitigen Grenzbereich bewegen. 1964 wurde diese Aufenthaltsdauer auf insgesamt drei Tage (ohne den Einreisetag) erweitert.

„Mit dem Kleinen Grenzverkehr war der Bann gebrochen“, schrieb Heinz Richter 1993 in seinem Buch „Unsere Grenze im

Süden 1919 - 1991" (Verlag für Sammler) und weiter: „die Grenze war durchlässiger geworden, der Stacheldraht verschwand, und die Wege und Straßen führten auf einmal wieder in das Drautal hinunter... Durch diesen Kleinen Grenzverkehr haben zum Beispiel in der Zeit von 1960 bis 1964 240.000 Steirer die Grenze nach Slowenien überschritten, hingegen sind im selben Zeitraum 460.000 jugoslawische Staatsbürger in die Steiermark eingereist."

Es war im Jahre 1960, als die knapp vierzehnjährige Otilija Narat erstmals mit ihrem Vater die Grenze nach Österreich passierte. Dieser Ausflug in die Freiheit prägte sich umso deutlicher in ihr Gedächtnis, als sie in Österreich die damals dreizehnjährige Hedi Welle kennen lernte und sich sofort, trotz allen Sprachbarrieren (Otilija konnte nicht Deutsch, Hedi nicht Slowenisch), mit ihr anfreundete. „Wir haben einander trotzdem gut verstanden", berichtete mir Otilija Jahrzehnte später in einer steirischen Buschenschank. Otilijas Vater Kristof hatte die Ausreisemöglichkeit genützt, um endlich seinen Jugendfreund Paul zu treffen. Das 60-Stunden-Visum gestattete ihm und seiner Tochter, drei Mal in Österreich zu übernachten. Otilija schlief bei Hedi im Zimmer, und in der Folge fädelten die Väter der beiden Mädchen mehrmals solche Begegnungen ein, einmal in Langegg, einmal in Kungota.

Doch als die Töchter erwachsen waren, verloren sie einander aus den Augen. Als den Bürgern in Jugoslawien noch größere Reisefreiheiten gewährt wurden, wanderte Otilija Narat in die Schweiz aus, lernte dort bald fließend Deutsch und nebenbei ihren späteren Ehemann Heinz Jung kennen, mit dem sie dann nach Homburg ins Saarland zog, in eine Kreisstadt, die unter anderem wegen ihrer erfreulichen Arbeitsplatzdichte und einer kilometerweiten Buntsandsteinhöhle, der größten ihrer Art in Europa, bekannt ist.

Viele Jahre später erzählte Otilija ihrem Heinz wieder einmal von der paradiesisch schönen Gegend ihrer Heimat, und dann entschloss sich das Paar zu einer gemeinsamen Reise in die 870 Kilometer entfernte Südsteiermark, um von dort über den inzwischen internationalen Grenzübergang Langegg nach Kungota zu gelangen. Schon auf der Fahrt Richtung Süden trug Otilija sich mit dem Gedanken, ihre ehemalige Freundin Hedi in Langegg aufzusuchen. Doch dort hätte sie, wie sie hinterher hörte, die inzwischen verheiratete Frau nicht mehr angetroffen. Im Heimathaus von Hedi residiert nun deren Schwester Edith, die mit ihrem Mann Roland Weiss sowie mit Tochter und Schwiegersohn Christoph Gratzer die von den Gästen geschätzte Buschenschank Weiss-Welle führt.

Auf dem Weg von Gamlitz nach Leutschach, knapp vor der Kuppe des Karnerberges, stach Otilija ein Schild ins Auge, das auf der linken Straßenseite zur Buschenschank Karl Krainer in Eichberg-Trautenburg einlud. Da sie Heinz schon immer von den herrlichen Weinen der Südsteiermark und den nahrhaft-deftigen Brettljausen vorgeschwärmt hatte, schlug sie vor, eine gemütliche Pause in dem ihr unbekannten Weingut einzulegen. Der prachtvolle Ausblick auf die Weingärten und die sonnige Terrasse verlockten auch Heinz Jung zum Bleiben.

Kaum hatten die beiden auf der südseitigen Terrasse Platz genommen, trat eine Frau auf sie zu und fragte nach den Wünschen der vermeintlich deutschen Touristen, deren Wagen das bundesdeutsche Kennzeichen HOM schmückte.

Schon als die Wirtin die ersten Worte an die Gäste richtete, schien es Otilija, als spräche eine alte Freundin zu ihr. Diskret erkundigte sie sich nach dem Vornamen der Frau, und als diese etwas irritiert „Hedi“ antwortete und auch ihren Mädchennamen „Welle“ verriet, fiel ihr Otilija um den Hals. Hedi, die inzwischen den Weinhauer Karl Krainer geheiratet hatte, wusste anfangs nicht, wie ihr geschah. Jene kleine Otilija, die einst mit ihr sogar im selben Bett geschlafen hatte, war des Deutschen kaum mächtig gewesen, und jetzt redete die Frau, die sich als Otilija vorstellte, fließend Deutsch und das ohne Akzent!

Das Wiedersehen wurde bei einer Bouteille Morillon gebührend gefeiert, und noch heute wundern sich die beiden Frauen über die Fügung, die dazu die Weichen gestellt hat. Seit das Ehepaar Jung Mitte der Neunzigerjahre in Otilijas Heimatort wieder ansässig geworden ist und einige Monate im Jahr in seinem kleinen Domizil verbringt, ist es Stammgast im Weingut Karl Krainer am Karnerberg, vor allem, weil Heinz Jung ein Liebhaber der Krainer-Weine geworden ist. Und manchmal erlaubt Hedi ihrer Jugendfreundin sogar, was sie sonst keiner anderen gewähren würde: Otilija darf ihre von Freunden viel beachteten Kochkünste auch in Hedis Küche ausleben und praktizieren.

18. Geisterhand läutete Totenglocke

Der frühere Pfarrherr von Leutschach, Blasius Klug, traute seinen Ohren nicht: Das seit Jahrzehnten verlässlich funktionierende Turmgeläute spielte plötzlich verrückt. Zu den ungewohntesten Zeiten sandte die größte der fünf Kirchenglocken ihren mächtigen sonoren Klang aus fast 60 Meter Höhe übers Rebenland.
Weder der Pfarrer noch die Mesnerin Christine Bauer, die das elektronische Geläute betreute, konnten sich die unregelmäßigen Schwingungen der so genannten „Hopfenglocke" erklären. Jahrzehnte hatte sich das Pfarrvolk auf das Geläute verlassen können, und ausgerechnet in den letzten Tagen der nunmehr 33-jährigen Amtsperiode des Pfarrers entwickelte offenbar ein Klanginstrument ein störrisches Eigenleben. Blasius Klug wollte seinem damals 33-jährigen Nachfolger Magister Werner Marterer eine intakte Pfarre übergeben, und dazu gehörte wohl auch ein ordentliches Geläute, auf das sich die Menschen sowohl beim Uhrschlag wie auch beim Ruf zur Sonntagsmesse verlassen konnten.
Das 1166 Kilo schwere zinnbronzene Gusswerk hatte allerdings schon einige Jahre vorher in Teilen des Kirchenvolkes für Missstimmung gesorgt. Es war 1964 von den Hopfenbauern der Gegend und von der Brauerei Reininghaus gespendet und am 20. September 1964 zu den anderen vier Glocken im Turm (199, 303, 415 und 720 Kilo schwer) aufgezogen worden. Glockenpate war Peter Reininghaus, und so wundert es nicht, dass die Glocke den Namen „Petrus" erhielt. Die „Hopfenglocke" durfte in der Folge als Solist nur erschallen, wenn ein Angehöriger dieser Berufsgruppe beerdigt wurde. Schon einmal hatte eine Art Glocken-Bann für Unmut im Leutschacher Kirchenvolk gesorgt. 1916, mitten im Ersten Weltkrieg, waren die drei Glocken der Pfarrkirche für Kriegszwecke eingezogen worden. Nach Kriegsende bemühte sich der neue Pfarrherr Ludwig Ribitsch um die Anschaffung neuer Glocken. Alle Pfarrbewohner wurden gebeten, ihren Obulus für den Ankauf zu leisten. Ein „Glockenkomitee" drohte Personen, die nicht zahlungswillig waren, dass bei

Todesfällen in ihren Familien die neuen Glocken nicht geläutet würden. 1924 hatte die Pfarre endlich genug Geld für die Finanzierung neuer Klangkörper beisammen. Aber schon achtzehn Jahre darauf, im Zweiten Weltkrieg, mussten die nunmehr fünf Glocken aus dem knapp 60 Meter hohen Kirchturm wieder den Kriegsherren zum Einschmelzen für Kanonen geopfert werden.
Der Glocken-Bann um die 1964 aufgezogene „Hopfenglocke", die anfangs nicht für Normalsterbliche ertönen durfte, wurde erst aufgehoben, nachdem das gesamte Pfarrvolk die Umstellung vom händischen auf ein elektromechanisches Geläute mit finanziert hatte. Seit damals wird der Klöppel der tonnenschweren „Hopfenglocke" jedes Mal geschwungen, wenn jemand im Rebenland gestorben ist.
Doch die gehäuften „Trauerbotschaften von Geisterhand" aus dem Leutschacher Glockenstuhl sorgten in den Augusttagen 2009 für Verwirrung. Also beschloss man, das Geläute von einem Fachmann überprüfen zu lassen. Wie der Zufall spielt, hielt sich gerade ein Glockenexperte in Leutschach auf. Er war gerufen worden, um im Turm der neu erbauten Feuerwehrzentrale die hundert Kilo schwere Glocke aus dem alten Rüsthaus zu installieren. Raimund Resch, Ehrenhauptmann und für seine Feuerwehr-Homepage hoch prämierter Webmaster der FF Leutschach, hatte darauf bestanden, das historische metallene Signalinstrument in den Neubau zu integrieren.
Die Glocke war bis 1824 im Rathausturm montiert. Als dann ein Großbrand halb Leutschach einäscherte und auch der Turm zerstört wurde, übersiedelte man die Rathausglocke zunächst in einen Holzverschlag hinter dem Rathaus und 1886 ins neue Feuerwehrhaus. Ursprünglich ertönte diese Glocke täglich um 23 Uhr, um die Wirtshaus-Sperrstunde einzuläuten. Dann erscholl sie bei Feuerwehreinsätzen und als Sturmwarnung. Inzwischen haben die Sirenen diese Aufgabe übernommen, und die Floriani-Glocke wird nur noch zum Begräbnis eines Feuerwehr-Mitgliedes geläutet.
Die ältesten Glocken soll es übrigens schon um 1600 vor Christus in China gegeben haben, und das erste Geläute auf dem

Giebel eines Sakralbaues trug der Jupitertempel in Rom. In Europa haben irische Mönche für die Verbreitung von Glocken gesorgt, und nicht von ungefähr leitet man die Bezeichnung aus dem altirischen Begriff clocc ab, was „Schelle“ bedeutet. Ab dem 10. Jahrhundert errichteten die Klöster die ersten Glockentürme. Bis zum späten Mittelalter wurden die Kirchenglocken nur einzeln geläutet. Erst später sorgten spezielle Glockeningenieure für einen harmonischen Gleichklang, indem sie vor dem Gießen die Tonlagen der einzelnen Klangkörper aufeinander abstimmten. Eine gute große Glocke kann laut Johannes Grassmayr von der Glockengießerei in Innsbruck wie ein Instrument bis zu fünfzig verschiedene Töne hervorbringen.

Im Volk waren die Glocken, die den Tagesablauf regelten, bald so beliebt, dass sie mit eigenen Namen bedacht wurden. So etwa erscholl vom nördlichen Heidenturm des Stephansdomes in Wien die 530 Kilo schwere so genannte „Bieringerin“ immer nur, um – wie die kleine Leutschacher Floriani-Schwester – die Sperrstunde für Wirtshäuser zu verkünden. In Bad Hersfeld, Deutschland, nannte der Volksmund eine Kirchturm-Mahnerin für späte Zecher „Bier- und Weinglocke“.

So eine profane Funktion blieb der großen „Hopfenglocke“ von Leutschach trotz ihrer Affinität zum Gerstensaft erspart. Sie hielt sich mit ihren vier Klanggefährtinnen im Kirchturm an jenes Motto, das in vielen Glockenkörpern eingraviert ist: „Vivos voco, mortuos plango, fulgura frango – Die Lebenden rufe ich, die Toten beklage ich, die Blitze breche ich“.

Im Konkordat, dem Vertrag zwischen dem Vatikan und dem österreichischen Staat, wurde vereinbart, dass Kirchenglocken jederzeit geläutet werden dürfen. In Wien hat man sich allerdings laut Dom-Archivar Reinhard Gruber aus Rücksichtsnahme auf die Wohnbevölkerung darauf geeinigt, „dass dies nicht vor sieben Uhr Früh und nicht nach 22 Uhr geschieht“.

Die Leutschacher Glocken zählen nicht zu den mächtigsten in der Steiermark. Als größte Kirchenglocken des Landes gelten die 5702 Kilo schwere Österreich-Gedächtnisglocke in der Basilika Mariazell und das 5390-Kilo-Gusswerk im Bastionsturm vom

bischöflichen Schloss Seggau. Diese „Seggauer Liesl“ wurde 1688 gegossen und zuletzt jeden Sonntag um 12 Uhr vom Glöckner Karl Fessler und seinen drei Helfern händisch zum Klingen gebracht.
Österreichs größte Glocke ist die berühmte, am 5. November 1951 gegossene Pummerin (rund 21,4 Tonnen) im Nordturm des „Steffl“. Auch sie ist übrigens computergesteuert, was nach Meinung von Dombaumeister Wolfgang Zehetner die Lebensdauer theoretisch von 200 auf 10.000 Läutstunden verlängert, weil die manuelle Bedienung Klangkörper und Klöppel zu sehr beansprucht. Im Winter 2011 musste der rund 800 schwere Klöppel durch einen um zweihundert Kilo leichteren ersetzt werden, weil er die Glocke laut Zehetner zu sehr belastete, obgleich die Pummerin insgesamt nur eine Stunde im Jahr geläutet wurde. Frido Hütter nannte die Pummerin in der „Kleinen Zeitung“ das „Zentralorgan christlicher Läutkultur“, und Martina Münzer bejubelte sie zu Neujahr 2011 in der „Kronenzeitung“ sogar als „Die Stimme Österreichs“. Die Vorgängerin der 1951 gegossenen Pummerin verriet in ihrem Relief, dass sie 1711 aus dem Metall jener Kanonen gegossen wurde, die das türkische Heer 1683 nach der Belagerung Wiens zurück gelassen hatte. Um die „Josephinische Glocke“, wie die erste Pummerin offiziell hieß, erklingen zu lassen, mussten zwölf Männer eine Viertelstunde am Strang ziehen, bis der Klöppel endlich anschlug. Am 12. April 1945 stürzte die Riesenglocke beim Brand des Stephansdomes vom Südturm und zersprang. Aus den Glockenresten wurde die neue Pummerin gegossen. Sie ist die zweitgrößte Glocke Europas, die noch geläutet wird. Die größte hängt im Südturm des Kölner Domes, heißt „St. Petersglocke“, hat einen Durchmesser von 3,22 Meter und wiegt 24 Tonnen.
Als größte frei schwingende Glocke der Erde werden in der Statistik die 36.250 Kilo schwere „Tokinosumika“ im Freizeitpark von Gotemba in Japan und die rund 90.000 Kilo wiegende Mingun-Glocke in Myanmar (früher Birma) bei Sagaing geführt. Wobei die im Moskauer Kreml thronende „Zarenglocke“ noch größer ist, aber sie wurde nie geläutet.

Die Neu-Installierung einer Glocke faszinierte jedenfalls auch den Leutschacher FF-Ehrenhäuptling Raimund Resch. Da er gegenüber dem neuen Rüsthaus wohnt, schaute er immer wieder im Feuerwehr-Neubau nach dem Rechten und dem Mechaniker, der die kleine Floriani-Glocke im Turm einbaute, bei der Arbeit zu. Und plötzlich entdeckte er den Grund für das Phänomen: Immer wenn der Mann die Feuerwehr-Glocke elektronisch probeweise zum Schwingen brachte, ertönte auch im rund 250 Meter entfernten Kirchturm die „Hopfenglocke". Des Rätsels Lösung und die „Geisterhand" waren gefunden. Zufällig hatte der Experte für die Floriani-Glocke die gleiche elektronische Frequenz installiert, wie sie in der Pfarre für den größten Klöppel im Turm verwendet wird.

Der „Gleichklang" wurde beseitigt, und die Feuerwehr-Glocke hatte ihre Solo-Premiere wenige Tage später, als das moderne Rebenland-Rüsthaus feierlich eröffnet wurde.

19. Der hungrige Sohn

Die drei Begebenheiten, die in diesem und im nächsten Kapitel erzählt werden, haben einen Umstand gemeinsam: In allen Fällen haben wenige Augenblicke über Leben und Tod entschieden.

Es war ein heißer sommerlicher Tag Ende Juli. Am Wochenende zuvor war unser Sohn Gerald bei einem Motorradunfall verunglückt. Er war auf schotterigem Kies ins Schleudern geraten und gegen eine Gehsteigkante geschlittert. Leider hatte er nicht seinen widerstandsfähigen, ledernen Bikerdress an, nur Jeans. So erlitt er ziemlich schmerzhafte Hautabschürfungen. Aber nach ambulanter Versorgung im Krankenhaus durfte er heim.

Am folgenden Dienstag, es war ein 29. Juli, war Gerald noch im Krankenstand. Gegen 11.45 Uhr humpelte er zum Fenster des ebenerdigen Wohnzimmers und fragte die Mutter, wann es das Mittagessen gäbe. Renate stand auf der Alu-Leiter, die ich in der Früh unterm Marillenbaum im Garten aufgestellt hatte, und brockte die reifen Früchte. In jenem Jahr waren es nicht sonderlich große Marillen, dafür waren sie reichlich auf den Ästen verteilt. Und der damals rund 35-jährige Obstbaum trug schwer an seiner appetitlichen Last.

Renate ließ den Korb, den sie auf der Leiter befestigt hatte, halb voll und stieg mit ihm herab, um das Essen zu wärmen. Kaum hatte sie fünf Meter weiter das Haus betreten, krachte der halbe Marillenbaum mit schauerlichem Geächze zusammen. Und zwar jener fast zwanzig Zentimeter starke Ast, von dem Renate zuletzt die Früchte gepflückt hatte. Die Metallleiter war vom stürzenden Geäst niedergerissen, verbogen und total bedeckt worden.

Ohne den hungrigen Sohn hätte meine Frau den Korb sicher noch gefüllt, ehe sie sich der Zubereitung des Mittagessens gewidmet hätte. Und auf der Leiter wäre sie unweigerlich aus rund drei Meter Höhe zu Boden gerissen und von dem starken Ast getroffen worden.

Der Unfall bekam aber noch einen anderen positiven Aspekt. Bis dahin pflegten wir die gesamte Marillenernte selbst vom Baum zu holen und erst dann großteils zu verschenken. Es hatte sich sogar eingebürgert, dass wir Freunden, Bekannten und Verwandten die prall gefüllten Körbe und Taschen ins Haus trugen. Ganz Privilegierte kamen in den Genuss einer veredelten Form der Früchte, entweder als Marmelade oder „Marillennektar", einer likörartigen Spezialität von Renate.

Aber nach dem elementaren Ereignis im Garten änderten wir, zumindest für einen Sommer, die Gepflogenheiten. Angesichts der nun wesentlich bequemeren Möglichkeit, an die Marillen heranzukommen, fanden wir es nicht ungehörig, mehrere Freunde einzuladen, sich gleich von den Ästen und vor allem selber zu bedienen. Der niedergebrochene Baumteil trug mindestens 150 Kilo des köstlichen Steinobstes.

*

Das andere Ereignis trug sich an einem Gründonnerstag zu. In Pössnitz an der Alten Weinstraße nahe dem Grenzübergang Langegg ratterten am Vormittag zwei Planierraupen über einen gerodeten Weinhang. Eine herrliche Südlage, die der damalige Besitzer Roland Tscheppe rigolen ließ, um sie besser bearbeiten zu können. Die Schubraupen karrten Erdreich hin und her, und plötzlich stießen die Arbeiter auf einen Felsen im Boden. Sie sprengten ihn und versuchten dann, den frei gelegten, mannshohen Brocken mit einer Maschine zur Seite zu wälzen. Doch da machte der Stein sich selbständig und donnerte zu Tal. Der Hang ist an dieser Stelle rund siebzig Meter hoch, und an seinem Fuß führt eine Asphaltstraße vorbei, auf der man zum Grenzübergang Langegg gelangt. Unterhalb der Straße, rund vier Meter tiefer, liegt das Einfamilienhaus der Familie Cermenek.

An diesem Tag hielten sich Maria Cermenek, ihre Schwiegermutter gleichen Namens und ihr sechsjähriges Söhnchen Mario im Anwesen auf.

Der Bub spielte vor dem Haus, und zwar innerhalb eines Garagenrohbaues neben dem Wohngebäude. Das Gemäuer des Nebenobjektes war rund zwei Meter hoch, ein Dach war noch nicht errichtet worden. Mario kurvte mit seinem Spielzeugtraktor auf dem Betonboden hin und her, während die Mutter im ersten

Stockwerk mit dem Osterputz und die Oma in der Küche mit dem Backen eines Osterstriezels beschäftigt waren.
Plötzlich überkam das Kind ein Drang, es ließ das Kinderfahrzeug stehen und eilte die paar Stufen hinauf zum Haus, um ins Klo zu gehen.
In dem Moment, als der Bub den Spielzeugtraktor verließ, machte sich rund zweihundert Meter weiter der zehn Tonnen schwere Felsen selbständig. Machtlos und paralysiert mussten die beiden Arbeiter zusehen, wie der Riesenstein hinab kollerte, direkt auf das Haus unterhalb der Straße zu, wo Mario jetzt die Stufen hinaufstieg.
Unmittelbar vor der Fahrbahn, rund zehn Meter über dem Straßenniveau, prallte der Felsen gegen den Betonring eines Wasserreservoirs. Der Stein wurde dadurch abgelenkt, änderte die Sturzrichtung, donnerte auf den Asphalt, wo er zwei Löcher schlug, und rollte dann vorbei an einem Bildstock, den die Familie Cermenek errichtet hatte, auf den Garagenrohbau zu.
Mit ungebremster Wucht zertrümmerte er die straßenseitige Garagenmauer, auch die Nebenwände stürzten ein. Der Felsen kam erst fünfzig Meter weiter in einem Bachbett zum Stillstand. Wo Sekunden vorher der kleine Mario gespielt hatte, lagen jetzt ein Schutthaufen und unter diesem der zermalmte Plastiktraktor.
Zwei menschliche Regungen, einmal der Hunger, einmal ein dringendes Bedürfnis, hatten Schicksal gespielt und vermutlich Menschenleben gerettet.
Schon der griechische Denker Aristoteles hatte für ähnliche Ereignisse eine Definition parat: „Wenn im Bereich der Geschehnisse, die im strengen Sinn wegen etwas eintreten und deren Ursache außer ihnen liegt, etwas geschieht, das mit dem Ergebnis nicht in eine Deswegen-Beziehung zu bringen ist, dann nennen wir das ‚zufällig'." Um seine These zu veranschaulichen, führte er folgendes Beispiel an: Ein Pferd entgeht einem Unglück, weil es vorher aus dem Stall, der dann zusammenbricht, herauskommt. Es ist aber nicht herausgekommen, weil es dem Unglück entgehen wollte, denn es ahnte ja nichts von dem drohenden Unglück.

Deshalb könnte man sagen: „Das Pferd ist zufällig herausgekommen“. Das Ereignis in diesem Fall sei das Entgehen des Unglücks, die Ursache sei das Herauskommen. Zwischen den beiden gibt es keine „Deswegen-Beziehung“.

20. „Dich schick' ich um den Tod“

Dass Hunger – wie im vorigen Kapitel – mitunter zum Lebensretter werden kann, hat mir auch Justine Saler aus Leutschach bestätigt. Sie berichtete mir von einem der dunkelsten Kapitel unserer jüngsten Geschichte, vom Zweiten Weltkrieg und wie sie diesen am 17. November 1944 und danach bei einer abenteuerlichen Flucht-Odyssee wie durch ein Wunder heil überlebt hat.

„Tini“, wie die Freunde sie nannten, war seit Februar 1942 als Stubenmädchen im Schloss Trautenburg beschäftigt. Die damaligen Gutsbesitzer waren Anton Graf Ostrowski, dessen Vater Schlossherr in Greissenegg bei Voitsberg gewesen war, und seine Frau Kamilla, eine Verwandte der Grazer Süßwarendynastie des Franz S. Englhofer. Die Ostrowskis erwarben Trautenburg erst 1941, nachdem sie ihr Landgut in Galizien als „Umsiedler“ hatten verlassen müssen. „Wir haben viel arbeiten müssen im Schloss“, erzählte mir Tini, als ich sie in ihrem Haus am Ortsende von Leutschach besuchte. „Aber wir hatten es auch sehr lustig.“ Jeden Sonntag war sie mit Richard, Hermann, Otmar und Vigil „Gilli“ Bertolin, vier Burschen, die aus Südtirol nach Schlossberg umgesiedelt worden waren, und mit Gustl (August Muster von der Kren-Mühle) zusammen. Oft wurde im romantischen Schlosspark gefeiert oder zum „Polsterl-Tanz“ aufgespielt. Diesem beliebten Vergnügen frönte die Jugend meistens beim „Woazschälen“ (Kukuruzschälen). Ein Bursch oder ein Mädchen ging mit einem Polsterl im Kreis und legte es dann vor einer (oder einem) Auserwählten nieder, kniete darauf und bat um ein Busserl. Anschließend wurde eine Runde getanzt, und in der Folge startete die (oder der) Auserwählte zum nächsten Polsterl-Reigen. „Ich kann gar nicht sagen, wie schön das für uns war“, schwärmte eine andere Zeitzeugin, Anna Sopinger aus Großwalz, von derartigen Unterhaltungen in einer fernsehlosen Zeit.

Von den Kriegsereignissen war anfangs im Schloss jedenfalls kaum etwas zu merken. Doch 1944 wurde auch das friedvolle Rebenland im Süden der Steiermark vom Ungemach des Krieges und von dessem zerstörerischen Wahnsinn eingeholt.

Im Herbst 1944 besuchte Tini das Grab ihrer Großeltern in Kappel, dem heutigen slowenischen Kapla. Auf dem Heimweg wurde sie von Partisanen, die bereits damals immer wieder auf steirischem Gebiet ihr Unwesen trieben, hopp genommen und in einen von der Gruppe besetzten Bauernhof verschleppt. Die Tito-Kämpfer beschuldigten sie des Verrates, und vergeblich beteuerte die junge Frau ihre Schuldlosigkeit. Damals war zum ersten Mal ihr Schutzengel zur Stelle. Denn auf einmal tauchte ihr Großcousin Stefan Germuth (auch Garmuth geschrieben) in Partisanenuniform auf. Der junge Mann, dessen drei Brüder bereits zur deutschen Wehrmacht eingezogen worden waren, hatte sich versteckt, um nicht ebenfalls einrücken zu müssen. Er wurde aber von den Partisanen aufgestöbert und musste sich wohl oder übel dieser Kampftruppe anschließen. Als Tini ihren Verwandten sah, flehte sie ihn um Hilfe an, und tatsächlich ließen die Jugoslawen die Frau frei. „Wenn Stefan nicht zufällig da gewesen wäre, hätten die mich bis ins Bachern-Gebirge verschleppt", vermutete Tini.
Zum zweiten Mal stand ihr der Schutzengel am eingangs erwähnten 17. November 1944 bei. Der Schlossherr Anton Ostrowski, Jahrgang 1899, bekam manchmal russische Kriegsgefangene als Landarbeiter zugeteilt. An jenem Novembertag wurden die zwanzig Russen auf Weisung der deutschen Wehrmacht aus Trautenburg abgezogen und um sieben Uhr Früh ins Gefangenenlager nach Wagna überstellt. Der Abmarschbefehl hat auch einigen von ihnen vermutlich das Leben gerettet.
Denn an diesem sonnigen, milden November-Freitag kam es zur Katastrophe. Im Schloss lebte damals neben dem gräflichen Ehepaar die 69-jährige Tante des Besitzers, Eugenie Ostrowski, die aus München zugezogen war, weil ihre dortige Wohnung zerbombt war. Sie hatte auch ihre Gesellschaftsdame Else Schmidt aus Bayern mitgebracht.
Das heimische Schlosspersonal wohnte in den Gesinderäumen: Köchin Margareta „Grete" Oblonschek, Jahrgang 1919, Hausgehilfin Angela Gritschnig, Jahrgang 1925, und Stubenmädchen Tini, die damals Germuth hieß.

Schlossherrin Kamilla Ostrowski war an diesem Tag nach Leibnitz und Graz gefahren, um Besorgungen für ihren Mann zu erledigen. Else Schmidt wurde am Vormittag von Eugenie Ostrowski zur Post nach Leutschach geschickt. Sie sollte nachsehen, ob endlich ein Brief ihres Sohnes, der in Peru lebte, eingelangt war. Eugenie selber lag krank zu Bett. Und Tini war ebenfalls im Ort unterwegs, um im Fleischerladen und beim Bäcker einzukaufen und die Post zu holen.

„Beim Fleischhauer hab ich so lang warten müssen", schilderte sie. Als sie zurück ins Schloss kam und die Lebensmittel ablieferte, wurde sie von der Köchin Grete gerügt: „Wo warst du so lang? Dich schick' ich um den Tod, dann lebe ich ewig!"

Kaum eine halbe Stunde später war die Köchin tot.

Seit 1942 flogen auch US-Bomber Angriffe auf Ziele im Nazi-Reich. Am 10. September 1944 erlebte Wien den ersten schweren Luftangriff durch US- Langstreckenbomber vom „Typ North American P-51". Ab diesem Zeitpunkt wurde im Rundfunk der „Kuckucksruf" eingeführt. Wenn Bomber im Anflug waren, wurde die Sendung mit dem Warnsignal unterbrochen. Seit Herbst 1944 boten endlich alle sechs Wiener Flaktürme der Zivilbevölkerung Schutz vor Bomben. Bis zu 30.000 Menschen fanden in diesen Betonburgen Platz. Ein besonders heftig bombardierter Ort war Wiener Neustadt, wo die Nazis ein Flugzeugwerk betrieben. Bis Kriegsende blieben nur 18 Häuser der Stadt von Bombentreffern verschont. Kommandant der 8. US-Luftflotte, die meist tagsüber österreichische Ziele in Schutt und Asche legte, war ab 1944 der ehemalige amerikanische Boxmeister James H. Doolittle (1896 – 1993).

An jenem 17. November 1944 zog gegen elf Uhr Vormittag eine amerikanische Bomberstaffel von der Weststeiermark eine Spur der Verwüstung Richtung Süden. In der Höhe von Eichberg scherte ein Pilot aus und steuerte seine Maschine Richtung Schlossberg. Der damals neunjährige Erwin Lamprecht beobachtete das Flugzeug von seinem Heimathaus in Eichberg aus und bemerkte, wie es gefährlich dröhnend Kurs auf das Schloss Trautenburg nahm.

Tini war in die Waschküche geeilt, um warmes Wasser zu holen, denn wie an jedem Wochenende war Großputztag im Schloss angesagt. Auch Hausgehilfin Angela und die Köchin hielten sich im Waschraum auf. „Ich hab meinen Kübel genommen und bin gleich hinauf gegangen", erzählte die Zeugin. „Denn ich hab Hunger verspürt und mir gedacht, es ist eh schon elf Uhr, gehst in die Küche was jausnen." Erst später sollte sie erfahren, dass Angela und Grete, ihre beiden Kolleginnen, ebenfalls die Waschküche verlassen hatten und mit einem Sack Maismehl die Treppe hochgestiegen waren, um das Mehl in der Vorratskammer zu deponieren. Vor der Küche stellte Tini ihren Eimer ab, da begann die Sirene zu heulen – Fliegeralarm. „Ich hab mich unter einen Türstock gestellt, im nächsten Moment sind schon die Bomben gefallen." Das Inferno dauerte mehrere Minuten. Von der Decke und von den Mauern fiel Verputz, die Fensterflügel wurden aus den Angeln gerissen, die antiken Waffen, die entlang der Gänge als Dekorobjekte an den Wänden hingen, wurden durch die Luft gewirbelt, auf dem Boden lag Schutt, und über allem hing eine Staubwolke.

Die Bombenexplosionen hörte auch der kleine Zeuge Erwin Lamprecht. Und er sah, wie nach dem Furcht erregenden Getöse eine riesige Staubwolke aus dem Schloss Trautenburg aufstieg. Auch die damals zehnjährige Judith Muster, die mit dem Fahrrad von der Hauptschule Arnfels Richtung Leutschach heimwärts strampelte, wurde Zeugin des Bombardements. „Es hat vielleicht zehn Minuten gedauert", erzählte sie mir. Ein Schulfreund, der ihr aus Leutschach entgegenkam, meinte, der Lärm sei von der Flak verursacht worden, die auf dem Hohenegg-Hügel einen Stützpunkt hatte. Doch als Judith ein Stück weiter radelte, ahnte sie bereits das Ausmaß der Katastrophe: Das Dach des Schlosses war eingestürzt, aus der Ruine stieg eine Staub- und Rauchsäule zum Himmel. Übrigens: Judith und der zweite kindliche Zeuge des Bombenangriffs auf Schloss Trautenburg, Erwin Lamprecht, wurden später ein Ehepaar.

Judith war schon am Gründonnerstag 1944, also einige Monate zuvor, Zeugin eines Fliegerangriffs über Leutschach geworden.

Damals schossen deutsche Jagdflieger einen amerikanischen Bomber ab, und dessen Insassen versuchten sich per Fallschirm zu retten. Auch Josef Narat aus Pössnitz beobachte als knapp Achtzehnjähriger das Drama am Himmel. In rund 300 Meter Entfernung donnerten im Tiefflug zwei deutsche Jagdflugzeuge an ihm vorbei, zogen eine Schleife nach oben und nahmen die US-Maschine ins Visier. Narat sah einen Feuerball, wenig später schwebten drei weiße Fallschirme zu Boden. Ein Amerikaner landete nahe dem Kreuzwirt Tscheppe, ein anderer in einem Weingarten in Glanz und ein dritter in der Nähe eines Gehöftes. Dieser Pilot geriet in Gefangenschaft, als er seinen Fallschirm in einem Misthaufen verscharren und dann untertauchen wollte, die zwei anderen kamen ums Leben. Einer davon wurde beim Aufprall auf einem Weingartenpfahl aufgespießt. Josef Narat erinnerte sich: „Jemand, der als erster zu ihm gekommen ist, hat gesehen, dass der Amerikaner einen goldenen Ring trug. Er hat den Finger weg geschnitten." Fassungslos schütteln wir heute über so viel Brutalität den Kopf. Angestachelt durch die Grausamkeiten des Krieges und die Menschen verachtende Rohheiten des Nazi-Regimes hatten sich damals auch manche Zivilpersonen von der um sich greifenden Barbarei infizieren lassen.
An jenem unglücklichen 17. November rannte Tini, die mit einer Blessur am Kopf davongekommen war (ein herabstürzender Bilderrahmen hatte sie gestreift) zurück zur Stiege, aber da war nichts mehr, nur gähnender Abgrund. Eine von drei Bomben, die das Schloss trafen, hatte den halben Südtrakt mitsamt der Stiege und dem Rundturm in Schutt und Asche gelegt.
Graf Ostrowski war während des Bombardements in seinem Büro im Osttrakt gesessen und hatte ein Blatt in die Schreibmaschine eingespannt, um Ersatz für die Russen zu urgieren, die nun in der Landwirtschaft fehlten. Er kam Tini entgegengelaufen: „Wo sind die anderen?", schrie er in Panik. Entsetzt bemerkten die beiden, dass jener Raum über dem Schlossportal, wo Ostrowskis Tante Eugenie im Bett gelegen war, ebenso wie der Salon und das Zimmer von Else Schmidt nicht mehr existierten.
Ortsbewohner, die zu Hilfe eilten, bargen die Überlebenden, den

Graf und Tini, über eine Leiter.
Erst vier Tage später stieß man bei Aufräumarbeiten unter zwei Meter Schutt auf die Köchin Grete und die Hausgehilfin Angela. Sie lagen Arm in Arm auf dem Gang, direkt vor der Tür, die einst zum Salon von Eugenie Ostrowski geführt hatte. Nach dem Sirenenalarm hatten sie offensichtlich unter diesem Türstock gemeinsam Schutz gesucht und waren dabei nichts ahnend ins Zentrum des Schreckens getreten. Von Eugenie Ostrowski wurden hinterher bei den Aufräumarbeiten nur winzige Körperteile gefunden. Die Bombe hatte ihr Krankenbett voll getroffen.
Tini, damals 19, holte man später zur Agnoszierung der beiden toten Schlossbediensteten. „Das kriegst, so lang du lebst, nicht aus den Augen", beschrieb sie 65 Jahre später diese Narben der Erinnerung.
Warum die Amis ausgerechnet Schloss Trautenburg so heftig bombardiert haben, blieb ein Rätsel. Eine wehrmachtliche Funktion hatte das Schloss erst danach in den letzten Kriegsmonaten. Da richtete die 34. Panzerdivision auf dem Rückzug im Meierhof des Schlosses eine Panzerwerkstatt ein. Ständig hielten sich acht bis zehn Soldaten im Gebäude auf und reparierten Kettenfahrzeuge. Manchmal durfte Tini, von den meisten Landsern angehimmelt, auf den Probefahrten mit dabei sein. Ihr liebenswürdiges Wesen ermutigte Monate später sogar einen deutschen Soldat, ihr auf der Flucht einen Heiratsantrag zu machen.
Gegen Kriegsende verließen Anton Ostrowski (mit mehreren geschnürten Bündeln) und Tini (mit einem einzigen Köfferchen) Leutschach, um sich Richtung Altaussee durchzuschlagen, wohin schon vorher Gräfin Kamilla geflüchtet war. Züge verkehrten nicht mehr, und Privatfahrzeuge besaß kaum noch jemand. Ein Wehrmachts-Lkw nahm die beiden mit. Das Schicksal zeigte auch diesmal Familiensinn: Auf der Pack winkte ihnen plötzlich eine Frau hektisch am Straßenrand zu: Marianne Liebl, eine Cousine der Gräfin, wartete mit viel Gepäck auf eine Fahrgelegenheit. Sie war aus Graz, weil die Stadt immer wieder Ziel von Bombenangriffen war, nach Edelschrott geflüchtet und wollte sich ebenfalls ins vermeintlich sichere Ausseerland absetzen. Jetzt

ratterten sie zu dritt auf der Lkw-Ladefläche bis Judenburg. Dort war vorerst Endstation, und die Drei mussten zu Fuß weiter. Am Vormittag des 9. Mai jaulten erneut die Sirenen auf, amerikanische Jagdflieger nahmen die Rückzugskolonnen der Deutschen unter Feuer. Im Murtal war den drei Flüchtlingen ein glücklicher Zufall gnädig, den wieder Tinis Schutzengel eingefädelt zu haben schien: Der Fahrer eines Heeres-Lkws stoppte beim Anblick der Zivilisten. Der Soldat, einst im Schloss als Panzer-Mechaniker tätig, hatte Tini erkannt. Die Landser auf der Ladefläche rückten zusammen, aber nur stockend ging 's weiter. Bis Murau war der Lkw eine Woche unterwegs. Zum Glück war auch die Feldküche der Heereseinheit auf dem Rückzug, so dass die Flüchtlinge wenigstens mit warmer Suppe versorgt wurden.

Unterwegs hatten die Soldaten irgendwo ein lebendes Schwein zur Aufbesserung ihres kargen Speisezettels requiriert, das ebenfalls auf den Lkw verfrachtet wurde. Prompt knabberte das hungrige Tier eines Nachts ganz ungeniert am Fuß von Anton Ostrowski, so dass der Graf mit schmerzhaften Wunden und mit Tini und der Verwandten aus Graz vor dem nächsten Feldlazarett bei Ramingstein abgeladen werden musste.

In Tamsweg war auch für die Rückzugseinheiten die Fahrt zu Ende, britisches Militär nahm die ersten deutschen Truppen gefangen und entwaffnete sie. Am Straßenrand türmten sich Berge von Gewehren, Pistolen, Handgranaten und Munition. Schon unterwegs, so erinnerte sich Tini, hatten die Deutschen Unmengen von Waffen in der Mur versenkt.

Zwischen Mauterndorf und Maria Pfarr wurde der Rest einer ganzen deutschen Heeresdivision in einem von den Engländern bewachten Zeltlager untergebracht. Die drei Zivilisten wurden in Gröbendorf im Hühnerstall eines großen Bauernhofes einquartiert, wo die britischen Offiziere die Wohnräume in Beschlag genommen hatten. Groß war die Freude, als der Graf und Tini den Namen des Bauern hörten: Er war der Cousin des Pfarrers ihrer Heimatgemeinde Leutschach, Johann Stoff.

Die Flüchtlinge aus der Südsteiermark und aus Graz halfen in der Folge bei der Feldarbeit und beim Butterrühren und wurden

ausreichend verpflegt, manchmal sogar von den gefangenen Deutschen, die, obwohl selbst nur dürftig versorgt, immer wieder Essen brachten. Denn unter den Soldaten der 34. Panzerdivision, die früher im Schloss Trautenburg stationiert waren, hatte es sich bald umher gesprochen, dass der Schlossherr und die von allen verehrte Tini sich im Nachbarort aufhielten.
„Eines Tages ist auch Otto Perzau, er stammte aus Torgau, zu uns gekommen", erzählte Tini. „Er hat mich gefragt: Tini, hast du deine Papiere mit? Warum, frag ich. Er hat mit seinem Chef gesprochen, sagt er, und wir könnten sofort heiraten. Er nimmt mich mit nach Deutschland. Sogar einen Ehering hatte er schon besorgt. Bist du verrückt, hab ich gesagt. Du bist hier in Gefangenschaft. Das geht nicht. Ich weiß, hat er gemeint, du magst mich nicht, weil ich kein ganzer Mensch bin. Er hatte einen Bauchschuss erlitten und nur noch einen Teil des Magens. Aber er war ein lieber Kerl."
In seinem Heimatort, der Kleinstadt an der Elbe, in der auch Martin Luther einst gewirkt hatte und wo dessen Witwe 1552 gestorben war, kam es übrigens wenige Tage vorher, am 25. April 1945, zu einer historischen Begegnung. Amerikanische und sowjetische Truppen, beide aus dem Westen und Osten im Vormarsch, trafen dort aufeinander. Heute noch erinnert ein Denkmal an der Elbebrücke an dieses Zusammentreffen der Alliierten. Ob Otto Perzau jemals aus der Gefangenschaft in seine Heimatstadt zurückgekehrt ist, konnte Tini nicht sagen. Sie hat nie mehr von ihrem Verehrer gehört und später den Zollwachebeamten Paul Saler geheiratet.
In Gröbendorf erstand Tinis Arbeitgeber Graf Ostrowski nach einigen Tagen ein Pferd und einen alten Karren, um damit die Flucht ins Ausseerland fortzusetzen. Doch als einer der Panzersoldaten den drei Flüchtlingen anbot, wieder in einem Lkw mitzufahren, mit dem die Deutschen als Gefangene bis Radstadt gelangen sollten, blieben Gaul und Fuhrwerk in Gröbendorf zurück. Ab Radstadt verkehrten wieder Züge, und die Briten transportierten die Gefangenen auf der Schiene weiter. Ostrowski und die beiden Frauen nächtigten in Zelten und auf Gasthauspritschen,

bis sie einen passenden Zug Richtung Bad Aussee entdeckten. Im Bahnhof Radstadt schloss sich ihnen eine Wehrmachts-Krankenschwester an, die ebenfalls Bad Aussee zum Ziel hatte. Sie war die Nichte des damals schon berühmten Komponisten Peter Kreuder und wollte zum Onkel. Der damals 40-jährige Musiker war von der Front zurückgekehrt und hatte in Altaussee Unterschlupf gefunden.
Vom Bahnhof Bad Aussee marschierte der Graf nunmehr mit drei Frauen im Schlepptau vier Kilometer nach Altaussee, wo er im Haus der Adelheid Köberl endlich seine Gemahlin Kamilla in die Arme schließen konnte.
Schloss Trautenburg wurde zwei Tage, nachdem der Graf und Tini es verlassen hatten, von einer bulgarischen Einheit und anschließend von Tito-Partisanen besetzt. Sie übten in Leutschach und Umgebung ein blutiges Schreckensregiment aus. Am 22. Mai holten sie zum Beispiel aus dem Krankenrevier in der ehemaligen Klosterschule Leutschach (heute ist es die örtliche Hauptschule) 41 verwundete Wehrmachtsoldaten und Ustascha-Kämpfer ab, verluden sie auf einen Lkw und täuschten vor, sie ins Spital nach Marburg zu bringen. Doch kaum zwei Kilometer weiter, in einem Waldgraben nahe dem heutigen Weingut Erwin Sabathi, wurden die Verwundeten abgeladen, erschossen und verscharrt.
Ludmilla Sabathi, die Großmutter des heutigen Topwinzers Erwin Sabathi, war Zeugin des Verbrechens. Sie trug ihren kleinen Sohn Erwin (den späteren Vater des Erfolgswinzers) am Arm, als ein Lkw Richtung Waldgraben fuhr. Die Bordfläche war vollgestopft mit Menschen, die Wundverbände an Kopf, Armen und Beinen trugen. Wenig später hörte Ludmilla Sabathi mehrere Schusssalven. Die schon oben erwähnte Judith Muster (vermählte Judith Lamprecht) wohnte in der Nähe des Tatortes und erinnert sich: „Ich bin zwei oder drei Tage danach mit Leuten, die am Feld gearbeitet haben, hingegangen. In einem Bachbett war das Wasser rot vom Blut. Dann haben wir drei Hügel entdeckt, es waren Berge mit lauter Leichen, die nur spärlich mit Erde bedeckt waren. Aus den Erdhügeln haben Füße und Fersen her-

aus geragt. Es war ein schauriger Anblick.“ Die Opfer wurden Tage darauf mit Ochsenkarren in den Ortsfriedhof gebracht und in einem Massengrab beerdigt. 1952 wurden sie in Leutschach exhumiert und in den Grazer Friedhof Sankt Peter geführt.
An das Verbrechen unmittelbar nach Kriegsende erinnert heute noch ein Mahnmal in der Nähe des Weingutes Sabathi.
Partisanen verwüsteten auch das Schloss Trautenburg, im abseitig liegenden Weinkeller zerschossen sie die Fässer und plünderten die Flaschenvorräte. Nach einem Zwischenstopp russischer Truppen besetzte Ende Juli 1945 britisches Militär das Bauwerk aus dem 16. Jahrhundert. Jetzt erst wagten sich die Ostrowskis mit Tini zurück in ihr Haus, und es kehrte kurz so was wie Nachkriegs-Normalität ein. Aber Tinis einstmals beglückende jugendliche Unbeschwertheit wich nun mit jedem Schritt auf der neu errichteten Treppe einem beklemmenden Unbehagen und einer tiefen Trauer. Immer wieder hatte sie das Bild ihrer beiden Freundinnen vor Augen, die Hand in Hand geflüchtet waren – in den Bombentod.
Schon die britischen Besatzer, die ab Ende Juli 1945 im Schloss einquartiert waren, klagten über seltsame Spukphänomene im Haus und verlegten nach einer unruhigen Nacht ihr Schlaflager in die Mannschaftszelte vor dem Gebäude. Auch Gräfin Kamilla Ostrowski erzählte über merkwürdige, ihr unerklärliche Vorkommnisse im Schloss. Tini, die ab 1945 meistens in Graz und Altaussee arbeitete, merkte freilich nichts von unheimlichen Erscheinungen. Für sie war die Erinnerung an den Bombentod ihrer Kolleginnen gespensterhaft genug.
Der nachmalige Schlossbesitzer Dr. Herbert Rauch-Höphffner, ein ehemaliger Nationalratsabgeordneter und Langzeit-Bürgermeister von Laxenburg, war bis zu seinem Tod ebenfalls überzeugt, dass es in Trautenburg geisterte. Manches Mal wollte der Nachfahre der steirischen Markgrafen Schritte im Obergeschoß gehört haben, obwohl sich dort niemand aufhielt. Ein anderes Mal wunderte er sich (wie wir es auch schon im Kapitel 2 gehört haben) über quietschende Fensterläden, obwohl diese geschlossen waren. Einmal, so schilderte er 2004, sah er eine junge Frau

mit grauem Umhang aus einem Schrank steigen. „Die Gestalt blickte mich an, und ich dachte zuerst, es sei meine Frau. Ich griff hin, doch ich griff ins Leere." Die Erscheinung verschwand angeblich geräuschlos und spurlos durch eine Mauer. Im Schloss, so meinte er, seien die guten Seelen ihm unbekannter Verstorbener gegenwärtig. 1999 ließ er an der Schlossmauer eine Gedenktafel für die insgesamt drei Bombenopfer enthüllen. Doch auch hinterher, so berichtete mir sein Sohn Herbert II., wollte Dr. Rauch-Höphffner, sonst ein eher realitätsbezogener Charakter, immer wieder spukhafte Erscheinungen und ein unheimliches Rumoren im alten Gemäuer wahrgenommen haben. Eine seltsame Beobachtung schilderte mir auch Stefan Wabnig, der Sohn unserer Freundin Edeltraud Wabnig aus Remschnigg. Als er, etwa 14-jährig, am Beifahrersitz im Auto der Mutter am Schloss vorbeifuhr, erblickte er hinter einem Fenster beim Schlossbalkon eine ganz in Weiß gekleidete Frau. Er machte sofort seine Mutter auf die Erscheinung aufmerksam, doch Traude dachte an ein Hirngespinst des Buben und fuhr weiter. Weder sie noch ihr Sohn hatten bis dahin von Spukphänomenen im Schloss gehört. Als sie mit einer Freundin zufällig auf die Beobachtung Stefans zu reden kam, erinnerte diese sich: Auch ihre Bekannte, die Wirtin gegenüber vom Schloss, hatte im selben Jahr wie Stefan (2003) eine weiße Frauengestalt in einem Fenster des Gebäudes gesehen. Schlossherr Herbert II. Rauch-Höphffner, dem ich von diesen Zeugen berichtete, betonte, eine Frau ganz in Weiß habe sich nie im Schloss aufgehalten, er blieb skeptisch. Immerhin, so erinnerte er, führe die Dynastie der Rauch-Höphffner einen fünfzackigen Drudenfuß im Familienwappen, der unruhige Geister fernhalten soll.

Jahrgang 1823

21. Verborgene Schätze

Die beiden Maurer, die am Kogelberg bei Leibnitz mit dem Umbau des dortigen Winzerhauses beschäftigt waren, erschraken, als sie, mit Spitzhacke und Schlägel bewaffnet, eine alte Ziegelmauer niederrissen. Glas klirrte unter der umgestürzten steinernen Last. Als sich der Staub legte, kamen etliche unansehnliche Flaschen zum Vorschein, die in dem zugemauerten Verschlag aufgeschlichtet gewesen waren. Die Arbeiter nahmen eine der heil gebliebenen Bouteillen zur Hand, sie enthielten offenbar Trinkbares, denn sie waren mit Korken verschlossen. Die geeichten Biertrinker öffneten eine und eine zweite Bouteille und kosteten vorsichtig. „Nein, geschmeckt hat der Wein nimmer", berichtete einer der Maurer später seinem Bekannten Sepp Albrecht, dem er zwei Flaschen mitbrachte. Albrecht entzifferte mühsam die Reste eines Etiketts und entdeckte die Jahreszahl 1923. Das war nach Meinung von Experten ein „überragender Weinjahrgang" gewesen. In Österreich erntete man in diesem Jahr 820.000 Hektoliter, also eine relativ bescheidene Menge, und so ist es nachvollziehbar, dass die damaligen Weingut-Verantwortlichen den guten Jahrgang in Flaschen füllten und aufhoben. In Sorge um ihre Weinschätze hatten sie diese in dem rund 350 Jahre alten Winzerhaus, das seit 1924 der Steiermärkischen Sparkasse gehört, vor Kriegsende einmauern lassen.
Dem Jahrgang 1923 war zwar das Schicksal etlicher Vorkriegsweine, die von den Partisanen und Russen bei Saufgelagen dezimiert oder mutwillig ausgeschüttet wurden, erspart geblieben, aber ihnen widerfuhr mehr als ein halbes Jahrhundert nach Kriegsende ein ähnliches Los: Der Schatz wurde von den Bauarbeitern mit dem Bauschutt entsorgt, ohne dass die neuen Wirte vom Kogelberg über den sensationellen Fund informiert wurden.
Als ich einige Jahre später Sepp Albrecht fragte, wie denn der Kultjahrgang 1923 gemundet habe, musste er passen. Er hatte noch keinen Schluck davon probiert.
Heute zählt das Winzerhaus Kogelberg mit der prachtvollen Panorama-Aussicht über das idyllische Sulmtal zu den besten

Restaurants des Landes. Ein schwärmerischer Gast bezeichnete es sogar als „Taj Mahal der gediegenen Wirtshauskultur“. Kein Wunder, schwingt doch in der Küche Peter Mosser, der erste Haubenkoch südlich des Semmering, das Zepter, und sein kongenialer Partner heißt Klaus Zechner, einer der kundigsten Weinkenner Österreichs.
Weitblickende Weingutbesitzer griffen in Kriegs- und Krisenzeiten immer wieder zu Kelle und Mörtel, um ihre kostbarsten Gewächse einzumauern und vor ungebetenen durstigen Kehlen zu schützen. Ein solcher kluger Mann war auch Kellermeister Josef Grünbauer, Jahrgang 1914, aus dem Bischöflichen Weingut Schloss Seggau bei Leibnitz. In dem fast hundert Meter langen Gewölbe ruhen einige der ältesten Tropfen der Steiermark. Ursprünglich waren es Jahrgänge, fast geschlossen zurück bis 1927. Dass sie die Nachkriegzeit überdauerten, ist dem erwähnten Kellermeister zu danken. Josef Grünbauer, der auch ein virtuoser Zitherspieler war, stapelte, bevor die Russen einfielen, die alten Bestände in den riesigen Holzfässern, die links und rechts im Weinkeller aufgereiht sind. Als die ersten fremden Soldaten aufkreuzten und auf die Fässer klopften, klangen diese nicht voll. Die Russen mussten annehmen, dass die Behälter nicht befüllt waren. Die meisten Plünderer und Vandalen zerschossen – wie im Schloss Trautenburg – meistens nur die vollen Fässer. Als der Spuk vorbei war, ließ Grünbauer die Weinschätze in einer Zisterne verstecken, die, nur über eine Leiter erreichbar, in einen zweiten, kleineren Keller führt. Die aufklappbare Tür beachtet kaum jemand, der nicht Bescheid weiß. Bis 2001 hortete man in diesem Flaschenverlies auch noch eine Bouteille 1927-er, einen ganz vorzüglichen Jahrgang. Dann bekam sie der scheidende Grazer Diözesanbischof und Hausherr von Schloss Seggau, Johann Weber, als Abschiedsgeschenk (es war sein Geburtsjahrgang). Acht Jahre später wollte ich bei Bischof Weber anfragen, wie der Wein gemundet habe, da sagte mir seine Wirtschafterin, der Altbischof sei kein Weinkenner und Weinkonsument, er habe die Flasche noch gar nicht geöffnet.
Je älter ein flüssiger Schatz, umso höher scheint also die Hemm-

schwelle, ihn zu konsumieren. Denn zum Unterschied von herkömmlichen, nicht zum Verzehr verurteilten Schätzen wie Gold und Geschmeide ist eine Flasche Wein, einmal geöffnet und getrunken, ein für allemal unwiederbringlich fort und passé.
An den legendären Kellermeister vom Schloss Seggau, der 1973 nach einer Darmkrebserkrankung in den Ruhestand trat und 1983 starb, erinnerte sich noch viele Jahre später der steirische ÖVP-Politiker Hermann Schützenhöfer, Jahrgang 1952. Er war seinerzeit als Zwanzigjähriger im Gefolge des damaligen Landeshauptmann-Stellvertreters Franz Wegart im Schlosskeller zu Besuch. Schützenhöfer, ebenso wie Grünbauer ein gebürtiger Niederösterreicher aus der Buckligen Welt, war fasziniert vom „alten Kellermeister Grünbauer", der, mit einem Weinheber in die Fässer tauchend, den Besuchern die besten Tropfen des Bischöflichen Weingutes einschenkte. Damals ließ Schützenhöfer es sich nicht träumen, dass er selber einmal das Amt eines steirischen Vize-Landeschefs bekleiden würde. Auch Grünbauers Tochter Christa erinnert sich gerne an die Zeiten, als sie als Schulmädchen dem Vater beim Etikettieren des „Schloss-Rieslings" helfen durfte und immer wieder interessante Leute zu Besuch kamen. Zum Beispiel der damalige Pfarrer von Kitzeck, der noch mit einem Ochsenkarren anreiste, um Messwein und andere Schlosskellerprodukte mitzunehmen. Er gönnte sich meistens eine Rast unter den Nussbäumen auf der Schlosswiese, bestellte zwei Gläser Wein, weil er, wie er sagte, noch einen Kollegen erwarte, und holte, was Christa am meisten beeindruckte, jedes Mal ein trockenes Weckerl aus dem Hosensack, um es genüsslich zum Wein zu verzehren. „Weckerl-Pfarrer hab ich ihn immer genannt", erzählte sie mir. Doch jedes Mal, nachdem der geistliche Herr die beiden Weingläser bestellt hatte, ließ sich der erwartete Besucher nicht blicken, und der Herr Pfarrer musste sich auch für das zweite Glas opfern. Gewohnt hat Kellermeister Grünbauer mit Frau Anna und Töchterchen im Gebäude gegenüber dem Kellereingang, und manchmal, wie einmal zu Weihnachten, war es in dem nur mühsam beheizbaren Gemäuer so frostig, dass die Familie am Heiligen Abend es vorzog, im Freien

auf und ab zu gehen, um sich durch Bewegung aufzuwärmen.
Josef Grünbauer war 1944 nach dem Hinweis eines Freundes in die Schlosskellerei eingetreten und hatte unter drei Bischöfen gedient: unter dem letzten Fürstbischof Österreichs, Dr. Ferdinand Stanislaus Pawlikowski (1877 – 1956), unter Dr. Josef Schoiswohl (1901 – 1991) und unter Dr. Johann Weber, der 1969 zum Bischof der Diözese Graz-Seckau ernannt wurde und 2001 die Leitung des Bistums dem promovierten Juristen Dr. Egon Kapellari übergab, den Weber übrigens 1961 in Graz zum Priester geweiht hatte.
Unter Kapellari und dessen Schloss-Verwalter Direktor Magister Hans Ranz hat sich das Schloss zu einem Treffpunkt auch internationaler Persönlichkeiten entwickelt. Mit 88 Zimmern, 173 Betten und einem modernen Kongresszentrum war Seggau bereits Tagungsort für EU-Umweltminister oder Sicherheitschefs aus aller Welt. Der russische Sicherheitsdirektor kam mit einem ganzen Tross von Gefolgsleuten, das gesamte Areal musste hermetisch abgeriegelt werden. Und für alle Tagungsteilnehmer wurden Kellerführungen und stimmungsvolle Gratisverkostungen im Kellergewölbe angeboten. Auch die russische Delegation war von den Weinen begeistert. So ändern sich die Zeiten.
Seit den Neunzigerjahren des vorigen Jahrhunderts werden in der Seggauer Schlossvinothek übrigens wieder pro Jahrgang und Sorte Dutzende Flaschen zur Seite gelegt.
Um die Jahrhundertwende war der Südsteirer Dietmar Silly Weingutchef im Schloss Seggau. Er hat praktisch alle Flaschen des Altbestandes geöffnet, verkostet, mit dem gleichen Wein aus anderen Bouteillen aufgefüllt und neu verkorkt. Ein Riesling 1935 sei noch „gigantisch gut“ gewesen, schwärmte Silly. Eine Flasche vom selben Jahrgang fand man übrigens bei Sanierungsarbeiten in der Zisternenmauer. Ein beigelegter Zettel verriet das Alter des Rieslings. Dass der Wein überlebte, führte man im Schloss auf die vier bis fünf Meter dicken Gemäuer zurück, die eine konstante Temperatur von acht bis zwölf Grad garantieren.
Silly wechselte später in die Tourismusbranche und gründete das Unternehmen „Pures Leben“, das unter dem Motto „Luxus des

Einfachen“ Urlaubsgästen Wohlfühl-Ferienhäuser mit kuscheligem Wohnkomfort anbietet.
Direktor Ranz, der 1980 zum Diakon geweiht worden war und ab 1992 die Geschicke des Bischöflichen Schlossgutes segensreich leitete, starb Ende 2009 völlig unerwartet und erst 66-jährig. Mit ihm, so würdigte Diözesanbischof Egon Kapellari den Verstorbenen beim Begräbnis, „hat Schloss Seggau einen Teil seiner Seele verloren“.
Für ewige Zeiten eingemauert ist wohl auch eine Flasche Sauvignon blanc aus dem (weinbezogen) „sehr guten“ Kriegsjahr 1942 im Gamlitzer Schloss Melcher. Zwischen 1940 und 1945 arbeiteten hier zwei französische Gefangene. Unter anderem pflanzten sie auf der Riede Sonneck oberhalb des Familiensitzes, wo nunmehr Juniorchef Arnold Melcher sein Refugium eingerichtet hat, neue Reben. Einer der beiden Franzosen, Auguste Dezalleux aus Le Boulay, gestand ein halbes Jahrhundert später dem Schlossherrn Siegfried „Fritz“ Melcher, er habe damals, weil ihm der Wein so gut schmeckte, eine Flasche für sich im Lehm eingegraben, aber nach Kriegsende nicht mitgenommen. Die Bouteille ruht noch immer im Boden. Der wurde nämlich 1990, anlässlich des Kellerumbaues für die Landesausstellung über Wein, zubetoniert.
Ebenfalls vergraben – aber im Gegensatz zur Flasche im Schloss Gamlitz für die Nachwelt erhalten – wurde 1945 der Weinschatz aus den Beständen des Heinrich Graf Woracziczky. Der aus Polen stammende Adelige betrieb in Langegg, nahe der heutigen slowenischen Grenze, ein Weingut. Franz Tscheppe betreute die Rieden auf den Südhängen des berühmten Czamillonberges und den Weinkeller. Noch vor Kriegsende ließ Woracziczky die Sammlung gereifter Weine in sein Sommerschloss Finkenegg bei Wildon transportieren. In Langegg wären die altehrwürdigen Kostbarkeiten unweigerlich Beute der Partisanen oder der Russen geworden. In einem Wald nahe dem Schloss Finkenegg, der Karnerhof genannt wird, wurden die in Kisten verpackten Weine vergraben. Erst nachdem die Russen wieder abgezogen waren, feierten die Flaschenvorräte, lauter tolle Jahrgänge ab 1918,

eine „Auferstehung“ aus ihrem „Grab“ und wurden im Schlosskeller von Finkenegg verwahrt. Einige Jahre nach dem Tod des Grafen verkaufte seine Tochter Eugenie Ottenbacher den flüssigen Schatz an den Weinfreund Herbert Hirtner aus Wildon. Immer wieder stellte Hirtner später Flaschen für Raritätenproben zur Verfügung, und jedes Mal gab es euphorische Kommentare der Verkoster über die Haltbarkeit des südsteirischen Weines. Anlässlich des ersten Sauvignon-Weltkongresses in Graz wurde 2008 ein Sauvignon blanc 1949 aus der Woracziczky-Sammlung geöffnet, von dem noch heute die führenden Sauvignon-Produzenten der Welt, damals in Graz versammelt, schwärmen. Und auch ein Ruländer 1938 vom legendären Czamillonberg sorgte vor wenigen Jahren bei einer Weinprobe in Wien für standing ovations unter internationalen Weinjournalisten.

22. Das Gold von Schmirnberg

Die Ruine Schmirnberg in Schlossberg, früher auch Schmierenberg oder Schmiernberg genannt und geschrieben, zählt zu den Geheimnis umwitterten Bauwerken im Süden der Steiermark. Und wie so oft, wenn Burgen und Schlösser dem Landvolk verschlossen und unzugänglich erschienen, ersann es Legenden und Mythen über dort vermutete und verborgene Schätze. So erinnerte sich mein steirischer Nachbar Anton Lamprecht, Jahrgang 1918, an eine Schmirnberg-Sage in seinem Schulbuch. Einem Hirtenknaben, der in der Nähe der Burg das Vieh gehütet habe, sei eine Frau erschienen, die ihn bat mitzukommen. Sie werde ihm zu Wohlstand verhelfen, versprach sie. Sie führte ihn in einen finsteren Gang der Burg und zeigte ihm drei mit Gold gefüllte Truhen. Allerdings wurde der Schatz von drei Hunden bewacht. Als der Bub danach greifen wollte, knurrten die Vierbeiner und fletschten die Zähne, den Hirtenjungen verließ der Mut, er ließ den Schatz unberührt. Da sagte die fremde Frau zu ihm, er habe sie nicht erlösen können, weil er nicht mutig gewesen sei. Sie müsse nun so lange warten, bis ein Tannenbäumchen vor dem dunkeln Stollen so hoch und mächtig gewachsen sei, dass man aus seinem Stamm Bretter schneiden könne. Und erst wenn aus diesem Holz eine Wiege gezimmert werde und ein Baby drinnen liege, sei wieder ein Mensch auserwählt, sie zu befreien.

Obwohl diese Sage den Kindern offenbar die Tugend der Geduld vermitteln sollte, spukte in der Folge in den meisten Köpfen nur die angebliche Existenz eines Schatzes umher. Genährt wurde dieser Gold-Wahn durch eine andere im Volksmund überlieferte Mär, wonach einst Raubritter auf Schmirnberg riesige Schätze gehortet hätten. Generationen von Buben durchstreiften abenteuerlustig die Ruine, um das Gold zu finden. Aber auch manche Erwachsene begaben sich immer wieder auf Expeditionen in die verfallene Festung, um den vermeintlichen Schatz zu heben.

Tatsächlich beherbergte das vermutlich im 11. Jahrhundert errichtete Bollwerk in 650 Meter Seehöhe wohlhabende Adelsgeschlechter. In den Annalen tauchen Besitzernamen wie Heinrich Graf von Hohenlohe, Damian Hugo Graf von Schönborn, der Habsburger Herzog Rudolf IV., die Grafen von Cilli oder Anna Crescenta von Stubenberg auf. Als die Burg, die im bewegten Mittelalter als Kontrollposten für den Übergang ins Drautal diente, 1326 veräußert wurde, soll der Kaufpreis 840 Kilo Feinsilber betragen haben, was nach heutiger Währung rund 1,6 Millionen Euro wären.

August „Gustl" Muster, Jahrgang 1926, der legendäre Müllermeister aus der Kren-Mühle von Schlossberg, war einer der Buben, die meistens zu viert die bereits verfallenen Gemäuer durchstöberten. Die Burg war einst durch Zubauten zu einem gigantischen Ausmaß von 500 Meter Länge erweitert worden. Da hatten die Schatzsucher ein breites Betätigungsfeld. „Aber gefunden haben wir nie etwas", berichtete mir Herr Muster. Mit zwölf Jahren schickte sein Vater ihn zum örtlichen Uhrmacher und Musiklehrer Anton Kermann, damit der Sohn das Geigenspiel erlerne. Doch mehr als der Violinunterricht faszinierte den kleinen „Gustl" eine Episode aus der Kindheit des Lehrers: „Der Herr Kermann hat nie geflunkert und er hat mir erzählt, dass er, als er so alt war wie ich, ebenfalls nach dem Schatz gesucht hat. Er war sogar in Begleitung eines Erwachsenen, der hat Ludwig Fromann geheißen. Es war schon dämmrig, als die beiden in der Ruine neben Haselnusssträuchern eine Bodenplatte gefunden haben. Sie haben den Stein mit einem Stock mühsam weg gehoben, und darunter war ein Tunnel. Weil es in dem Loch finster gewesen ist und weil sie kein Licht dabei hatten, haben sie beschlossen, am nächsten Morgen wiederzukommen. Zeitig in der Früh haben sie mit Fackeln alles abgeleuchtet, aber die Steinplatte zum geheimnisvollen Tunnel haben sie nicht mehr gefunden. Der Herr Kermann hat mir versichert: Er hat das Loch am Abend vorher selber gesehen und gehofft, dass dort das sagenhafte Gold versteckt wäre. Aber es war wie verhext, die Bodenöffnung war nicht mehr zu finden. So, als wäre der Teufel drauf gesessen, hat er gesagt."

Auch Erwachsene ließen sich, wie erwähnt, vom Goldfieber anstecken und pilgerten heimlich zur Ruine. Einem dieser Schatzsucher soll dabei von Spaßvögeln ganz übel mitgespielt worden sein, wie mein schreibender (und malender) Kollege Peter Stelzl in seinem Erzählband „Südsteirische Sagenwelt" geschildert hat.

Heute wagt sich aus Sicherheitserwägungen kaum noch jemand zur Ruine Schmirnberg. Die Burg, die zuletzt 1768 bewohnt war, verfällt zusehends. Die teilweise zweieinhalb Meter dicken Mauern bröckeln gefährlich, die Steinschläge sind lebensbedrohlich. Darüber hinaus haben Kreuzottern und Sandvipern (ja, auch diese gefährlichen Reptilien gibt es im Süden der Steiermark!) die Ruine in Beschlag genommen und sorgen für zusätzlichen Nervenkitzel bei jedem, der sich – mit welchen Absichten auch immer – dem Gemäuer nähert.

So schließt sich der Erzählkreis um die hier geschilderten wahren und scheinbar wahren Episoden aus dem Süden der Steiermark. Schlangen auf den Gräbern (Kapitel 1) und Schlangen in den Ruinen – immer wieder schlängelt sich neues Leben in die Bilder und Sinnbilder von Tod und Vergänglichkeit.

* * *

Nachwort und Quellen

Kapitel 1: Die Handlung ist erdacht, einige der genannten Personen wie der innovative „Riese“ Hugo Kapun, der Kaufmann Daniel Pinnitsch oder der Wirt Walter Tscheppe existieren allerdings wirklich, und mein Schulfreund, der tatsächlich historische Kriegsschauplätze aufsucht, penibel studiert und hinterher darüber eindrucksvolle Diaramen bastelt, heißt in Wirklichkeit Dr. Herbert Stahl. Seine Nachbildungen von Schlachten sind zum Teil im Zinnfigurenmuseum Katzelsdorf bei Wiener Neustadt (www.zinnfigurenwelt-katzelsdorf.at) zu bewundern.

Kapitel 2: In dieser Erzählung sind sowohl Handlung wie auch die Personen erfunden, nur die Örtlichkeiten stimmen. Allerdings hat man in der prächtigen Wallfahrtskirche St. Veit am Vogau nie eine Leiche im Beichtstuhl entdeckt. Und der Pfarrer ist kein Pole, sondern Konsistorialrat Magister Karl Tropper, der für markige Predigten bekannt ist und von der Marktgemeinde zum Ehrenbürger ernannt wurde, was ich der steirischen „Woche“ (vom 31. Oktober 2007, gezeichnet „RMV/ Anton Barbic“) entnahm. Zuletzt sorgte der Geistliche im Mai 2010 für Aufregung, als er während einer heiligen Messe für Erstkommunikanten gegen den Islam und gegen Kirchenaustritte wetterte, wie Robert Lenhard und Thomas Wieser in der „Kleinen Zeitung“ vom 5. 5. 2010 berichteten. Die Szene mit dem von der Wand fallenden Bildnis eines Mordopfers während einer Beratungsrunde der Ermittler hat es nach einem Frauenmord tatsächlich gegeben. Zeuge wurde der Kriminalbeamte Alois „Ali“ Fiala, damals für das Wiener Sicherheitsbüro im Einsatz. Fiala betätigte sich im Ruhestand als Maler und verkaufte seine Bilder zugunsten von Verbrechensopfern. Am 8. April 2009 starb er 76-jährig an Magenkrebs. Die Erzählung „Eine Leiche im Beichtstuhl“ wurde übrigens 2008 als bester Kurz-Krimi aus der Steiermark vom Verlag „federfrei“ in Marchtrenk, Oberösterreich, ausgezeichnet und erschien in der Anthologie „Aus für Santa Claus“. Mit Genehmigung des „federfrei“-Verlegers Magister Wolfgang Mayr konnte ich die Episode in diese Sammlung aufnehmen.

Kapitel 3: Die Begebenheit basiert auf einem tatsächlich verübten Raubüberfall auf zwei Supermarkt-Verkäuferinnen. Wie in dieser Erzählung geschildert, erbeuteten die Räuber nur Blumen und Semmeln. Einer von ihnen flüchtete wirklich in eine Sackgasse, allerdings nicht in jene von Leibnitz. In der wahren Geschichte, die in dem Buch „Kommissar Zufall ermittelt“ (Molden-Verlag) enthalten ist, wurden die Täter nicht durch einen genialen Trick eines Kommissars ausgeforscht, sondern von einer der Überfallenen selbst aufgespürt. Auch die Urteile stimmen.

Kapitel 4: Eine von A bis Z erfundene Begebenheit. Angeregt zu diesem Thema haben mich allerdings gleichartige Weinrätsel, die unabhängig voneinander meine Weinfreunde Dr. Rudi Steurer und Dr. Walter Kutscher gesellschaftsfähig gemacht haben. Steurer hat sogar ein Buch mit Anregungen für Weinquiz-Fragen verfasst („Weinratebuch – 300 Fragen rund um den Wein“,

Ueberreuter). Er stilisierte solche Weinrätsel „zu einem angenehmen und beliebten Gesellschaftsspiel“ und riet den Lesern: „Gestalten Sie aber jedes Weinquiz immer in einer interessanten und spannenden Form, in einer angenehmen Umgebung und zusammen mit Menschen, die Ihnen sympathisch sind und die Sie zu schätzen wissen“. Das war zweifellos auch die Intention unseres Gastgebers in der Geschichte „Traumnote 20“, Doktor Herbert Melber. Die im Text erwähnte Episode mit der Wette um die Tochter des Hausherrn wird in der schwarzhumorigen Kurzgeschichte „Geschmack“ von Roald Dahl („Und noch ein Küsschen“, Rowolth) geschildert. Der norwegische Schriftsteller lebte von 1916 bis 1990. Die Legende, wonach beim Bau der 1609 geweihten Wallfahrtskirche Maria Himmelfahrt in Frauenberg Wein statt Wasser in den Mörtel getan wurde, entnahm ich dem Erzählband „Ein Schluck Kultur – ein Blick ins Land“ von Heimo Kaindl und Evelyn Ranzinger (Andreas Schnider Verlags-Atelier).
Kapitel 5: Das Weinrätsel und der Mord in der Kostkoje sind wie die handelnden Personen ebenfalls nur erdacht. Aber dass Banker im Osten manchmal gefährlich leben, ist dokumentiert. Wie ich der „Wiener Zeitung“ vom 11. September 2010 entnahm, wurde der Chef des Verwaltungsrates der Lesprombank, Mikael Daudow, im September 2010 in Moskau erschossen, und 2006 war der Vizechef der Zentralbank, Andrej Koslow, ermordet worden. In beiden Fällen vermutete man Auftragsmorde der russischen Mafia.
Kapitel 6: Der Anschlag auf den pensionierten Hofrat aus Oberhaag ist ebenfalls erfunden, sein Umfeld (zum Beispiel Gasthof Hasewend, Mostschenke Tertinjek, Antikladen Flucher) gibt es aber tatsächlich. Und nach einer islamkritischen Predigt eines Pfarrers aus einem anderen Ort (siehe Quellen zu Kapitel 2) gab es tatsächlich kontroverse Leserbriefe in einer Grazer Zeitung.
Kapitel 7: Heide, eine mit uns befreundete, äußerst attraktive Zahnarztassistentin, gibt es tatsächlich. Sie weihte mich in die Weisheitszahn-Philosophien ihres ehemaligen Chefs ein und hatte tatsächlich vor der Kirche in Leutschach mit dem steirischen Künstler Manfred Urch einen Auftritt als „Die Nackte am Klapotetz“. Das geschilderte amouröse Abenteuer im Aupark von Leibnitz ist allerdings erdacht.
Kapitel 8: Die Befreiung der sechs Bären durch eine militante Tierschützergruppe aus dem Gehege ist reine Fiktion. Aber das Bärengehege gibt es wirklich – in Berghausen, und es ist einen Besuch wert. Johann Ruprechter, der frühere Bürgermeister von Berghausen und Besitzer der Anlage, ist seit seiner Kindheit, als sich schon der Vater nahe der Kleinalm mit Bären beschäftigte, von diesen Tieren fasziniert. Er hat ein Asyl für Bären eingerichtet, die zum Beispiel nach Zirkuspleiten eingeschläfert werden sollten. In seinem Gehege ist tatsächlich ein Tier aus Sibirien, und aus Syrien bekam eine Bärin Asyl, die auf Jahrmärkten zu Hundekämpfen missbraucht wurde. Ruprechter bemüht sich, seinen Schützlingen, die in 200 bis 700 Quadratmeter großen Gehegen untergebracht sind, ein angenehmes Dasein zu ermöglichen. Die strengen behördlichen Auflagen für die Bärenhaltung erfülle er zur Genüge, betont er. Und der Tierschutzverein kontrolliert regelmäßig die Unterbringung der Bären.

Bei der Schilderung der Szenen im Seniorenheim hatte ich das „Wohlfühlhaus Gebak“ (Gesundheit-, Behinderten-, Alten- und Krankenbetreuung) am Rosenberg in Fötschach, Gemeinde Glanz, im Auge. Leiterin des Seniorenheimes, das mit einem hoch qualifizierten Personal den Bewohnern den Lebensabend so angenehm wie möglich zu gestalten versucht, ist Martina Posch.

Kapitel 9: Die Geschichte soll sich tatsächlich so oder zumindest so ähnlich in Schlossberg zugetragen haben. Berichtet hat sie mir Herr Erwin Murko, den ich in der Buschenschank des Karl Krainer am Karnerberg traf. Und das im Kapitel geschilderte Kutschenunglück ist in der Polizeiinspektion Leutschach tatsächlich aktenkundig.

Kapitel 10: Eine kuriose, aber wahre Geschichte. Die Käuferin von „Herke“ wollte aber ungenannt bleiben. Über die Friesen-Pferde und die bei ihnen verbotenen „Abzeichen“ informierte ich mich bei Professor Christian Stanek und im Internet.

Kapitel 11: Das war erheiternde Realität, die ich im Bezirksgericht Leibnitz mit anhören durfte. Das Testergebnis mit Hühnern im Weingarten, vom Stiftsweingut Klosterneuburg gestartet, erfuhr ich aus der Fachzeitschrift „Der Winzer“ (der Artikel wurde am 9. Oktober 2008 von DI Walter Kaltzin verfasst). Das Zitat aus der ältesten Hüterordnung Niederösterreichs in Mauerbach (1450) entnahm ich einem Sonderdruck des Nö. Bildungs- und Heimatwerkes, Ortsstelle Gumpoldskirchen (Gestaltung: Dr. Johann Hagenauer). Und das Zitat von Franz Xaver Rath stammt aus dem umfassenden Essay von Oberschulrat Josef Ertl über die Weinkultur in der „Rebenland-Chronik“, wo Ertl auch die Existenz eines Gamlitzer Weingartenhüters erwähnt, der noch während des Zweiten Weltkrieges Dienst versah.

Kapitel 12: Diese Erzählung fiel mir ein, als ich Lukas, den klugen, aufgeweckten Sohn von Maria Marussig kennenlernte. Seine Mutter wurde mit 17 Jahren zur steirischen Weinkönigin gewählt. Sie hieß damals Maria Adam und war die Tochter des bekannten „Koglwirtes“ Rupert Adam aus Kranach bei Gamlitz. Später war sie in einem Büro der Landesregierung angestellt und betreute unter anderen Arnold Schwarzenegger während dessen Heimatbesuches. Der frühere kalifornische Gouverneur (mit zwei Amtsperioden 2003 bis 2010) war von Maria so angetan, dass er sie später zu seiner Familie in die USA einlud. Sein Wunsch: Maria sollte ihre steirische Ziehharmonika mitnehmen und in Kalifornien heimatliche Lieder aufspielen.

Wir waren Maria nach Jahren zufällig begegnet, und es war ein fröhlich-heiteres Wiedersehen. Maria hatte nach einem kurzen Politik-Intermezzo die Leitung im vorbildlichen Alten-Refugium „Seniorenheim am See“ von ihrer Mutter Anni Krottmaier übernommen. Die Infos über die Karpfenzucht des Schlossherrn Paul Menzel am Waldschachersee holte ich mir im Internet, auf der Homepage www.megaphon.at, wo Joanna Noemi Pusch in der November-Nummer 2005 des Grazer Stadtmagazins „Megaphon“ einen Bericht darüber verfasst hat. Auch auf der Website des größten Buntkarpfen-Züchters Österreich (www.fische.at) erfährt man Interessantes über die bunte Fischpracht.

Kapitel 13: Ob die Geschichte, wie sie mir tatsächlich bei einem Ausflug in die Wüste Wadi Rum von einer Mitreisenden erzählt wurde, so stimmt, weiß ich nicht. Aber zumindest das Reiseabenteuer ist authentisch geschildert – bis zum gegrillten „Rabbit". Über „Die Sieben Säulen der Weisheit" las ich im gleichnamigen Buch von Thomas Edward Lawrence (Deutscher Taschenbuchverlag München).

Kapitel 14: Den ersten Bericht über das unglaubliche Wiedersehen zweier Brüder aus der Steiermark nach 46 Jahren veröffentlichte Manfred Niederl am 20. 9. 1987 in der „Kronenzeitung". In der Folge recherchierte ich die Geschichte weiter, ließ mir die Begegnung von Johann Hasenhüttl in Deutschland schildern und musste Jahre später erfahren, dass Franz Hasenhüttl nur neun Jahre nach dem Wiedersehen gestorben war und dass der Ort der Begegnung, der „Spitzwirt" in Wildon, nach dem Tod der Vorbesitzer einen neuen, aber engagierten Eigentümer bekommen hat.

Kapitel 15: Den „Peperl" von Hohenegg bei Leutschach hat es ebenso gegeben wie seine Mizzi. Auch seine beiden Sterbeszenen sind, versicherte mir sein einstiger Chef Herbert Rauch-Höphffner, so wie geschildert abgelaufen.

Kapitel 16: Die überfallsartige Entführung auf österreichischem Territorium hat sich wirklich ereignet. Das Opfer, der ehemalige Zollwache-Inspektor Hermann Herbst, hat sie mir in den wesentlichen Punkten bestätigt. Die der Geschichte angefügten Grenzzwischenfälle sind ebenfalls belegt und basieren auf Angaben im Buch „Zollwache Steiermark" von Friedrich Mulzet (erschienen im Zoppelberg-Verlag von Dr. Peter Strallhofer), ferner in der „Rebenland-Chronik", die wiederum vom Autor Dr. Heinz Peter Wassermann aus der Leutschacher Gendarmerie-Chronik und Glanzer Gemeinde-Chronik entnommen wurden. Den Überfall auf den Hof des Josef Kerbler in Großwalz, wo fünf Menschen, unter ihnen drei Gendarmen, ums Leben kamen, schilderte auch Engelbert Kremshofer in seinem Buch „Mutige Steiermark" (Eigenverlag). Informationen über den Bauernhof „Oblak", wo es einst ebenfalls zu einem Grenzdrama kam, sammelte ich auch im Internet unter www.zebu.at. Die nunmehrigen Eigentümer Hans und Christa Muster betreiben dort eine innovative Landwirtschaft mit Zeburindern. Das „Langegger Lied" von Josef Donner und Herbert Wieser fand ich in dem schon oben erwähnten Buch „Ein Schluck Kultur – ein Blick ins Land" von Heimo Kaindl und Evelyn Ranzinger dokumentiert.

Kapitel 17: Johanna Grill, in deren freundlichen, mehrfach Blumenschmuck-prämierten Buschenschank wir viele Jahre Quartier bezogen hatten (mit herrlichem Blick auf Leutschach), und ihre Söhne Alfred, Franz und Peter Grill haben mir diese wahre Geschichte berichtet. Ihre Schwester Elisabeth Pauritsch schilderte ihre Flucht-Odyssee 2009 dem südsteirischen Naturpark-Magazin „der steirer land" (Ausgabe 4/ 2009). Die Informationen über die Vertreibung der „Untersteirer" aus Jugoslawien besorgte ich mir aus der schon oben erwähnten Dokumentation „Zollwache Steiermark" von Friedrich Mulzet (Zoppelberg-Verlag). Die zweite in diesem Kapitel enthaltene Episode erzählte mir Otilija Jung. Die im Kapitel erwähnten und Schritt für Schritt liberalisierten Grenzöffnungen zwischen dem ehemaligen Jugoslawien und Österreich sind ebenfalls in der „Rebenland-Chronik" dokumentiert.

Kapitel 18: Diese Episode verdank ich Raimund Resch, dem Ehrenhäuptling der Freiwilligen Feuerwehr Leutschach. Die Informationen über die Leutschacher Kirchenglocken und die Geschichte der Floriani-Glocke erhielt ich vom Verleger, Grafiker und Buchdrucker Kurt Hemmer, dem Vorsitzenden des Pfarrgemeinderates und Herausgeber des beliebten „Rebenblattls", sowie aus der „Rebenland-Chronik". Der nach dem Ersten Weltkrieg angedrohte Glocken-Bann für zahlungsunwillige Pfarrbewohner ist in der Leutschacher Pfarrchronik dokumentiert, veröffentlicht hat diese Episode Dr. Alois Ruhri vom Diözesanarchiv Graz. Das Wissenswerte über Glocken im allgemeinen holte ich teilweise aus dem Internet, einem Beitrag von „Südsteiermark TV" vom 28. 2. 2009, aus dem „Sonntagsblatt für Steiermark" (Nr. 31/ 2007), aus dem „Kurier" (Beitrag vom 31. 12. 2009 „Heiliger Bimbam" von Hedwig Derka und Uta Hauft), aus dem mittlerweile eingestellten „Bezirks-Journal" in Wien („Wann darf ‚gebimmelt' werden?" von Gaby Jahn), aus der „Kleinen Zeitung" vom 31. 12. 2010 („Zentralorgan christlicher Läutkultur" von Frido Hütter), aus der „Kronenzeitung" vom 1. 1. 2011 („Die Stimme Österreichs" von Martina Münzer) sowie aus dem Buch von Dr. Jörg Wernisch: „Glockenkunde von Österreich" (Journal-Verlag Lienz).

Kapitel 19: Auch diese beiden Begebenheiten, in denen Sekunden über Leben und Tod entschieden, sind völlig authentisch. Mario Cermenek ist inzwischen erwachsen, hat das Mechanikerhandwerk erlernt und war zuletzt als Lkw-Fahrer in Gamlitz unterwegs. Das Aristoteles-Zitat stammt aus dessen Werk Physik II, 4-9.

Kapitel 20: Das ist ein Erlebnisbericht von Justine Saler, Jahrgang 1925, die den Bombenangriff vom 17. November 1944 im Schloss Trautenburg wie durch ein Wunder fast unverletzt überlebt hat. Vom „Polsterl-Tanz" schwärmte wie Tini Saler auch Anna Sopinger aus Großwalz, als sie von der Volkskundlerin Magister Martina Edler in der „Rebenland-Chronik" (Kapitel „Leben im südlichsten Raum der Steiermark") interviewt wurde. Anna Sopinger ist 2006 gestorben. Judith und Erwin Lamprecht steuerten mir gegenüber Zeugenaussagen zum Bombendrama bei. Der Zeitzeuge Josef Narat aus Pössnitz schilderte seine Beobachtung eines Luftkampfes am Gründonnerstag 1944 in der schon mehrfach erwähnten „Rebenland-Chronik" Monika Jaklitsch. Die Informationen über die US-Bombenangriffe auf österreichische Ziele sammelte ich im Internet. Von den Spuk-Geschichten aus dem Schloss Trautenburg erfuhr ich durch Herbert II. Rauch-Höpffner, durch einen Bericht der „Kleinen Zeitung" vom 30. Oktober 2005 (Autor Thomas Wieser) und von Stefan Wabnig aus Remschnigg.

Kapitel 21: Über die verborgenen, oft eingemauerten flüssigen Schätze habe ich Informationen von den jeweiligen Weingütern eingeholt. Teilweise sind diese „Schatzkammern" schon in meinem Buch „Weinschätze Österreichs" (Unikum-Verlag Graz) beschrieben worden. Über die Geschichte des „Winzerhauses Kogelberg" in Kaindorf an der Sulm informierte mich Jutta Reitmayr von der Steiermärkischen Sparkasse in Graz. Einzelheiten über den legendären Kellermeister Josef Grünbauer vom Schloss Seggau berichtete mir seine Tochter Christa. Aus der südsteirischen „Woche" (Ausgabe vom 19. April 2007) erfuhr ich in einem mit „AS“ gezeichneten Artikel vom Besuch der EU-Umweltminister und einer russischen Sicherheitsdelegation in Seggau. Vom Tod und Begräbnis des erfolgreichen und beliebten Schloss-Verwalters Magister Hans Ranz berichtete ebenfalls die „Woche“ (Ausgabe vom 14. 1. 2010).

Kapitel 22: Über die sagenumwobene Ruine Schmirnberg (auch Schmiernberg) und den dort vermuteten Goldschatz erzählten mir Zeitzeugen aus dem Rebenland: August Muster und Anton Lamprecht. Die erwähnte Sage aus dem ehemaligen Schulbuch haben übrigens Heimo Kaindl und Evelyn Ranzinger in ihr Buch „Ein Schluck Kultur – ein Blick ins Land“ (Andreas Schnider Verlags-Atelier) sowie Peter Stelzl aus Arnfels in den Sammelband „Sagen aus dem Naturpark Südsteirisches Weinland“ (Eigenverlag) aufgenommen. Die historischen Daten über die früheren Besitzer der Burg entnahm ich der „Rebenland-Chronik“ (Herausgeber Alexander Wilhelm).

Namensregister

Folgende Personen- und Firmennamen scheinen in den angeführten Kapiteln auf:

Abbildungen

Vorwort: Dem Charme der paradiesischen Landschaft erliegt jeder, der hierher kommt. Die größte Traube der Welt, kreiert und konstruiert von Willibald Trojan, ist Symbol und Wahrzeichen des Weinlandes im Süden. Oben rechts spielt Alfred Vicuinik in der Trautenburg-Stub'n auf, unten rechts schenkt Topwinzer Erwin Tschermonegg den Edel-Gastronominnen Irene Mahorko und Gabi Abel seinen legendären Traminer ein.
Und das Bild unten links wurde aufgenommen, kurz bevor unser Freund und Tischler im Osterfeuer fast umgekommen wäre.

Bilder: E. Bieber (5)

Kapitel 1: Vom größten Klapotetz der Welt geht's zum Obsthof mit der Riesenhand (im Bild mit Juniorchef Peter Kapun). „Riese“ Hugo Kapun (oben) labt sich am Wellness-Brunnen in seinem Park (rechts). Kapun gilt als einer der innovativsten Vordenker im südsteirischen Grenzland.

Bilder: E. Bieber (4)

Kapitel 2: In diesem südsteirischen Spukschloss, es heißt Trautenburg, wurde in der Erzählung „Eine Leiche im Beichtstuhl“ der Mord an der Baronin auf ebenso kuriose wie mystische Weise geklärt. Einst flüchteten die britischen Offiziere aus dem Gebäude, weil es hier angeblich geisterte.

Bild: E. Bieber

Kapitel 5: In solchen Kostkojen (links) bat Herbert Melber seine Gäste zum Weinquiz. Er wollte verhindern, dass sich die Teilnehmer bei der Bewertung von Blindproben vom Nachbar beeinflussen ließen. Seine Frau ärgerte sich freilich über die Bretterkabinen in der Bibliothek und nannte sie „Pawlatschen“. In einer Koje geschah dann der Mord.

Bild: E. Bieber

Kapitel 6: Die 30 Meter lange und schwingende Hängbrücke ist das Herzstück der romantischen Altenbachklamm in Oberhaag, die jeden Wanderer fasziniert.

Bild: Naturpark Südsteirisches Weinland

Kapitel 7: Der in Cilli geborene Künstler Manfred Urch, der in Leutschach seine Kindheit verbrachte, bemalte auf dem Hauptplatz neben der Kirche „Die Nackte auf dem Klapotetz“, Heide, die fesche Zahnarztassistentin.

Bild: Hans Tauer

Kapitel 8: Das ist einer der zotteligen Bewohner des Bärengeheges Berghausen. Insgesamt haben hier zwölf Tiere, die zum Teil als Tanzbären einen schweren Leidensweg hinter sich hatten, Asyl gefunden. Der Bärenzoo wird regelmäßig von Tierschützern und der Behörde kontrolliert. Die nächtliche Befreiungsaktion, die in unserer Geschichte geschildert wird, ist allerdings frei erfunden.

Bild: E. Bieber

Kapitel 9: In dieser Erzählung wird Willibald Gaube erwähnt. Das Bild zeigt ihn kurz bevor die Pferde scheuten und er, vor dem Gespann stehend, von der Deichsel getroffen wurde. Das Opfer liegt seither im Wach-Koma und ist ein Pflegefall. Der Auslöser für den mysteriösen Unfall blieb ungeklärt.

Bild: privat

Kapitel 10: So soll ein echter Friese aussehen: Hengst „Joppie" aus dem Gestüt Harald Mersnik in Bischofegg bei Oberhaag ist ein Vollblut-Rassepferd.
Die in unserer Erzählung erwähnte Augenärztin erstand freilich in Kärnten einen eingefärbten Friesen. Nach dem ersten Duschen hellte sich das Fell des Pferdes auf. Sie klagte die Verkäufer, und im Zivilprozess bekam sie Recht und den Kaufpreis von 15.000 Euro großteils zurück.

Bild: E. Bieber

Kapitel 11: Im Stiftsweingut Klosterneuburg werden Hühner als Weingartenarbeiter eingesetzt (links), und alle sind zufrieden. Am Karnerberg wurden Hühner im Weingarten zum Streitobjekt. Erwin und Gerd Sabathi setzten auf ihrer berühmten Sauvignon-Riede Poharnig 40 Schafe als biologische Rasenmäher ein (oben).

Bilder: Clemens Swatonek/ Stift Klosterneuburg (1) und E. Bieber (1)

Kapitel 12: Paul Menzel betreibt am Waldschachersee (rechts unten) auch die größte Koi-Zucht Österreichs. Das Bild links zeigt einige der bunten Zierfische. Die Raritäten erzielen Spitzenpreise.

Bilder: Teichwirtschaft
Gut Waldschach (2)

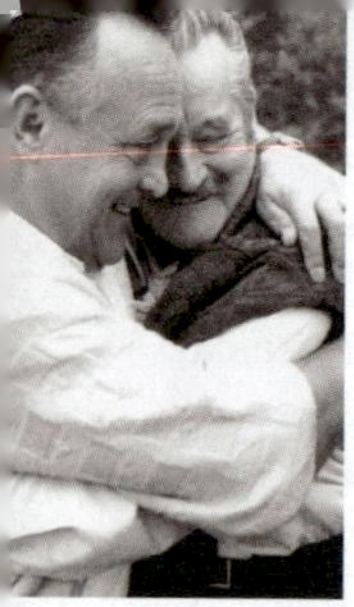

Kapitel 14: Johann Hasenhüttl, der Beamte aus Düsseldorf, begegnete nach mehr als 46 Jahren seinem Bruder Franz zufällig wieder (links), weil er sich im Nebel auf der A9 verirrt hatte.

Bild: Jürgen Radspieler

Kapitel 17: Martha Schuchlenz (oben links im Bild) traf nach 43 Jahren Johanna Grill (rechts), ihre liebste Schulfreundin, wieder – als ihre Tochter Alfred Grill aus Eichberg heiratete. Links: Hedi Welle als Kind. Nach Jahrzehnten führte der Zufall sie mit ihrer Kindheitsfreundin Otilija Narat (Bild unten, links mit Freundin und Mutter) zusammen.

Bilder: privat (3)

Kapitel 16: Hermann Herbst (rechts oben, kann heute darüber lachen) und Josef Donner (links) wurden von Jugo-Grenzorganen entführt. Donner war ein genialer Holzschnitzer. Rechts: Peter Lamprecht mit einem Donner-Werk

Bilder: E. Bieber (2), privat

Kapitel 18: Raimund Resch (rechts) wunderte sich, dass jedes Mal, wenn im Feuerwehrturm die Floriani-Glocke ertönte, auch die Hopfenglocke in der Kirche zu schlagen anfing. Bild links zeigt die Segnung der Hopfenglocke 1964 in Leutschach. Bild unten: Die 5390 Kilo schwere „Liesl" im Bastionsturm von Schloss Seggau.

Bilder: Pfarramt Leutschach (1), E. Bieber (2).

Kapitel 19: Der kleine Mario Cermenek, kurz bevor er ins Haus lief und ein Felsen seinen Spielzeugtraktor zermalmte. Bild: Privat

Kapitel 21: Der Kellermeister Josef Grünbauer vom Schloss Seggau (rechts außen und rechts) rettete Altweinschätze, indem er die Flaschen vor dem Eintreffen der Russen und Partisanen in den leeren Fässern versteckte. Sein späterer Nachfolger Dietmar Silly (rechts unten) verkorkte die altehrwürdigen flüssigen Zeitzeugen 1992 neu.

Bilder: Privat (2), E. Bieber (1)

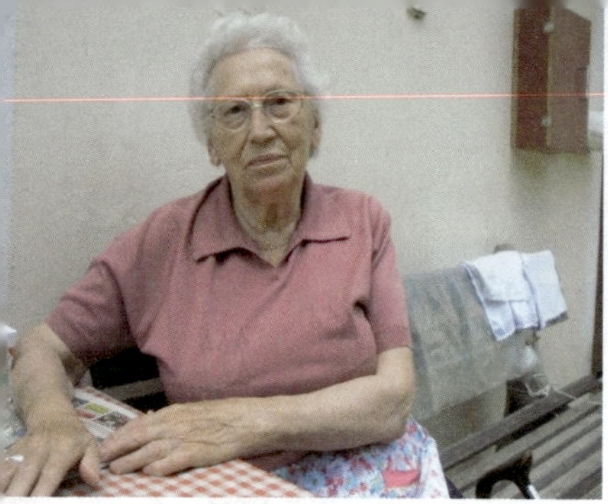

Kapitel 20: Justine Saler (oben links und oben rechts mit Köchin Grete Oblonschek an der Stelle, wo eine Bombe im Schloss Trautenburg einschlug) überlebte 1944 den Bombenangriff, weil sie Hunger verspürte. Zuvor war sie von der Köchin gerügt worden, weil sie sich beim Einkauf im Ort verspätet hatte: „Dich schick ich um den Tod, dann leb ich ewig!“ Die Köchin, das Stubenmädchen Angela Gritschnig (links mit Tini und einem russischen Gefangenen) sowie Eugenie Ostrowksi kamen ums Leben. Rechts: Tini 1944 vor dem Schloss.

Bilder: E. Bieber (1) und privat (3)

Kapitel 22: Der Müllermeister August Muster (im Bild links außen mit einer Pfingstlotter-Puppe) und Toni Lamprecht wissen schaurige Geschichten über die Ruine Schmi(e)rnberg zu berichten.

Bilder: E. Bieber (3)

Bücher aus dem
Zoppelbergverlag
überall Buchhandel erhältlich!
oder 0664 9488699
A-8461 Sulztal 41
www.zoppelberg.at
mail: strallhofer@zoppelberg.at

Dr. Johann Platzer

„Das“ Sachbuch Patientenverfügungen

200 Seiten, 17x24 cm,

Unser
Lebensende mitgestalten:
Ethik, Recht und Praxis

Was geschieht wenn sich jemand nicht mehr ausreichend mitteilen kann?
In solchen Situationen gelten Patientenverfügungen als wichtige Entscheidungshilfe für behandelnde Ärzte und Angehörige.
Das aktuelle Sachbuch, warum und wie man Verfügungen errichtet und was zu berücksichtigen ist

ISBN: 3-9502349-6-1

Bücher aus dem
Zoppelbergverlag
überall Buchhandel erhältlich!
oder 0664 9488699
A-8461 Sulztal 41
www.zoppelberg.at
mail: strallhofer@zoppelberg.at

Der touristische Geheimtipp

Josef Wallner
Reisen in der
UNTERSTEIERMARK/STAJERSKA
Geschichte, Routen,Gastlichkkeit
240 Seiten, 32, teils 4-färbige Fotos u. Abb., hardcover, 17x24 cm

ISBN 3-950234-9-5-4

Das Buch ist die Entführung in eine andere Steiermark, die Spodnja Stajerska oder Untersteiermark in Slowenien. Auf zahlreichen Reisen wurden die Spuren gesucht, aufgezeichnet, fotografi ert und geprüft. Es ist kein phantasieloser Reiseführer, sondern die Beschreibung und Anleitung zu einer individuellen Expedition auf eindrucksvollen Wegen abseits von touristischen Trampelpfaden. Auf exakt recherchierten Routen – von der österreichisch-slowenischen Grenze bis hinunter an die Save/Sava wird die Untersteiermark “nachreisbar“ dargestellt.

Bücher aus dem
Zoppelbergverlag
überall Buchhandel erhältlich!
oder 0664 9488699
A-8461 Sulztal 41
www.zoppelberg.at
mail: strallhofer@zoppelberg.at